# 今昔物語集の構文研究

高橋敬一［著］

勉誠出版

# はじめに

私が、古典語の研究において、「構文」という語にはじめて出会ったのは、小松英雄著『仮名文の原理』（一九八八年）の中の、たとえば「構文原理」などの語であった。内容は、古文の構文研究の構想と試論であり、その構想の中には、文字表記の研究も不可欠であることなども論じられていた。その後、春日和男先生の「説話構文」（『説話の語文　古代説話文の研究』一九七五年）などの語に出会った。それ以来、漠然としたものではあったが、徐々に今昔物語集の「構文研究」の構想が固まっていったように思う。

本書は、「構文」を文の構造と捉えて、現代語研究の視点から、平安時代末期の言語を反映していると思われる、今昔物語集の構文を考えてみようとするものである。たとえば、現代文がいわゆる連体形終止文であることと、今昔物語集においても見られる係り結びの法則とはどのような関係にあるのか、あるいは、アスペクト表現は今昔物語集ではどのようにあらわされたのか、などについて考察したものである。また、漢字片仮名交り文という今昔物語集の表記法が構文にどのような影響を与えているのかなど、表記についても解明しようとするものである。

第一部は、今昔物語集を三部（天竺震旦部、本朝仏法部、本朝世俗部）に分けてそれぞれの部における文字・表記と構文との関係について考察したものである。第一章では、漢字片仮名交り文という独特の表記様式をとる今昔物語集の漢字について、その漢字を片仮名大書したり（「仮名書自立語」）あるいは空白にしたり（「欠文」）することについて考察した。第二章では、「同訓異字」の漢字を使い分けることについて考察した。第三章では、類義表現（同字・同語の繰り返しなどを含む）を避けるために漢字を変える（「避板法・変字法」）などの工夫が見られることについて考察した。

第二部は、述部を中心に、今昔物語集および和文の構文について考察したものである。第一章では、助動詞の相互承接という文法現象と構文とがどのように関わっているのかを考察し、今昔物語集および和文の構文の特徴について述べた。第二章では、会話文中に用いる対者敬語「侍リ」と「候フ」が今昔物語集において併存していることについて、アスペクト形式の視点から考察し、「テ候フ」形が漸次勢力を拡大しつつあることを述べた。第三章では、複合動詞「―居ル」から状態化形式（状態性アスペクト形式）「―テ居ル」へと変遷していく過程を考察し、この形式が今昔物語集において急増していることを述べた。第四章では、今昔物語集の連体形終止文の様相を考察し、この現象が古本系諸本より流布本系諸本へと漸次増加していることを述べた。第五章では、典拠文献（漢文）の「欲」字に対応する「ムトス」は、主として地の文で用いられ、「ムト思フ」は主として会話文で用いられることを考察し、両形の意味用法の違いについても述べた。第六章では話末形式句について、今昔物語集の話末形式句「トナム（語リ伝ヘタル）トヤ」が、その他の説話の話末形式句「トゾ・トナム・トカ・トカヤ」へと変化し、簡潔になっていったことについて考察した。

第三部は、用語と構文との関係について考察した。第一章では、今昔物語集における、典拠資料（漢文）からの翻案の過程で生まれた漢語サ変動詞について考察した。第二章では、今昔物語集の漢語サ変動詞「死ス」と和語動詞「死ヌ」の関係は、文体上の使い分けだけでなく、意味用法上にも相違があることを述べた。第三章では、仏教説話集の性格をもつ今昔物語集の仏教用語の受容について考察し、その一つに「漢語サ変動詞化」があることを述べた。第四章では、典拠文献（漢文）を翻案する過程で、今昔物語集編者による漢字の統一や副詞の添加が行われ、今昔物語集独自の構文が生成されたことを述べた。

第四部は、『今昔物語抄』と題する説話集について、今昔物語集との関係について考察した。第一章では、今昔物語集諸本との関係について、第二章では、今昔物語集異本との関係について考察した。

尚、今昔物語集のテキストは、日本古典文学大系『今昔物語集一～五』の本文・校異を使用した。また、「鈴鹿本」については、『鈴鹿本　今昔物語集――影印と考証（上巻・下巻）』（一九九七年）を参照した。

我が国の文学史上、貴重な存在である今昔物語集について、その研究は、文学的研究の他に、文化史的研究、国語学的研究など諸方面にわたり、更に今日、その精緻さを加えている。ここに、構文研究という新しい視点の今昔物語集の研究書を加えさせていただくことは望外の喜びである。

目　次

# 第一部　文字・表記研究

# 第一章　今昔物語集の仮名書自立語と欠文

## 一

今昔物語集の表記様式は、漢字片仮名交り文とも、あるいは、片仮名宣命体とも呼ばれる。漢字を主としてこれを大書し、片仮名を従として漢字の右下に、あるいは双行に小書している。片仮名で小書された部分は、助詞・助動詞・接続詞・用言の活用語尾・副詞の一部・捨て仮名などで、自立語あるいは自立語の主要部分は、漢字で大書されるのが原則である。ただし、「不」「可」「被」「乍」などある種の付属語は、漢字で書かれていることが多い。

ところがこれは、あくまでも原則的なこととして言えることで、中には当然漢字表記されるべき自立語の類が、その全形ないし主要部分において、片仮名書きされていたり（以下、この類を「仮名書自立語」と呼ぶ）あるいはそれが、全く表記されず空白のまま放置されているもの（以下、この類を「欠文」と呼ぶ）が少なくない。

後者の欠文については、既に馬淵和夫氏、池上洵一氏などに論があるが、それによれば欠文にも二様の性格のものがあったようである。

その一は、転写の際に底本の虫損・破損、あるいは不注意による脱落などによって生じたもので、後になって生じた欠文である。

その二は、原本（原今昔物語集とでも言うべきもの）からもともと存した欠文で、これには「人名」「時」「場所」のような固有名詞関係の欠文とともに、次のようなものがある。

①既ニ橋爪ニ行懸ル程、胸□レテ心地遠フ様ニ怖シケレドモ（二七・13）
②私語ヲ久シクシケレバ、書生此レヲ見ルニ、胸□テ静心不思エズ（二九・26）
③此レヲ見ルニ、胸□テ、「此方へ」ト云テ、先ヅ文ヲ取入レテ見レバ（三〇・2）

これら①②③の欠文箇所には、明らかに同一の語が予想される。即ち、③の巻三〇第2語と類話をなす大和物語に、

胸つぶれて「こち来」といひて文をとりてみれば（一〇三）

と見え、欠文箇所には「つぶる」が対応している。他の二例も「ツブル」で意味の通るところで、このように巻を変えても同一の語がそろって欠文になっていることからすれば、後世の転写の際に生じた偶然の欠文とは考えにくい。

このような欠文を池上氏は共通欠文とよばれたが、この類の欠文の例は少なくないようである。いま、今昔物語集と同文的な共通説話を持つ、古本説話集、宇治拾遺物語、打聞集などと比較対照して、今昔物語集が欠文に

していているところに予想される語を推定してあげてみると、次のようなものがある。

「あこや」(二六・16)「おきて(掟)」(十・15)「さいで(裂帛)」(二六・15)「さび」(六・2、十二・34、二七・28)「すき」(二二・8、二四・23、二四・35)「しのぶ(忍)」(十・5)「あきる(呆)」(十九・3、二〇・36、二四・4、二六・16、二七・17、二七・32、二八・7、二八・11、二八・30、二九・4、三一・10)「うつふす(俯)」(十四・42、二九・38)「うなづく(頷)」(二四・22、二六・16)「おこす(熾)」(二六・17、二八・30)「かゝふ(抱)」(二〇・2)「かがむ(屈)」(三〇・2)「きらめく(煌)」(十九・17、十九・19、二八・37、三〇・7)「しつらふ」(十九・5、二〇・16)「すかす(欺)」(二四・2)「たぶる(狂)」(二七・29、二七・41、二七・42、二九・12、二九・31)「ためらふ」(三一・28)「つどふ(集)」(十・15)「つぶる(潰)」(二七・13、二九・26、三〇・2)「とばしる(迸)」(二八・20)「なぐさむ(慰)」(三一・28)「はだかる(開)」(二八・11)「はづす(外)」(十・15、十九・9、十九・26、十九・29、十九・42、二三・21、二四・3、二五・3、二五・6、二七・13、二九・21)「ひしぐ(拉)」(十四・40、二四・16、二七・18)「くすし(奇)」(二〇・44)「かはゆし」(二九・6、二九・13)「あてなり(貴)」(十九・5)「あてやかなり」(二八・4、二八・21、二九・28、三〇・6、三一・5)「なよゝかなり」(十五・42、二七・13、二八・12、三一・7)「まめやかなり」(二四・33、二八・21)

このような欠文は、ある一部分に偏在してあるのではなく、しかも「さび」「はづす」のように、全巻にわたって見られるものもある。

このことから池上氏は、今昔物語集の編者について、数人、あるいは一人と考えてよいかも知れないと述べておられる。

今昔物語集の編者が、個人であるか、又は複数であるか。この問題は、今昔物語集の編纂事業が個人的な仕事であったか、あるいは白河院などの強い統率力のもとに多数の人が結集して初めて成し得た仕事であったのかなど、いろいろな問題に関わると思われるが、そのことが未だ定説を見ないことからすれば、きわめて興味ある提言であると言えよう。

しかしながら、これは池上氏自身が既に注意しておられるように、欠文の事実だけから、直ちに今昔物語集の編者の単複の問題に論及しようとするのは、やや性急である。

即ち、今昔物語集には、これら欠文とともに、本来漢字表記すべきところを片仮名で大書した仮名書自立語が存している。もし欠文が、たまたま当該箇所の漢字を想起し得なかったために、後の補塡を期して欠文のままになっているのであるとしたら、同じように仮名書自立語の部分も、片仮名宣命体という表記の様式を重視して、あるいは欠文にしておくべきではなかったろうか。また逆に表記の様式に関わることなく、意味（文意）を重視して欠文の部分を片仮名大書で示すこともできたはずである。

欠文は、片仮名宣命体という表記の様式を重視したもの、仮名書自立語は、表記様式よりも意味（文意）を重視したものと見うるとすれば、両者には明らかに、その表記の姿勢に相違があり、このことから見方によれば、そうした異なる姿勢を持つ複数の人物が、編纂（書記）に関与していたのではないかという解釈もできないことはない。

そこで、本章では仮名書自立語と欠文という、今昔物語集においては漢字表記されるべき部分のこの二様のあり方をどのように考えればよいのかということについて考察する。

# 二

仮名書自立語と欠文の関係について、ここでは、まず次のようなものに注目したい。

(一)①別当　喜テ打ウナヅキテ居タルニ（二八・18）
②其事トモ无ク私語ケレバ　船頭　打□テ（二六・16）
○其事共なくさへづりければ、船頭うちうなづきて（宇治　一八〇話）
(二)①眼キラメキテ甚ダ怖シ（十・28）
②露ハ月ノ光ニ被照テ□キ渡タリ（十九・17）
○露は月の光に照らされて、きらめきわたり（古本　第一話）
(三)①此ノ生タル皇子ヲ取リハヅシテ此ノ河ニ落シ入ツ（二・26）
②紅ノ打タル細長ヲ、心无カリケル前駈ノ取テ出ケルニ、取□シテ遣水ニ落シ入タリケレバ（二四・3）
○紅の打たるほそながを、心なかりける御前の、とりはづしてやり水に落し入たりけるを（宇治　九七話）

これらは、同一語句（「うなづく」、「きらめく」、「はづす」）を、ある説話では片仮名で大書し、ある説話では欠文にしているらしい例である。

これらと同じように、片仮名大書と欠文という二様の様式が併用されている語句をあげて、その片仮名書き（説話数）と欠文（説話数）を比較してみると表1のようになる。

表1

| 語句＼説話数 | 欠文 | 仮名書 |
|---|---|---|
| はづす | 11 | 5 |
| あてやかなり | 11 | 1 |
| きらめく | 4 | 1 |
| なよゝかなり | 4 | 2 |
| つぶる | 3 | 1 |
| ひしぐ | 3 | 1 |
| うなづく | 2 | 2 |
| かはゆし | 2 | 1 |
| まめやかなり | 2 | 1 |
| つどふ | 1 | 1 |
| なぐさむ | 1 | 1 |
| はだかる | 1 | 2 |
| あてなり | 1 | 1 |

欠文に推定される語句の多くが、同時に他の説話では片仮名書きされている。このことから、今昔物語集の原本が片仮名書きされていたのを転写の段階で、ある人物は様式を重視して欠文にし、他の人物は意味（文脈）を重視して片仮名書きしたために、右のような同一語が欠文になったり、仮名書自立語になったりしたのではないかという推測も成り立つ。

この推測が正しいとすれば、仮名書自立語と欠文とは、少なくとも同一説話中には併存しないと考えるのが自然であろう。

ところが、巻十の第十五話、

> 跖ヲ見レバ、甲冑ヲ着タリ、釼ヲ帯シ鉾ヲ取レリ。頭ノ髪ハ三尺許ニ上レリ、乱タル事、蓬ノ如シ。目ハ大ナル鈴ヲ付タルガ如シテ見廻シ、鼻ヲ吹キイラヽカシテ、歯ヲ上咋テ鬚ヲイラヽカシテ居タリ。（略）馬ニ乗リ給ニ、吉ク恐レ給ヒニケレバ、轡ヲ二度ビ取□シ鐙ヲ頻ニ踏ミ誤チ給フ。此レヲ、世ノ人、孔子倒レシ給フト云フ也トナム語リ伝ヘタルトヤ。（鈴鹿本）

のように、同一の説話の中に仮名書自立語と欠文が併存しているものがある。右の説話の他にも両者が同一説話中に併存している例は少なくない。

とすれば、仮名書自立語および欠文は、集の編纂に書記の姿勢の異なる複数の人物が関与したために生じたのだとは考えにくく、むしろ用字法を考えた場合、つまり同一語がある説話では片仮名大書され、ある説話では欠文になっているのであるが、これらの語句が特定の語句に限られているらしいことを考えると、書記者としては一人の人物を考えた方がよさそうである。

また、片仮名書きと欠文の併用されている語句において、片仮名大書と欠文という二様の様式のうち、どちらの様式が主としてとられるかということには偏りが見られる（表1）。即ち、両者の表記様式は欠文が主、片仮名大書が従の関係にある。

ところが、今昔物語集の編者（書記者）が、漢字表記すべき部分を漢字表記できない場合は、片仮名で大書するよりも、欠文のままにしておくという姿勢を主としてとったと考えると、今昔物語集全体を見渡した場合明らかなように、欠文に比べて仮名書自立語が圧倒的に多いということの説明ができなくなる。

この問題点に対する合理的な解釈は、仮名書自立語および欠文のうち、今見てきたような両者が併用されている例は少なく、いわば例外的なものであって、両者には、それぞれもっと別の性質があるのではないかと考えられる。

## 三

今昔物語集の漢字使用の基盤が如何なる性質のものであったかということについて、峰岸明氏に示唆に富む論考がある。

即ち、峰岸氏は、今昔物語集の副詞の表記に使用された漢字を検討した結果、それらの漢字が『色葉字類抄』所収語の掲出上位漢字、もしくは上位掲出の漢字に該当しないものは『色葉字類抄』（前田家本）において合点の施された漢字と一致するということを立証され、今昔物語集の漢字使用の基盤は「正に日常常用の漢字群にあった」と結論づけられたのである。

このような今昔物語集に使用された漢字（副詞）と『色葉字類抄』所収漢字との関係を考えて、次に仮名書自立語および欠文になっている語句の性格を『色葉字類抄』との関係で考えてみたい。

方法として、まず仮名書自立語および欠文になっている語句を色葉字類抄所収のものと未所収のものに分類し（表2）、更に品詞別に整理した（表3）。その結果は、次のようである。

表2

| | 仮名書 | 欠文 |
|---|---|---|
| 所収のもの | 79 | 22 |
| 未所収のもの | 176 | 8 |

表3

| | 所収のもの | | 未所収のもの | |
|---|---|---|---|---|
| | 仮名書 | 欠文 | 仮名書 | 欠文 |
| 名詞 | 5 | 3 | 18 | 3 |
| 代名詞 | 4 | 0 | 1 | 0 |
| 動詞 | 53 | 16 | 48 | 2 |
| 形容詞 | 8 | 1 | 14 | 1 |
| 形容動詞 | 9 | 2 | 4 | 2 |
| 副詞 | 2 | 0 | 17 | 0 |
| 擬態語擬声語 | 0 | 0 | 47 | 0 |
| 連体詞 | 0 | 0 | 2 | 0 |
| 接続詞 | 0 | 0 | 10 | 0 |
| 感動詞 | 0 | 0 | 15 | 0 |

仮名書自立語および欠文になっている語句が、『色葉字類抄』に所収されているか、あるいは未所収であるかを比較した表2を見ると、仮名書自立語は『色葉字類抄』未所収のものが、所収のものの約二・三倍あり、逆に欠文になっている語句は、所収のものが、未所収のものの約二・八倍ある。このことは、それぞれの語句と漢字との結び付きを考える参考となる。

つまり、欠文になっている語句は、漢字との結び付きの比較的強い語が多いと考えられ、これはまた、欠文が当該の部分の漢字をたまたま想起できなかったために、そのまま放置されたものであるという考えを助けるものである。一方、仮名書自立語は、漢字との結び付きの弱い語が比較的多かったのではないかと考えられる。

また、右の表3にまとめたように、両者の語彙（品詞）を比較すると、仮名書自立語の語彙は非常に豊富であり、しかもこれらの語の中には、必ず仮名書自立語になっていて、欠文にはなっていないものがある。例えば擬態語・擬声語の類であり、感動詞も同様である。その理由は、これらの語がほとんど漢字との結び付きを持たない語であったためであろう。少しでも漢字との結び付きが考えられるならば、欠文になっているものがありそうなものであるが、これらの語が欠文に推定されるものは一例もない。

また、接続詞の類も決して欠文にはなっていない。この場合、これらが全て仮名書自立語であるのは、勿論漢字との結び付きの弱さということもあろうが、もし接続詞を欠文にした場合、文意の誤解を生じることがありうる。ゆえに欠文にすることなく、全て仮名書自立語になっているのではないかと考えると、欠文は、文意に誤解を生じる可能性のある箇所には出現していないと考えられる。

# 四

仮名書自立語は、今昔物語集においては漢字表記が普通であるにも関わらず片仮名書きされているもの（例えば「きる（着、切）」「とふ（問）」「まつ（待）」など）や欠文と併用されているものなどもあるが、その他の多くは、もともと漢字表記不可能と思われるものであり（「宛字」の問題は保留しておく）、一方欠文は、たまたま当該の部分の漢字を想起できなかったもの、すなわち書記者には漢字表記可能であるという意識の働いたものに現われている。しかも、両者が併用された場合は、主として欠文付加の方針をとることが多い。

それでは、このような性格を持っている仮名書自立語と欠文が、各巻においてどのような出現状況を示すだろうか、まとめてみると、表4のようになる。

これを見ると、各巻における仮名書自立語および欠文の出現状況には、明らかに差違が認められる。この差違が何に基づくのであるかは今のところ明確にしがたい。しかし、例えば天竺部（巻一～巻五）と本朝世俗部後半（巻二七～巻三一）に注目すると、天竺部には、本朝世俗部後半に劣らず多数の仮名書自立語が出現するが、ここには欠文がほとんど見られない。果して、天竺部と本朝世俗部後半において、共通の方針が貫かれているのであろうか。あるいはこれは単なる見かけ上の分布にすぎないのであろうか。山口佳紀氏は、天竺部に仮名書自立語が多いことから、この部の出典には「漢字文（漢文乃至変体漢文）以外に漢字片仮名交りや平仮名文がかなり含まれていたであろう。」と述べておられる。もし、平仮名文の出典が考えられるならば、本朝世俗部後半と同じ条件になるであろうから、もっと欠文があってもよさそうである。

次に、この天竺部および本朝世俗部後半の仮名書自立語と欠文について考察してみよう。

表4

| 仮名書自立語 | | | | 欠　文 | |
|---|---|---|---|---|---|
| 巻次 | 頁数 | 用例実数 | 実数×100/頁数 | 用例実数 | 実数×100/頁数 |
| ① | 69 | 27 | 39 | 0 | 0 |
| ② | 77 | 30 | 39 | 0 | 0 |
| ③ | 61 | 42 | 67 | 1 | 2 |
| ④ | 67 | 40 | 60 | 2 | 3 |
| ⑤ | 65 | 79 | 122 | 0 | 0 |
| ⑥ | 66 | 8 | 12 | 1 | 2 |
| ⑦ | 60 | 0 | 0 | 0 | 0 |
| ⑨ | 77 | 1 | 1 | 0 | 0 |
| ⑩ | 73 | 29 | 40 | 6 | 8 |
| ⑪ | 75 | 22 | 29 | 8 | 11 |
| ⑫ | 73 | 8 | 11 | 3 | 4 |
| ⑬ | 64 | 0 | 0 | 7 | 11 |
| ⑭ | 70 | 0 | 0 | 10 | 14 |
| ⑮ | 70 | 0 | 0 | 4 | 6 |
| ⑯ | 78 | 8 | 10 | 17 | 22 |
| ⑰ | 74 | 2 | 3 | 4 | 6 |
| ⑲ | 86 | 36 | 42 | 34 | 40 |
| ⑳ | 74 | 16 | 22 | 12 | 16 |
| ㉒ | 17 | 2 | 12 | 4 | 24 |
| ㉓ | 27 | 41 | 152 | 5 | 19 |
| ㉔ | 79 | 38 | 48 | 30 | 38 |
| ㉕ | 41 | 24 | 59 | 11 | 27 |
| ㉖ | 68 | 73 | 107 | 25 | 37 |
| ㉗ | 65 | 53 | 82 | 27 | 42 |
| ㉘ | 78 | 73 | 94 | 56 | 72 |
| ㉙ | 73 | 48 | 66 | 40 | 55 |
| ㉚ | 32 | 9 | 28 | 11 | 35 |
| ㉛ | 60 | 20 | 33 | 30 | 50 |

(1)仮名書自立語と欠文の併用されている語およびその出現度数（説話数）

表5

| | 仮名書語 | | 欠文 | |
|---|---|---|---|---|
| | 天竺部 | 本朝部 | 天竺部 | 本朝部 |
| はづす | 2 | 2 | 0 | 0 |
| うなづく | 1 | 1 | 0 | 2 |
| あてなり | 1 | 0 | 0 | 1 |

(2)両部ともに見られる仮名書自立語

「うなづく」（五・3、二八・18）「こそめく」（五・19、二七・30、二七・38）「はづす」（二一・26、五・18、二六・5、二七・41）「ゆする」（五・4、二八・31）「わななく」（五・4、二四・13、二四・50、二七・32、二八・4）「おぼろけなり」（四・17、五・32、二九・12）

以上、(1)(2)の比較の結果から次のようなことが考えられる。

例えば、天竺部と本朝世俗部後半においては、仮名書自立語についてはかなりの共通点が見られるのであるが、欠文の付加方針には差違がある。

つまり、本朝世俗部後半においては、仮名書自立語と欠文の併用が見られ（表5）、この場合も欠文付加の方針が主流であるように思われることは、先に見たように今昔物語集全巻の調査と一致する。

ところが、天竺部においては、他の部で片仮名大書と欠文が併用されている語のうち、「はづす」二例、「うなづく」「あてなり」各一例と用例は少ないのであるが、これらが全て仮名書きされていることは、右の分布表（表４）で見たように天竺部が他の部と違って欠文が非常に少ないという事実を考え合わせると単なる偶然とは思えない。

即ち、天竺部を書記するにあたって、書記者は、他の部と違って漢字表記すべき部分に、たまたま漢字を想起できなかった場合、欠文のままにしておくのではなく、意識的に仮名書大書した箇所が存在するのではないかと思われる。

しかしながら、なぜこのように天竺部と本朝世俗部後半において、欠文の付加方針に差があるのかということは未解決である。あるいは馬淵氏が説かれたように天竺部には改稿の手が加わっているのかも知れない。

## 五

仮名書自立語および欠文と出典との関係について考えてみる。

確実な出典が判明していて、しかも漢字文献を出典とするものにおいては、仮名書自立語は全く現われないのに対して、欠文は生じているらしいと言うことである。

次に欠文と出典の該当部分を比較したものをあげてみよう。

《大日本国法華験記》

①聖人ハ何レノ程ヨリ此ノ所ニハ住給フゾ亦何ニ依テ如此ク諸ノ事心ニ任セテ□。（十三・1）

聖住此処　経幾年記　有何事縁　万事相応（上十一）

②数日ヲ経テ出ル道ヲ一時ニ人□里ニ将出デ（十三・4）

数日行路　一字飛去　投捨人間還来（中五六）

③旧里ニ行テ□心ニ思ハク（十三・7）

始出本郷　乃至閑住　作是思惟（上二三）

④夢ノ中ニ師子来テ□レ近付ク或時ニハ夢ノ中ニ白象来テ随ヒ□フ（十三・15）

或時師子常来馴親　或白象来昼夜宿直（上十六）

⑤僧俗ヲ見テハ貴賤ヲ不撰ズ敬ヒ、畜類ヲ見テハ鳥獣モ不避ズ□（十三・27）

遇僧俗必拝　見鳥獣屈腰（中七四）

⑥藪ノ中ニ□ニ法花経ヲ誦スル音有リ（十三・29）

不異存生音矣（中六三）

⑦尚□テ喜ベル色気ニテ（十四・6）

住眼涙出　頂礼沙門　下樹還去（下一二六）

⑧殊ニ道心□ケレ（十五・11）

殊発道心（中五二）

⑨我等　年来　此ノ嶋ヲ見□ヘドモ未ダ来タル事尤カリツ（十六・25）

我等頃年　遙見此島　未曾来望（下一〇七）

（該当部分なし）

○紫ノ雲□テ（十二・32）

○後世ノ事ヲ恐レ□ト云ヘドモ（十三・42）

○欄裝束□ヨカニテ（十五・42）

○此ノ馬ニ乗テ□ハシテ来ル（十六・5）

○如此ク三度□ヌレバ（十六・26）

《日本往生極楽記》

①多ク集リ□テ此ヲ聞ク（十一・2）

捨牛馬而従者　殆垂数百

②山上ニ止事尤キ僧多ク特斉ス□我ガ師独リ不斉食給ズシテ（十五・5）

山上名徳多為斉食　我師何独忽諸此事乎

《日本霊異記》

①汝ヂ暫ク待テ我レ菩薩ニ□シテ可返納シ（十六・27）

暫待我於菩薩　白銭将償　敢久不延（下三）

（該当部分なし）

○皆人□喤リケリ（十四・26）

○思テ□キ居タル所ニ（十六・8）

ここでは、個々の詳細な比較検討はしないが、『大日本国法華験記』を出典とするもののうち⑧を見ると、出典は勿論のこと、今昔物語集の他の例からも「おこす」という語が推定される。しかしながら、

○観幸、何ナル縁ニカ有ケム堅ク道心発ニケレバ（十五・14）

○長増、道心発ニケレバ（十五・15）

○此ク道心発シタル時ハ（十九・4）

のように、他の「道心をおこす」の場合は、漢字表記になっているし、この他にも漢字を使用した「道心発ス」の例は多い。このことからこの箇所が欠文になっている理由は考えにくい。

すると⑧以外は全て、構成の転換、叙述の取捨など、要するに出典の意訳、今昔物語集の説話化とでも言うべき改作が成された部分ということになる。

欠文は、出典に存する語を今昔物語集において、他の語で言い変えた場合および出典に存しない語を編者（書記者）が独自に付加した場合にも起こり得るということになる。この場合の欠文になっている語は、明らかに書記者固有の用語ということになる。

ただし、欠文も確実な漢字文献を出典とする説話全三一八話のうちわずか十九話に現われるにすぎないことは、注意しておかなければならない。

## 六

今昔物語集の仮名書自立語および欠文の問題は、従来それぞれ別個にとり上げられ論じられてきた。しかしながら、この両者はともに、今昔物語集の編者（書記者）がとった表記様式であるということを考えた場合、別々に論じられるべき性質のものではなく、両者を同次元でとらえて論じられなければならないと考え稿を起こしたのである。

その結果は次のようになるであろう。

①仮名書自立語は、その大半がもともと漢字との結び付きのない、あるいは弱い語であったと思われる。

②欠文は、書記者が漢字表記可能であると意識した箇所に現われるが文意の誤解を招くような箇所ではない。

③天竺部と本朝世俗部後半における欠文の量的差違は、天竺部に改稿の手が加わった為であるかも知れない。

④編者（書記者）は一人の人物と考えてもさしつかえない。

参考文献

馬淵和夫「今昔物語集における欠文の研究」（「国語国文」一九五八年十二月）
国東文麿『今昔物語集成立考』（一九六二年）
池上洵一「欠文の語るもの――今昔物語集研究の序章――」（「文学」一九六四年一月）
山口佳紀「今昔物語集の形成と文体――仮名書自立語の意味するもの――」（「国語と国文学」一九六八年八月）

峰岸　明「今昔物語集における漢字の用法に関する一試論――副詞の漢字表記を中心に（一）（二）」（「国語学」一九七一年三月・六月）

使用したテキストの主なものは、次の通りである。

『大日本国法華験記』、『日本往生極楽記』（以上、日本思想大系）、『日本霊異記』、『大和物語』（日本古典文学大系）

# 第二章　今昔物語集の漢字の用字法

## 一

平安時代後半より院政時代にかけて編纂されたと考えられる今昔物語集の国語学的研究の一つに、本集の和漢混交文の実態の解明というテーマがある。

特に、文体研究からの成果は、今昔物語集の文章史上における重要性、すなわち、本集が次代の和漢混交文へと展開して行く様相を解明する有力な手がかりとなることを示した。

ところが、今昔物語集の文字・表記の実態については、これも早くから、その特異性が注目されながら、その後十分な検討が試みられることはなかった。

今昔物語集の文字・表記について、研究史上、注目すべき業績と考えられるのは、

①山田俊雄「表記体・用字と文脈・用語との関連――今昔物語集宣命書きの中の特例に及ぶ覚え書――」（「成城文芸」一九五八年八月）

②同「今昔物語集校注の覚え書二則」（「成城文芸」一九六一年十月）

である。山田氏は、本集の文字・表記・用字法に関する綿密な調査に基づき、本集の漢字の用法について鋭い提言をされ、その後の研究に大きな示唆を与えた。

その後しばらく、この方面の研究は、進展を見なかったが、

③山口佳紀「今昔物語集表記法管見」（「国語と国文学」一九六六年十二月）

に至って、新しい局面を迎えた。氏は、本集の宛字と思われる一群の用字法を、文字史的な観点から考察され、その結果、これらの宛字の多くが、本集の成立とほぼ同時期の漢文文献に見出される事実を指摘された。

更に、この漢字の用法の問題を、その使用基盤および用字意識から探ろうとしたものに、

④峰岸明「今昔物語集における漢字の用法に関する一試論――副詞の漢字表記を中心に――（一）（二）」（「国語学」一九七一年三月、六月）

がある。この論考で特に注目されるのは、本集の副詞の表記に使用された漢字が、ほとんど全て『色葉字類抄』所収各語の掲出上位漢字に一致するという事実を発見し、そこから本集の漢字使用の基盤が、日常常用の漢字群にあったという結論を導き出された点である。

その他、今昔物語集の漢字の用法に関する論考としては、

⑤佐藤武義「「今昔物語集」の用字法」（「宮城教育大学国語国文」一九七〇年十月）

⑥同「今昔物語集の形容詞の研究（一）（二）」（「宮城教育大学紀要」一九七三年二月、一九七四年二月）

などがある。⑤は、同一語に対する複数の用字の問題について論じられたもの、⑥は、形容詞の用字法を詳細に調査されたものである。

このように今昔物語集の文字表記に関しても、未だ尚、その十分な展望を得るまでには至っていない。本章は、このような研究成果を踏まえつつ、今昔物語集の漢字使用の実態を探り、その基本的態度を考察しようとするものである。

## 二

今昔物語集の表記は漢字片仮名交用の表記様式をとっている。そのため、漢字の訓の決定ということが基礎作業として重要になってくる。特に、如何なる語を表記したか明らかでない漢字については、その漢字に想定しうる訓の適否から検討されなければならない。

今回、テキストとして用いた今昔物語集（日本古典文学大系）では、『類聚名義抄』および『色葉字類抄』（前田家本、黒川本）の訓を基本に据えて、その訓を考え、それで処理ができない場合は中世の古辞書を援用し、あるいは本集中に散見する捨て仮名等を傍証として、あるいは、その漢字の使用された文脈上の意味を考慮して訓が付けられたとされている。

このようにして確定された漢字の訓と漢字表記の関係は、

㋐一つの漢字に一つの訓が対応する場合
㋑一つの漢字に複数の訓が想定される場合
㋒一つの訓に複数の漢字が対応する場合

の三項目に分けられる。

そこで、これらの分類に従って、全ての語の漢字を調査対象とすることが望ましいのであるが、今回は動詞の漢字表記のみをとり上げ、しかも、右の三項目のうちの㋒すなわち一つの訓に対して複数の漢字が対応するとみられる場合について考察する。

動詞の漢字表記を検討の対象としたのは、他の語に比べて用例数も多く、また同一語が全巻にわたって平均して出現する可能性が高いと思われることによる。また、動詞を調査することによって、既に調査されている副詞および形容詞の調査結果（先掲論文④⑥参照）と比較検討することができ、今昔物語集の漢字の用法に関する総合的研究に近づくことができると考えられる。

次に、先の三項目のうちの㋒を選んだ理由は、今昔物語集の漢字の用法の基本的態度を考える上で有効であると判断されるからである。すなわち、このような場合の今昔物語集全巻の漢字の使用状況は、天竺震旦部に対して本朝仏法部更に本朝世俗部へと漢字の用法は単純になっていく傾向が見られるからである。

以下、全巻を通じて出現数が多く、しかも平均して出現する語で、同訓異字の漢字として、「カヘル（返・還・帰）」「スツ（弃・捨）」ナク（泣・哭・涙）」の三語をとり上げ、その使用状況および出典の漢字との関係などについて考察する。

## 三

### （1）カヘル（返・還・帰）

動詞カヘルは、今昔物語集では「返」「還」「帰」三字によって表記されている。例えば、次のような例がある。

○屍骸ヲ持テ家ニ返テ歎キ悲ム程ニ（二・12）
○家ニ還テ種々ノ香ヲ買テ（二・15）
○家ニ帰テ父母ニ出家ヲ許セト乞フ（二・11）

今、「返」「還」「帰」三字の使用状況を各巻ごとに整理してみると、表1のようになる。尚、表中の空白は用例数が0であることを示す（以下、同じ）。

表1

| 巻 | 帰 | 還 | 返 |
|---|---|---|---|
| ① | 1 | 4 | 52 |
| ② | 2 | 12 | 40 |
| ③ | 6 | 23 | 27 |
| ④ | 1 | 35 | 11 |
| ⑤ |  | 40 | 9 |
| ⑥ |  | 15 | 11 |
| ⑦ | 13 | 30 | 21 |
| ⑨ | 32 | 27 | 16 |
| ⑩ | 2 | 24 | 37 |
| ⑪ | 7 | 1 | 45 |
| ⑫ | 2 |  | 47 |
| ⑬ |  |  | 37 |
| ⑭ |  |  | 49 |
| ⑮ |  |  | 38 |
| ⑯ |  |  | 64 |
| ⑰ |  |  | 44 |
| ⑲ |  |  | 66 |
| ⑳ |  | 4 | 38 |
| ㉒ |  |  | 8 |
| ㉓ |  |  | 22 |
| ㉔ |  |  | 58 |
| ㉕ |  |  | 30 |
| ㉖ | 1 |  | 37 |
| ㉗ |  | 1 | 47 |
| ㉘ |  |  | 31 |
| ㉙ |  |  | 59 |
| ㉚ |  | 1 | 25 |
| ㉛ | 1 |  | 59 |

この表を見ると、「返」「還」「帰」三字の各巻ごとにおける使用状況は、天竺震旦部（巻一～巻十）では三字が共用され、本朝部（巻十一～巻三一）では「返」字が主用されるという傾向が見られる。

これら三字の使用状況を更に観察してみると次のような事実がわかる。

まず、「返」「還」両字の使用状況から見ると、天竺震旦部においては、この両字の使用数（「返」字二二四例、「還」字二一〇例）はほぼ同じであるが、その使用状況にはいく分差異が認められる。すなわち、巻一から巻三までは「返」字、巻四から巻九までは「還」字が多用され、再び巻十では「返」字が多用されている。天竺震旦部の、このような「返」「還」両字の使用状況の詳細は略すが、必ずしも出典に影響されたものではないようである。

本朝部においては、巻二〇における「還」字の頻用がいく分目立つ。ところが、これは四例中三例が第16話に集中しているのであって、この巻が本朝部の中で特別の用字法を持つ巻というわけではない。尚、第16話における「還」字の三例は、いずれも出典の漢字を踏襲したものである。

更に、この両字の初出説話を見ると、「返」字の初出説話　巻一第4話では、「カヘル」が十一回使用されているが、全て「返」字である。一方「還」字の初出説話　巻一第5話では、「返」字と交用されている。

ところで、この両字交用説話は、右の他、天竺震旦部では十二話（巻一第5 17話、第二第12 23 31話、巻三第25話、巻四第20話、巻五第32話、巻七第19話、巻九第3 13話、巻十第1話）のみである。ところが、本朝部においては「還」字が使用されている全説話（巻十一第1話、巻二〇第16 19話、巻二七第37話、巻三〇第8話、以上五説話）が全て「返」字との交用説話である。本朝部におけるこの両字の関係は、日本古典文学大系「今昔物語集」解説で指摘されている避板法（用字を変える現象）あるいは変字法という用字法の一つと考えられる。本朝部における「還」字は、「返」字の補助的な役割を持つ漢字と言える。

次に、「帰」字について考察してみよう。本集において「帰」字の使用は、「返」「還」両字に比べて非常に少ない（表1）。しかも全用例六八例のうち、ほぼ半数の三二例が、巻九に集中することは注目される。これがどのような事情に基づくものであるかは今のところ不明である。

「帰」字の使用上の特色は、「返」字あるいは「還」字との同一説話内における交用である。「帰」字を使用した説話は本集中に四三話を数えるが、そのうち二一話が「返」字あるいは「還」字と交用されている。

天竺震旦部においては、「還」字との交用が目立つ。「帰」字の「返」字あるいは「還」字との交用説話（巻一第32話、巻三第30 35話、巻四第23話、巻七第6 44 48話、巻九第3 12 17 18 24 31話、巻十第10 18話、以上十五説話）のうち、「帰」字の初出説話、巻一第32話および巻七第44話の二説話のみが「返」字との交用で、その他は「還」字との交用である。ところが、本朝部においては、全て「返」字と交用されている（巻十一第10 28 31話、巻十二第15 24話、巻二六第9話、以上六説話）。

次に、出典の用字との比較をしてみよう。

その目的とするところは、先の表1で見たように、天竺震旦部と本朝部とでは、漢字の用字法にかなりの差異が認められるが、このことと出典とは、どのような関係にあるのか明らかにするためである。

確実な出典と目される漢文文献のうち、ここでは、『大日本国法華験記』、『日本往生極楽記』および『日本霊異記』の三文献をとり上げる。

出典との比較を示す。

《大日本国法華験記》

①夜中ノ程ニゾ家ニ返リ来タリ（十二・28）　②天童速ニ返リ給テ（十二・32）

　其人還舎（下110）　天童早還（下83）

③速ニ可返キ由ヲ云フ（十三・1）　④返リナムトスト云ヘドモ（十三・1）

　早速還去（上11）　今欲還去（上11）

⑤本ノ所ニ返ヌル也ケリ（十三・1）
還帰本処（上11）
⑦里ニ将出デヽ弃置テ返リ給ヌ（十三・14）
投捨人間還来（中59）
⑨汝ヂ不忘ズシテ本国ニ返テ（十三・13）
持還於本国（上8）
⑪大キニ歎テ寺ニ返テ（十三・33）
大悲歎還寺（中67）
⑬道祖返来ヌ（十三・34）
翁還来（下128）
⑮汝ヂ本国ニ返テ（十三ノ35）
汝還本国（上28）
⑰蓮蔵聖人返ヌ（十三・39）
法華聖還（上33）
⑲童子師ノ奄室ニ返テ（十三・41）
童子還房（上17）
㉑大キニ嗔テ家ニ返テ（十四・3）
還家（下129）

⑥礼拝教敬シテ返リ去ヌ（十三・2）
遂以還去（上18）
⑧庁ヲ出デヽ人間ニ返ルニ（十三・6）
庁還往体国（上32）
⑩明日可返来キ也（十三・18）
明日可還（下91）
⑫熊野ヨリ出デヽ本寺ニ返ル間（十三ノ34）
従熊野出還本寺間（下128）
⑭本寺ニ返テ（十三・34）
還来本寺（下128）
⑯汝ヂ速ニ本国ニ返テ（十三・37）
汝還本国（中76）
⑱彼ノ法花ノ聖人返リ去ルニ（十三・39）
彼聖還去（上33）
⑳此ヨリ可罷返シ（十四・2）
従此罷還（下125）
㉒ト云テ返去ヌ（十四・3）
還去（下129）

㉓我ガ子返来ニタリ（十四・12）
我子還来（上31）

㉔主ニ随テ本国ニ返ヌ（十四・8）
随主還本国（中80）

㉕永ク三塗ニ不返ズシテ（十四・21）
願不還三途（中53）

㉖本ノ本願寺ニ返リ行テ（十五・12）
還来本所（中51）

㉗返悪道ニ墜ナムトス（十五・28）
還入悪道（中18）

㉘本山ニ返テ（十五・29）
還於本山（下90）

㉙無動寺ニ返ヌ（十五・30）
還無動寺（下94）

㉚三悪道ニ返ナムズル事ヲ（十五・43）
還至三途（下102）

㉛公事ヲ勤テ家ニ返ル（十六・3）
従府還舎（下115）

㉜家ニ返テ（十六・6）
見己還家（下113）

㉝家ニ返テ（十六・6）
喜還来事（下113）

㉞家ニ返テ（十六・16）
還家不食（下123）

㉟此ノ言ヲ聞テ返ヌ（十六・16）
蛇即還了（下123）

㊱具シテ家ニ将返ス（十七・40）
即将還家（中72）

《日本往生極楽記》

㊲其罪畢テ後被免返タル也（十一・2）
罪畢放還（2）

㊳何ノ可返キ（十五・1）
何可還耶（10）

㊴此ノ車ニ乗セテ返リ行ナム（十五・21）
　其載欲還（21）
㊵早ク返リ可去シ（十五・1）
　早可帰去（10）
㊶願暁律師ノ返ルニ（十五・2）
　共載而帰（5）
㊷彼ノ所ヘ来ダ不返ザル（十五・5）
　未及帰来（11）
㊸譬ヒ本ノ所ニ返テ（十五・6）
　縦我帰故屋（12）
㊹前ノ如ク飛ビ近ヌ（十五・19）
　飛帰如初（26）
㊺佛菩薩ハ返リ去リ給ヒヌ（十五・37）
　仏菩提以有濁穢帰去（31）

《日本霊異記》

㊻亦返レバ止ヌ（十二・13）
　更還来（中22）
㊼其ノ所ニ返り至ナバ（十二・14）
　還到（下25）
㊽何ゾ活テ返来レルゾ（十二・14）
　何活還来（下25）
㊾本ノ所ニ返リ（十二・31）
　而還（下1）
㊿汝ヂ人間ニ返テ（十四・30）
　今還（下23）
(51)速ニ可返シ（十四・31）
　速還（中19）
(52)返テ室ヲ見レバ（十四・32）
　還来見室（上14）
(53)此ヲ見テ返リ参テ（十七・49）
　視遄還（中21）

(54)童子房ニ返テ（十九・31）
萬侶還来（上12）

(55)僧俗我ヲ将返ス（二十・17）
将吾而還（中16）

(56)返テ閻魔王ニ申サク（二十・18）
更還愁於閻魔王白（中25）

(57)猶返来テ臥テ不去（二十・22）
猶還来而伏不避（中32）

(58)此ヲ抱テ家ニ返ル（二十・32）
携之還家（上24）

(59)本ノ所ニ返リ至ル（十二・14）
帰来本土（下25）

(60)小キ櫃ニ入レテ返来ル（十二・27）
納小櫃而帰上（下6）

(61)日本ニ返リ来ニケリ（十六・1）
帰向本朝（上6）

(62)外ヨリ返テ家ヲ見ルニ（十六・38）
従外帰家（中11）

(63)妻ヲ呼テ家ニ将返ス（十六・38）
喚妻帰家（中11）

(64)恐々家ニ返ル（二〇・18）
帰家（中25）

(65)泣々家ニ返テ（二〇・33）
帰家（上24）

(66)泣テ家ニ返ル（二〇・1）
哭帰（上9）

(67)返テ其ノ銭ヲ守ル也ケリ（二〇・24）
返護其銭也（中38）

(68)飢テ還ニキ（二〇・16）
飢熱還（上30）

(69)速ニ家に可還ベシ（二〇・16）
可還於家（上30）

(70)ト云テ還入ヌ（二〇・16）
還之焉（上30）

(71)帰テ其由ヲ申シキ（十一・23）
還上奏之（上5）

以上、今昔物語集の漢字と出典の漢字との対応関係をまとめると表2のようになる。

表2

| | （出典の用字）（本集の用字） | 用例数 | 大日本国法華験記 | 日本往生極楽記 | 日本霊異記 |
|---|---|---|---|---|---|
| (1) | 還→返 | 52 | ①〜㊱ | ㊲〜㊴ | ㊻〜(58) |
| (2) | 帰→返 | 14 | | ㊵〜㊺ | (59)〜(65) |
| (3) | 返→返 | 1 | | | (67) |
| (4) | 還→還 | 3 | | | (68)〜(70) |
| (5) | 還→帰 | 1 | | | (71) |

このように、両者の漢字の対応関係は五種類に分かれ、そのうち(1)(2)の対応関係が圧倒的に多い。このことから次のようなことが考えられる。

まず第一に、本朝仏法部においては、出典資料の用字に影響されることはほとんどなかったということ。第二に、本朝仏法部における「返」字の主用は、この漢字によって用字の単一化をはかろうとした編纂者（書記者）の主体的な態度の表われた結果であろうということである。そして、この書記者の用字法は、本朝世俗部（巻二十二〜巻三十一）においても実行された結果、先に見たような天竺震旦部と本朝部における分布上の差異になったと思われる。尚、(4)については前述したように、三例とも巻二〇第16話のものであり、(5)は巻十一第23話のものである。

## （2）スツ（弃・捨）

動詞スツは、今昔物語集では「弃」「捨」二字によって表記されている。例えば、次のような例がある。

○我レ身ヲ弃ムト思フニ（二・12）

○我レ此ノ身ヲ捨テヽ（二・4）

今、「弃」「捨」二字の使用状況を各巻ごとに整理してみると、表3のようになる。

表3

| 巻 | 捨 | 弃 |
|---|---|---|
| ① | 16 | 6 |
| ② | 7 | 7 |
| ③ | 7 | 1 |
| ④ | 10 | 2 |
| ⑤ | 20 | 2 |
| ⑥ | 3 | 3 |
| ⑦ | 4 | 6 |
| ⑨ | 2 | 9 |
| ⑩ |  | 15 |
| ⑪ |  | 11 |
| ⑫ |  | 15 |
| ⑬ |  | 22 |
| ⑭ |  | 18 |
| ⑮ |  | 12 |
| ⑯ |  | 8 |
| ⑰ |  | 22 |
| ⑲ |  | 21 |
| ⑳ |  | 9 |
| ㉒ |  | 1 |
| ㉓ |  | 5 |
| ㉔ |  | 2 |
| ㉕ |  | 21 |
| ㉖ |  | 10 |
| ㉗ |  | 7 |
| ㉘ |  | 10 |
| ㉙ |  | 9 |
| ㉚ |  | 8 |
| ㉛ |  | 8 |

この表を見ると、今昔物語集全巻を通じての「弃」「捨」両字の使用状況には顕著な傾向が見られる。すなわち、「弃」字が全巻を通じて使用されているのに対して、「捨」字は天竺震旦部のしかも巻一から巻九までに使用範囲が限られている。

更に、同一説話内での両字の交用を見ると、全巻を通じて四説話（巻一第4話、巻四第41話、巻五第5話、巻七第15話）を数えるにすぎない。尚、このうち巻一第4話は、本集における「弃」字の初出説話である。

次に、出典の漢字との比較をしてみよう。

《大日本国法華験記》

①偏ヘニ世ノ栄花ヲ弃テ（十二・38）
棄世栄花（上39）

②野ニ弃置タレバ（十三・9）
棄置野間（上35）

③世難弃キニ依テ（十五・29）
難棄世路（下90）

④弃置テ返リ給ス（十三・4）
投捨人間（中59）

⑤弟子ヲ離し童子ヲ弃テヽ（十三・6）
捨離頑嚚（上32）

⑥衣鉢ヲ投弃テヽ（十三・19）
即捨衣鉢（上40）

⑦我ニ衣鉢ヲ投弃テヽ（十三・32）
俄捨衣鉢（中50）

⑧此ノ身ヲ弃テヽ（十三・33）
捨此苦身（中67）

⑨此ノ下劣ノ神形ヲ弃テヽ（十三・34）
捨此下劣神形（下128）

⑩汝ヂ法花ヲ弃テヽ（十三・40）
捨法花経（中48）

⑪最勝ヲ弃テヽ（十三・40）
捨最勝（中48）

⑫法蓮ヲ弃テヽ（十三・40）
捨法華（中48）

⑬此ノ鼠ヲ弃テテム（十四・2）
此鼠放捨（下125）

⑭此ノ鼠ヲ速ニ放チ弃テム（十四・2）
若捨此鼠（下125）

⑮殺生・放逸ヲ弃テヽ（十四・10）

⑯此ノ身ヲ痴テヽ（十四・20）

捨殺生放逸（下112）

捨身他世（上26）

⑰此界ヲ弃テ（十五・28）

⑱此ノ身ヲ弃テ（十五・28）

捨此界生（中73）

欲捨此身（中73）

⑲妻子ヲ難弃キニ（十五・45）

⑳御手ヲ折テ前ニ弃テ（十六・3）

難捨（下104）

折手捨前（下115）

㉑蝦ヲ弃テヽ（十六・16）

㉒若キ僧ヲバ弃テヽ（十七・42）

吐捨蝦蟇（下123）

鬼捨此僧（中57）

㉓煩悩不浄ノ躰ヲ弃テヽ（十二・40）

㉔法花経ヲ弃奉テ（十三・32）

棄捨煩悩（中49）

棄捨一乗（中62）

㉕急ニ法花ヲ弃テヽ（十三・40）

㉖鷹取ヲ弃テヽ（十六・6）

何忽棄捨（中48）

棄捨而去（下113）

《日本往生極楽記》

㉗我ヲ弃テ彼ヲ賞シ（十一・2）

棄我賞彼（2）

《日本霊異記》

㉘ミ弃ル事无クシテ（十二・2）

㉙木ヲ弃タルヲ（十二・11）

不嫌棄（中31）

棄木（中26）

㉚子ヲ不弃ズシテ（十七・38）
不棄（中30）

㉛杖ヲ以テ懸テキ（二〇・16）
以杖懸棄（上30）

㉜打殺シテ弃ツ（二四・9）
蛇放往殺而棄（中41）

㉝速ニ淵ニ弃テヨ（十七・37）
捨淵（中30）

㉞子ヲバ投弃テツ（十七・38）
子擲捨耶（中30）

㉟城ノ外ニ弃テ（二〇・27）
捨被屍骸於城之外（中1）

以上、今昔物語集の用字と出典の用字との対応関係は表4のようになる。

表4

| | (出典の用字)(本書の用字) | 用例数 | 大日本国法華験記 | 日本往生極楽記 | 日本霊異記 |
|---|---|---|---|---|---|
| (1) | 棄――→弃 | 9 | ①〜③ | ㉗ | ㉘〜㉜ |
| (2) | 捨――→弃 | 22 | ④〜㉒ | | ㉝〜㉟ |
| (3) | 棄捨――→弃 | 4 | ㉓〜㉖ | | |

このように今昔物語集では、出典資料の漢字に関わりなく、全て「弃」字で統一されている。尚、「弃」字と「棄」字の関係は、前者が後者の略字体である。

### （3）ナク（泣・哭・涙）

動詞ナクは、今昔物語集では「泣」「哭」「涙」三字によって表記されている。例えば、次のような例がある。

○此ノ事ヲ聞テ泣き悲ム事无限シ（三・32）
○此ノ事ヲ聞テ哭キ悲ム事无限シ（一・23）
○此ヲ聞テ涙キ悲ムデ云ク（九・6）

右のうち、今昔物語集では「泣」字が主に用いられ、「哭」字は天竺部に集中し、その使用数はあまり多くない。「涙」字は本集では右の一例のみである。

今、「泣」「哭」「涙」三字の使用状況を各巻ごとに整理してみると、表5のようになる。

表5

| 巻 | 泣 | 哭 | 涙 |
|---|---|---|---|
| ① | 2 | 16 | |
| ② | 8 | 10 | |
| ③ | 11 | 5 | |
| ④ | 6 | 21 | |
| ⑤ | 8 | 15 | |
| ⑥ | 14 | | |
| ⑦ | 16 | 1 | |
| ⑨ | 33 | | 1 |
| ⑩ | 16 | | |
| ⑪ | 14 | | |
| ⑫ | 43 | 1 | |
| ⑬ | 20 | 2 | |
| ⑭ | 34 | | |
| ⑮ | 46 | | |
| ⑯ | 50 | | |
| ⑰ | 40 | 5 | |
| ⑲ | 28 | | |
| ⑳ | 19 | 2 | |
| ㉒ | 3 | | |
| ㉓ | 6 | | |
| ㉔ | 29 | | |
| ㉕ | 11 | | |
| ㉖ | 42 | | |
| ㉗ | 13 | 3 | |
| ㉘ | | 3 | |
| ㉙ | 48 | 7 | |
| ㉚ | 22 | | |
| ㉛ | 12 | | |

この表を見ると、「泣」「哭」二字の天竺部における使用状況は、「哭」字の方が用例数が多い。これは巻六以降（震旦部および本朝部）の「泣」字専用の状況と比べると注目される。特に、巻一では「哭」字が主用され、本集における「泣」字の初出説話巻一第4話は「哭」字との交用説話であり、「泣」字だけが使用されている説話は一話（第5話）にすぎない。尚、天竺部における交用説話は、右の他には巻四第22話と巻五第22話の合計三話のみである。

また、震旦部および本朝部における「哭」字の使用状況を見ると、同一説話内に「泣」字と交用されているものは二例（巻十七第40話、巻二〇第7話）にすぎず、ほぼ「泣」字で統一されている中にあって、「哭」字が単独で、二二例散見するという状況にある。

次に、出典の漢字との比較をしてみよう。

《大日本国法華験記》

①涙ヲ流シテ泣キ悲ム事无限シ（十四・7）　②泣キ悲ム事无限シ（十六・3）
　悲泣愁歎（下124）　悲泣感歎（下115）
③泣キ悲シム（十六・5）　④泣キ悲ム事无限シ（十六・6）
　悲泣歎息（下85）　妻子悲泣（下113）
⑤大キニ音ヲ呑ア泣ク事无限シ（十六・26）　⑥泣キ悲ムト云ヘドモ（十六・35）
　大挙音啼泣（下114）　悲泣懊悩（下116）

⑦恋悲テ哭キ合ヘル音有リ（十三・5）
　悲泣音声（中65）

⑧哭キ悲シム音ノ聞ツルハ（十三・5）
　有泣音（中65）

《日本往生極楽記》

⑨此レヲ聞テ泣キ悲ムデ（十五・1）
　悲泣不休（10）

⑩泣キ悲ヒ合ヘリ（十五・20）
　皆尽悲泣（26）

⑪共ニ泣キ悲ム（十五・26）
　相共哀哭（22）

⑫今別レテ泣キ悲ム（十五・26）
　是以哭也（22）

《日本霊異記》

⑬音ヲ挙テ泣キ悲テ云ク（十四・37）
　大啼泣言（上10）

⑭母泣キ悲テ（二〇・31）
　悲泣之日（上23）

⑮泣々ク礼拝恭敬シテ（十二・11）
　哀哭敬礼（中26）

⑯泣々礼拝シテ（十二・12）
　敬礼哭言（中39）

⑰ト知テ泣キ悲ムデ（十二・31）
　悲哭（下1）

⑱大ニ泣キ悲テ云ク（十二・25）
　大哭言（中15）

⑲悲ムデ泣ク音（十二・25）
　號哭（中15）

⑳大キニ泣キ悲デ云ク（十四・38）
　大哀哭言（下4）

㉑泣キ悲ムデ（十六・14）
悲哭云（中17）

㉒泣々申シテ云ク（十七・46）
而哭（中14）

㉓泣キ悲テ忽ニ失ス（二〇・27）
怖哭而忽不観（中1）

㉔天ル仰テ泣々ク云ク（二〇・33）
仰天哭願（中3）

㉕父母此レヲ見テ泣悲ムデ（二六・1）
父母墾惻哭悲（上9）

㉖被打テ泣テ（二六・1）
所指哭（上9）

㉗何ノ故ニ泣（二六・1）
汝何故哭（上9）

㉘泣ク事无限シ（二六・1）
介父悲哭（上9）

㉙人ノ哭キ叫ブ音有リ（十七・35）
哭叫音（中23）

㉚其ノ子哭キ譴テ（十七・37）
其子哭譴（中37）

㉛哭キ譴テ物ヲ噉フ（十七・37）
哭譴飲乳（中37）

㉜子尚囂哭ク（十七・37）
子猶囂哭（中37）

㉝哭叫テ走ル男有リ（二〇・30）
而叫哭（中10）

以上、今昔物語集の用字と出典の用字との対応関係は表6のようになる。

(1)(2)が多いのは、全巻を通じて主用された用字に統一しようとした編者（書記者）の基本的態度の表われであり、先に見た「カヘル」「スツ」の場合と同様である。

表6

| (出典の用字)(本集の用字) | 用例数 | 大日本国法華験記 | 日本往生極楽記 | 日本霊異記 |
|---|---|---|---|---|
| (1) 哭 ⟶ 泣 | 16 | | ⑪〜⑫ | ⑮〜㉘ |
| (2) 泣 ⟶ 泣 | 10 | ①〜⑥ | ⑨〜⑩ | ⑬〜⑭ |
| (3) 哭 ⟶ 哭 | 5 | | | ㉙〜㉝ |
| (4) 泣 ⟶ 哭 | 2 | ⑦〜⑧ | | |

ところで問題は、本朝部に散見する「哭」字の使用状況であるが、これについて出典の漢字との関係を見ると次のようなことがわかる。すなわち、本朝仏法部において「哭」字は十例（巻十二第13話、巻十三第5話二例、巻十七第35話、第37話三例、第40話、巻二〇第7 30話）用いられているが、先に掲げたようにそのうち五例（㉙〜㉝）は出典の漢字をそのまま踏襲したものである。尚、本朝世俗部において「哭」字の用いられている説話（巻二七第32 33 43話、巻二八第5 21 21 29話、巻二九第1 3 4 9話）は、いずれも出典未詳の説話である。

## 四

動詞「カヘル」「スツ」「ナク」三語の漢字表記を中心に今昔物語集の漢字の用法の特色を探り、編者（書記者）の用字法を考察してみたが、その結果得られたことを整理してみると次のようになる。

今昔物語集において、同一語に二種以上の漢字が併存する場合、それらの漢字は全巻を通じて共用されるのではなく、用字の単一化現象が見られる。すなわち「カヘル」は巻十二以降、「スツ」は巻十以降、「ナク」は巻六以降それぞれ一定の用字に統一されている。つまり天竺震旦部においては多種の漢字が併存するが、本朝部においてはほぼ一定の漢字に統一されていることがわかる。

単一化された用字（漢字）の特色は、まず第一にその漢字が、これらの語の初出の巻から主用されるというわけではなく、むしろその他の漢字の方が主用されるか、あるいは共用されるという関係にあるということ。第二に、これらの漢字は、出典の漢字に影響されたものではなく、むしろ出典の漢字とは別の漢字（出典の漢字は、天竺震旦部で共用された別の漢字と一致する）であるということ。このようなところに今昔物語集の漢字の用法の特色を見ることができる。尚、本朝部で使われている少数の漢字は、出典の漢字をそのまま踏襲したものや変字法のために採用されたらしいものなどがあるが、全体から見た場合その数は少ない。

参考文献
本文中にとりあげたもの以外の文献を記す。
桜井光昭『今昔物語集の語法の研究』（一九六六年）
松尾　拾『今昔物語集の文体の研究』（一九六七年）
佐藤武義『今昔物語集の語彙と語法』（一九八四年）
山口康子『今昔物語集の文章研究――書き留められた「ものがたり」』（二〇〇〇年）
藤井俊博『今昔物語集の表現形成』（二〇〇三年）

使用したテキストの主なものは、次の通りである。
『大日本国法華験記』、『日本往生極楽記』（以上、日本思想大系）、『日本霊異記』（日本古典文学大系）

# 第三章　今昔物語集の避板法・変字法

## 一

今昔物語集の表現について、日本古典文学大系『今昔物語集』の解説には、次のようにある。

全般の表現についていうならば、頭注の随所に指摘したように同一の副詞・名詞・動詞を屢々同一句・同一文、隣接句・隣接文に繰り返し用いていることと、それにも拘わらず、一方においては同義の語の範囲内でつとめていいかえをし、また用字を変える現象を忘れてはならない（仮に前者を重言、後者を避板法と呼ぶ）。

つまり、説話の常として同趣の叙述を繰り返す際に、今昔物語集の編者（書記者）は、その用語・用字にも気を配り、いわば洗練された文芸作品がとると同様の方法——避板法をとっているというのである。

その意図は、「漸層法的な効果とリズムの変化とを狙ったもの」（「今昔物語集」解説）と思われると言う。一見無造作に見える今昔物語集の文体・修辞に、実はこのような「効果的表現」を狙った、細心の注意が払われているということは注目される。

そこで、本章では、この今昔物語集における美的表現――避板法の実態――をまとめて報告する。そしてそれが更に、今昔物語集の表記とも深い関わりを持つことを述べて、今昔物語集の今後の表記研究の一助としたいと思う。

調査方法としては、まず「鈴鹿本」の存する九巻（巻二・五・七・九・十・十二・十七・二七・二九）について、その実態を調査し、それをもとに他の巻々について調査するという方法をとる。周知のように、今昔物語集の諸本は、他の文芸作品に比して、それほど多い方ではないが、そのうち、国語資料として見た場合、第一等資料と目されるものは、この鈴鹿本だからである。

次に、この避板法というものを一応二種類に分けて考えておく。

つまり、避板法というのは、大部分隣接する二文もしくは構造の類似する章段の小さな辞句に用いられるのであるが、手法的には二種類ある。一つは、同一の対象を異なる表現で示す手法（以下、避板法と呼ぶ）。もう一つは、単に文字のみを異にする手法（以下、変字法と呼ぶ）である。

ところで、この避板法にしても、変字法にしても、我々の判断が正しく、今昔物語集の編者（書記者）の意図そのままかどうかというのは、難しい問題である。

そこで、本調査では、日本古典文学大系の頭注を中心に、はっきりと意図的な用語・用字の入れ替えと判断されるもののみを調査の対象とした（漢字の訓みについては、日本古典文学大系の訓みに従った）。そのため、頭注で指摘されているものより、その数がかなり少なくなっている。

# 二

次に示す用例は、鈴鹿本の存する九巻について調査したものを、㈠一文中における避板法・変字法、㈡連接する二文中における避板法・変字法、㈢隣接文中における避板法・変字法の三つに分けて整理したものである。尚、用例は、㈠㈡については、前後の句とともに示し、㈢については、類似句における場合は、その類似句とともに示し、その他は、用例だけ示すことにする。また、鈴鹿本九巻の用例と同一のものが、それ以外の巻に存する場合は、適宜、指摘する。

## ㈠一文中における避板法・変字法

（避板法）

①亀、「早ク謀リツルニコソ有ケレト」思テ、可為キ方无クテ、木ノ末ニ有ル猿ニ向テ、可云キ様无キママニ打チ見上ゲテ（五・25）

②其ノ手ノ主ニ合ハムト思フニ、誰ト不知ネバ、可尋キ方无クテ、可合キ様ノ无ケレバ、今日、今ニ忘ル事无シ（十・8）

③高座ニ登テ、法ヲ説クニ不能ズシテ、先ヅ云ク、「我レ、少ノ智无クシテ、法ヲ説クニ不堪ズ。……」（十二・25）

④人ノ目ヲ捷テ数入レタリ、亦男ノ閈ヲ毛少シ付ケツツ多タ切入レタリ（二七・21）

（変字法）

⑤此ノ居並タル女ヲ海面ニ守リ渡ワタス、遍ク護テ頸ヲ曳入レテ云フ事无シ（五・3）

⑥天晴レタリト云ヘドモ花降ル事、雪ノ雨ルガ如シ（七・25）

⑦脛半ヨリ上ハ、血宍ニ燋レ乱レタリ、其ノ膝ヨリ下ハ、大キニ爛レテ（九・24）

⑧妻忽ニ約ヲ誤テ他ノ男ニ娶ニケリト云フ知テ、契ヲ違タル事ヲ恨ケリ（十・19）

## ㈡連接する二文中における避板法・変字法

（避板法）

①皆是レ前世ノ業因也

汝ヂ先生ニ人ト生タリシ（二・5）

（尚、前世—前生の例が、巻四第11話、巻十第24話にある。また、先生—先世の例が、巻三第20話にある）

②佛ヲ観ジテ悪念ヲ成ス事令无メムト

佛ヲ観ジ悪心ヲ不發ズシテ（二・7）

③今ノ世ニ貧窮ノ身ト生レタリ

今世ニ亦不施ズハ（二・13）

④長ゼバ家業ヲ可攝シ

寧ニ家業ヲ営テ（二・31）

⑤佛法ト云フラム事ヲ不見

佛法ト云フラム者ヤ有ル（五・16）

⑥石ノ窟ノ上ニ光明有リ
光ノ中ニ音有テ（七・24）

⑦鷹ヲ仕フテ以テ業トス
生命ヲ致スヲ以テ役トス（九・25）

⑧子良ト云フ人有リ率シヌ
公瑾死ヌ
二人亡ジヌ（九・30）
（尚、死ヌ―亡ズの例は、巻四第41話にもある）

⑨悪ク武キ人ヲ多ク招キ集メテ
悪ク猛キ者共ヲ引キ具セル（十・15）
（尚、人―者の例は、巻六第6話、巻十一第25話、巻十四第44話にもある）

⑩塵許モ不泛ザリケリ
露許モ不泛ザリケル（十・37）
（尚、塵許―一分許の例が、巻十六第3話にある）

⑪我ガ後ニ立テ可出シ
小僧ノ尻ニ立テ（十七・13）

⑫数ノ人、遙ヨリ来ル音有リ
　多ノ人、多ク火共ヲ燃シ（二七・35）
（尚、数人―多人の例が、巻二五第1話にある）
⑬鷲五ツガ羽・尾ヲ切取テ
　鷲ノ尾・羽ヲ売ツツゾ仕ケル（二九・35）

（変字法）
⑭返シ得ムト思ヘドモ
　還シ得ラバ（五・8）
⑮亦、山野ニ行テ
　又、我等ガ命ヲ助ケム
　亦、此ノ子供ヲ栖ニ置テ（五・14）
⑯中善カルベキ也
　中吉ク成ヌレバ（五・32）
⑰石ノ室ニ居テ
　石ノ窟ノ上ニ（七・24）
⑱木ノ母ノ形ヲ焼ク
　木ノ母ノ顔ヲ不見ズ

木ノ母ノ面焼ケタリ（九・3）

（尚、顔―面の例は、巻十三第36話にもある。また、形―相の例が、巻一第23話にある）

⑲親属・朋友ハ喜ブ事无限シ

親族・朋友ヲ再ビ相見ル事ヲ（九・9）

（尚、親属―親族の例は、巻六第21話にもある）

⑳案ヲ失ヘル

別ノ籍を勘フル（九・14）

㉑日暮ニ成テ

日暮ニ至ヌレバ（九・31）

㉒悪ク武キ人ヲ多ク招キ集メテ

悪ク猛キ者共ヲ引具セル（十・15）

㉓此ノ比ノ若キ人ハ

近来ノ事ニモ非ズ（十・36）

㉔有ル時ニハ

或ル時ニハ（十二・35）

㉕遣戸ヲ閇テ入ヌ

遣戸ハ立ツレドモ（十七・33）

㉖子、尚、嚚哭ク
此ノ子ノ音、囂キニ依テ（十七・37）

## 三　隣接文中における避板法・変字法

（避板法）

①佛道ニ入テ法ヲ学ビヨ
妙理ヲ思テ正法ヲ修習シテ（二・25）

②虫ヲソラ不害ズ
虫ヲダニ不致ズ（二・28）

③其ノ直物ノ乏少ナレバ
其ノ直ノ不足ザリシカバ（二・33）

④此ノ国王、兵ノ道賢ク
此ノ国ノ王ハ兵ノ方賢ケレドモ（五・17）

⑤象来テ比丘ヲ鼻ニ搔懸テ
本ノ象比丘ヲ亦鼻ニ引懸テ（五・27）

⑥人ノ病ヲ療スル
今ハ人ノ病ヲ愈ス（七・25）

⑦継母ノ讒謀ニ依テ

継母ノ讒言ナラムト（九・20）

⑧釣リ喎ミタル一ノ木有リ

此ノ木ハ喎ミ釣レルニ依テ（十・12）

⑨諸ノ悪ク武キ人ヲ多ク招キ集メテ

諸ノ猛ク悪キ輩ヲ招キ集メテ（十・15）

⑩此ノ香花・燈ヲ佛前ニ供シ奉テ

福ヲ願テ花香・燈ヲ奉テ（十二・15）

⑪漸ク夕晩方ニ至ル間ニ

漸ク晩方ニ成ル程ニ（十二・24）

⑫此レヲ聞テ貴ビ恠ムデ

此レヲ聞テ恠ビ貴ムデ（十二・31）

⑬此ノ身乍ラ生身ノ地蔵ニ値遇シ

現身ニハ生身ノ地蔵ニハ値遇シ（十七・1）

（此ノ身乍ラ―現身の例は、巻十五第20話にもある）

⑭露許モ緩ナル事无カリケリ

塵許モ弊キ事无ナリケリ（二九・30）

⑮釈種ノ女―釈女（二・12）

⑯国王―大王（二・23）

⑰皆悉ク―悉ク皆（二・23）
⑱只人―只者（二・26）
⑲国王―天皇（五・3）
⑳供養ノ物―供養物（五・23）
㉑五色―五綵（十・2）
㉒泥ム―苦ブ（十二・24）
㉓持経者―持者（十二・34）
㉔女人―女（十七・29）
㉕血・肉―完・血（十七・26）
㉖上ノ層―上層（二九・18）

（変字法）

㉗雨ニ濕テ過キ行キ
　不濡ズシテ過ヌ（二・22）
㉘数ニ依テ可返也
　員ニ依可返也（二・33）
㉙王ノ御身ニ千所ノ疵ヲ彫テ
　我ガ千ノ瘡終ニ噫ル事不明ジ（五・9）

㉚若シ不進ズハ汝ヲシテ罪ニ可充シ
若シ不奉ズハ罪ニ可充シ（五・16）
㉛象、木ノ下ヲ通ル
象、木ノ本ニ寄来テ（五・27）
（尚、樹ノ下―樹ノ本の例が、巻十三第34話にもある）
㉜文君ヲ見テ不讃ズト云フ事无シ
聞ク人不感ズト云フ事无シ（十・26）
㉝命ヲ亡サム物ゾト占ナヒタリ
命ヲ可亡シトトナヒタリ（二九・5）
㉞御輿―輿（五・2、五・18）
㉟啒フ―食フ（五・13）
㊱約―契（九・4）
㊲集ル―聚ル（七・13）
㊳泣ク―涙ク（九・6）
㊴娘―女（九・17）
㊵案―簿（九・31）
㊶宮迦羅―空迦羅（十・34）
㊷鳩―鴿（十二・20）

㊸都率天―兜率天（十二・32）
㊹振ル―餝ル（十七・33）
㊺肉―完（十七・36）
㊻去ヌ―行ヌ（二九・23）

## 三

次に避板法について考察してみる。

同一の対象を異なる表現で示す方法としては、二種類ある。一つは、同義語で言い換える方法。もう一つは、語の順序を入れ替える方法である。

同義語で言い換える場合、その対応する語と語の関係を見ると次のようになる。尚、次の㈠、㈡、㈢はそれぞれ、㈠一文中における避板法・変字法、㈡連接する二文中における避板法・変字法、㈢隣接中における避板法・変字法の用例であることを示す。

(イ)和語と和語が対応するもの（十七例）
㈠③能フ―堪フ、④数タ―多ク
㈡④攝ム―営ム、⑤事―者、⑨人―者、⑩塵許―露許、⑪後―尻、⑫数タ―多ク
㈢②ソラ―ダニ、③直物―直、④兵ノ道―兵ノ方、⑤搔懸ク―引懸ク、⑨人―輩、⑪夕晩方―晩方、

⑭露許─塵許、⑱只人─只者、㉒泥ム─苦ブ

(ロ)漢語と漢語が対応するもの（十二例）

(一)①方─様、②方─様

(二)①前世─先生、②悪念─悪心、⑦業─役

(三)①法─正法、⑦讒謀─讒言、⑯国王─大王、⑲国王─天皇、㉑五色─五綵、㉓持経者─持者、㉙千所─千

(ハ)和語と漢語が対応するもの（八例）

(二)⑥光─光明、⑧死ヌ─卒ス、亡ズ

(三)①学ブ─修習ス、②致ス─害ス、③乏少─足ズ、⑥療ス─愈ユ、⑬此ノ身乍ラ─現身、㉔女人─女

ここで、この(ハ)和語と漢語が対応する避板法が、他の巻々でどのように使われているかまとめてみたい。巻ごとの用例をあげると次のようになる。

| 巻 | 用例 |
|---|---|
| ① | 空─虚空（第3話） |
| ② | 三例 |
| ③ | 宣─宣旨（第25話）、和ス─和合ス（第27話） |
| ④ | 歎ク─悲歎ス（第20話）、空─虚空（第26話）、死ヌ─亡ズ（第41話） |

| | |
|---|---|
| ⑥ | 追ヒ遣ル―追却ス（第3話）、讃ル―讃歎ス（第3話）、失ス―崩ズ（第3話）、銭砧―砧（第4話）、散ル―散ズ（第20話） |
| ⑦ | 二例 |
| ⑨ | 一例 |
| ⑬ | 死骸―骸（第9話）、屍骸―骸（第11話）、瑞―瑞相（第19話） |
| ⑰ | 二例 |

巻ごとの出現状況を見ると、巻十三の一例および巻十七の二例（此ノ身乍ラ―現身、女―女人、一応和語と漢語の対応と考えた）を除くと、他は全て天竺震旦部に出現している。すなわち、この和語と漢語が対応する避板法は、主として天竺震旦部で用いられた方法ということになる。

(ニ)助詞「ノ」が表記されているものと表記されていないもの（四例）

㈡③今ノ世―今世

㈢④国王―国ノ王、⑳供養ノ物―供養物、㉖上ノ層―上層

その他の巻では、巻三第8話「毒ノ心―毒心」に一例存するのみである。尚、「怨ノ思―怨心」の例が、巻一第6話にある。

(ホ)その他、先にあげた用例の中に、㈢①法―正法、③直物―直、⑪夕晩方―晩方、㉓持経者―持者、㉙千所―千のような用語法があるが、同種のものが他の巻にも存するのであげておく。

| 巻 | 用例 |
| --- | --- |
| ② | 二例 |
| ③ | 佛舎利―舎利（第34話） |
| ⑤ | 一例 |
| ⑪ | 妻戸―妻（第12話） |
| ⑫ | 一例 |
| ⑬ | 持経者―持者（第4・6・10話）、供断―供具―供（第39話）、験徳―徳（第41話） |
| ⑭ | 婬欲―婬（第26話）、方広大乗経―方広大乗―方広経（第38話） |

次に、語の順序を入れ替える方法（七例）について考えてみる。用例は次の通りである。

(二)⑬羽尾―尾羽

(三)⑧釣リ喝ム―喝ミ釣ル、⑨悪ク武キ―猛ク悪キ、⑩香花―花香、⑫貴ビ佐ブ―佐ビ貴ブ、⑰皆悉ク―悉ク皆、㉕血肉―完血

他の巻での出現状況を見ると、次のようになる。

| 巻 | 用例 |
|---|---|
| ① | 皆人―人皆（第3話） |
| ② | 一例 |
| ③ | 守門ノ者―門守ノ者（第27話）、皆人―人皆（第35話） |
| ⑩ | 二例 |
| ⑪ | 誘ヘ捉ル―捉リ誘フ（第6話） |
| ⑫ | 二例 |
| ⑬ | 暁ケ白ラム―白々と暁ク（第12話） |
| ⑭ | 見立ツ―立テ見ル（第43話） |
| ⑰ | 一例 |
| ⑲ | 喜ビ泣ク―泣キ喜ブ（第29話） |
| ㉙ | 一例 |
| ㉚ | 其レモ出テ―出テ其レモ（第4話） |
| ㉛ | 女ノ彼ノ許―彼ノ女ノ許（第11話） |

この語の順序を入れ替えるという方法は、今昔物語集のほぼ全巻を通じて見られる、重要な避板法の一つであると言うことができる。そしてそれは、同一表現あるいは同一句が繰り返される際に、できるだけ単調さを避けようとした今昔物語集の編者（書記者）の表現態度の一つであった。

最後に、変字法について検討してみる。

まず、同一人物に対して二通りの宛字をしている例に注目したい。先の用例で言えば、㈢㊶宮迦羅―空迦羅、㊸都率天―兜率天の二例であるが、他の巻にも、このような例が存する。

䟦加―䟦河（一・5）

大修陀羅供―大修多羅供（十六・27）

地名にも同様の例がある。

美濃―美乃（十六・7）

変字法が、人名・地名にまで及んでいるということができる。

また、㈢㉞の御輿―輿のような敬語と普通語の関係も注目される。

このような例からも、今昔物語集の編者（書記者）が、変字法を意識的に用いようとした表記態度をうかがうことができる。

## 四

以上、避板法・変字法に分けて考察してきたのであるが、ここで今昔物語集全巻における出現状況をまとめて

| 巻 | ① | ② | ③ | ④ | ⑤ | ⑥ | ⑦ | ⑨ | ⑩ | ⑪ | ⑫ | ⑬ | ⑭ | ⑮ |
|---|---|---|---|---|---|---|---|---|---|---|---|---|---|---|
| 避板法 | 6 | 14 | 9 | 12 | 6 | 8 | 2 | 3 | 6 | 3 | 6 | 14 | 8 | 3 |
| 変字法 | 2 | 2 | 5 | 0 | 8 | 6 | 2 | 9 | 4 | 1 | 4 | 5 | 2 | 3 |
| 計 | 8 | 16 | 14 | 12 | 14 | 14 | 4 | 12 | 10 | 4 | 10 | 19 | 10 | 6 |

| 巻 | ⑯ | ⑰ | ⑲ | ⑳ | ㉒ | ㉓ | ㉔ | ㉕ | ㉖ | ㉗ | ㉘ | ㉙ | ㉚ | ㉛ |
|---|---|---|---|---|---|---|---|---|---|---|---|---|---|---|
| 避板法 | 4 | 4 | 4 | 1 | 0 | 0 | 1 | 2 | 2 | 2 | 1 | 3 | 1 | 1 |
| 変字法 | 2 | 4 | 2 | 5 | 0 | 0 | 1 | 1 | 1 | 0 | 1 | 2 | 0 | 0 |
| 計 | 6 | 8 | 6 | 6 | 0 | 0 | 2 | 3 | 3 | 2 | 2 | 5 | 1 | 1 |

みると表のようになる。

次に、同一の避板法・変字法で、二巻あるいは二話以上にわたって出現するものをまとめてみる。

（避板法）

空―虚空（一・3、四・35）
皆人―衆人（一・3、三・35）
前世―前生（四・11、十四・24）
死ヌ―亡ズ（四・41、九・30）
方―様（五・25、十・8）
人―者（十・15、十一・25、十四・44）
塵許―露許（十・37、二九・30）
持経者―持者（十二・34、十三・4・6・10）
現身―此ノ身乍ラ（十五・20、十七・1）
多ク―数タ（二五・1、二七・36）

（変字法）

御輿―輿（五・2、五・18）

下―本（五・27、十三・39）
親族―親属（六・21、九・9）
顔―面（九・3、十三・36）
約―契（九・4、十・19）
狗―犬（十一・11、十四・27）
目―眼（十三・26、十五・31）
躰―身（十五・20、二〇・18）
小将―少将（十五・42、二四・31）
愛ブ―悲ブ（十九・9、十九・29）

本章では、避板法・変字法を用いて、平板な表現・平板な表記を回避しようとした今昔物語集の編者（書記者）の表現態度・表記意識を見てきた。それが全巻にわたって、一貫した態度であったこともわかった。本朝世俗部においても、用例数は少ないが同一の避板法・変字法が用いられていることも興味深い。

# 第二部　構文研究

# 第一章　今昔物語集の助動詞の相互承接

## 一

助動詞の相互承接と一般に呼ばれているものの姿は、およそ次のようなものである。例えば、

花咲きにけり

という表現があるとすると、この場合、完了の助動詞「ぬ」に過去の助動詞「けり」が下位承接することによって、「咲く」という動詞に完了と過去の意味が同時に表現されて、この文が成り立つ。このように一つの助動詞が他の助動詞を下位承接させる現象、いわゆる助動詞の相互承接現象は、普通に見られる現象である。ところが、この「ぬ」と「けり」の承接順位を逆にして「けり―ぬ」の順に言う言語習慣はない。すなわち、助動詞には、より上位に位置しようとするものと、より下位に位置しようとするものがあり、相互承接の順位も一定の規則がある。

このような助動詞相互の間に見られる承接については、比較的早くから関心が払われてきた。ところが、これ

までの研究は、この現象を論拠として、いわゆる助動詞の分類という面の研究が中心であったように思う。しかも、この現象の解明に実際の作品の分析・調査などの作業はなされず、ただ文法論としてのみ研究されてきたように思う。

築島裕氏は、その著『平安時代の漢文訓読語につきての研究』の中で、「漢文訓読と和文脈の言語との間に存する種々の相違点のうち、その一面を解明しようとする試み」として、大慈恩寺三蔵法師伝古点および源氏物語・伊勢物語・土佐日記の「助動詞・助詞の相互連結関係の種類」を調査された。この共時・通時両面からの研究は、日本語の文構造の解明に有意義であるとともに、新たな研究方法を与えているように思う。ところが、この調査も氏自身も言っておられるように、各作品ごとの助動詞・助詞の相互承接の種類いわば「異なり数」を対象としたものである。

今昔物語集の文体研究の一つの試みとして、今昔物語集の助動詞の相互承接の実態を調査し、築島氏の調査されたものと比較対照しながら、考察を加えていきたいと思う。

尚、調査に際しては、文法論的には問題を含むと思われるが、築島氏の調査されたものにならって便宜的に次のような規準を立てた。

①「る」「らる」「す」「さす」「しむ」「ごとし」は、この調査の対象にしなかった。

②「ざるなり」と「ざなり」のように、原形とその音便形とが併存するものは、別種とした。

# 二

今昔物語集における助動詞の相互承接の種類（用例）および各巻における用例数を示すと次の表1、表2、表3のようになる（表中の○印は源氏物語と共通するものである。また空白は用例数が0であることを示す。以下同じ）。

表1　二語承接

| 巻次＼用例 | ○たら―む | ○たら―ず | ○たら―まし | ○たり―き | ○たり―けり | ○たり―けむ | ○たり―つ | ○たる―べし | ○たる―なり | ○ら―む | ○り―けり | ○り―つ | ○て―まし |
|---|---|---|---|---|---|---|---|---|---|---|---|---|---|
| ① | 1 | | | | | | | | 2 | | 1 | | |
| ② | 4 | | | 12 | 3 | | | | 7 | | | | |
| ③ | | | | | | | 1 | | 4 | | | | |
| ④ | 3 | 2 | | 6 | 2 | | 1 | | 7 | | | | |
| ⑤ | 6 | | | 8 | 3 | | 3 | | 8 | | | | 1 |
| ⑥ | | | | 4 | | | 1 | | 4 | | | | |
| ⑦ | 2 | | | 5 | | 1 | 4 | | 3 | | | | |
| ⑨ | 1 | | | 3 | | | 2 | | 8 | | | | |
| ⑩ | 8 | | | 9 | 19 | | | | 5 | | | 1 | |
| ⑪ | 1 | | | 3 | 15 | | 2 | | 3 | | | | |
| ⑫ | 2 | | | 2 | 5 | | | | 6 | | | | |
| ⑬ | | | | 2 | | | | | | | | | |
| ⑭ | 2 | | | 15 | 9 | 1 | 1 | | 7 | | | | |
| ⑮ | 8 | | | 7 | 19 | | 2 | | 10 | | | 1 | |
| ⑯ | 3 | | | 3 | 18 | 1 | 6 | | 3 | 1 | 1 | | |
| ⑰ | 1 | | | 5 | 7 | | 1 | | 6 | | | | |
| ⑲ | 17 | | | 7 | 51 | | 3 | 1 | 9 | 1 | 1 | | |
| ⑳ | 1 | | | 5 | 16 | | 2 | | 7 | | | | |
| ㉑ | 1 | | | 3 | 14 | 1 | | | 3 | | | | |
| ㉓ | 3 | | | | 16 | 1 | 7 | | 3 | | | | |
| ㉔ | 7 | | 1 | 4 | 36 | 1 | 1 | | 6 | | | | |
| ㉕ | 4 | | | 2 | 77 | | 1 | | 2 | | | | |
| ㉖ | 8 | | 1 | 5 | 95 | | 14 | | 6 | | | | 1 |
| ㉗ | 3 | | 2 | 4 | 90 | 1 | 6 | | 5 | | | | 1 |
| ㉘ | 5 | | | 6 | 88 | 1 | 9 | 1 | 8 | | 1 | | 1 |
| ㉙ | 7 | | 2 | 1 | 77 | | 9 | | 3 | | | | |
| ㉚ | 5 | | 1 | 3 | 44 | | 2 | | 1 | | | | 2 |
| ㉛ | 6 | | | 3 | 74 | 1 | 3 | | 6 | | | | 1 |
| 計 | 109 | 2 | 7 | 111 | 772 | 9 | 80 | 2 | 142 | 2 | 4 | 2 | 7 |

| 用例／巻次 | てーむず | ○てーむ | ○てーき | ○てーけり | ○てーけむ | ○つーべし | ○つーらむ | ○つるーなり | ○なーまし | なーむず | ○なーむ | ○にーき | ○にーけり | ○にーけむ | ○にーたり | ○ぬーべし | ○ぬーめり | ○ぬーらむ | ぬるーなり | ○ならーず | ○ならーまし | ○ならーむ |
|---|---|---|---|---|---|---|---|---|---|---|---|---|---|---|---|---|---|---|---|---|---|---|
| ① |  | 3 | 2 | 2 |  |  |  |  |  | 1 |  | 5 | 15 |  |  | 2 |  | 1 |  |  |  |  |
| ② |  | 3 | 2 | 1 |  |  |  |  |  |  |  | 2 | 3 |  | 1 | 3 |  | 1 |  |  |  | 1 |
| ③ |  |  | 2 | 1 |  |  |  | 1 |  |  |  | 2 | 7 |  | 2 | 1 |  |  |  |  |  | 2 |
| ④ |  | 8 |  | 5 |  |  |  | 3 |  |  | 8 | 9 | 11 |  | 3 | 3 |  | 2 | 1 | 1 |  |  |
| ⑤ | 1 | 1 | 1 | 9 |  |  | 1 | 4 |  |  |  | 3 | 19 |  | 3 | 2 |  | 1 |  | 1 |  | 2 |
| ⑥ |  | 5 |  |  |  |  |  |  |  |  |  | 7 | 7 |  | 3 | 2 |  |  |  |  |  | 1 |
| ⑦ |  | 1 |  | 2 |  |  |  | 1 |  |  |  | 8 | 9 |  | 1 |  |  |  |  |  |  |  |
| ⑨ |  | 1 |  | 2 |  |  |  | 1 |  |  |  | 1 | 10 |  |  |  |  |  |  | 2 |  | 2 |
| ⑩ |  | 4 | 1 | 5 |  |  | 2 | 3 | 1 | 1 | 13 | 7 | 34 |  | 5 | 3 |  | 1 |  |  |  | 5 |
| ⑪ |  | 2 |  | 5 |  |  |  | 1 |  |  |  | 3 | 21 |  | 1 |  |  |  | 2 |  |  | 2 |
| ⑫ |  | 2 |  | 3 |  |  | 1 | 3 |  |  |  | 5 | 18 | 1 | 2 | 1 |  | 1 | 4 |  | 1 | 3 |
| ⑬ |  |  |  | 4 |  |  | 1 | 1 |  |  |  | 1 | 15 |  |  |  |  |  |  |  |  |  |
| ⑭ |  | 4 |  | 4 |  |  |  | 1 |  |  | 8 | 5 | 27 | 2 | 4 |  |  |  | 4 |  | 1 | 5 |
| ⑮ |  | 3 | 2 | 6 |  |  |  | 3 |  | 1 | 12 | 2 | 68 | 2 | 3 |  |  | 1 | 1 |  |  |  |
| ⑯ |  | 7 |  | 14 |  |  | 1 | 5 |  | 2 | 5 | 4 | 44 | 2 | 4 | 1 | 1 | 1 | 1 | 2 |  | 3 |
| ⑰ |  | 1 |  | 4 |  |  | 1 | 1 |  |  |  |  | 22 |  | 1 | 2 |  | 1 |  |  |  | 1 |
| ⑲ | 1 | 7 |  | 21 |  |  | 3 | 5 |  |  | 8 | 2 | 97 | 5 | 6 | 1 |  | 6 | 3 |  |  | 4 |
| ⑳ |  | 5 |  | 8 |  |  | 3 | 6 |  |  |  | 3 | 29 | 1 | 2 | 1 |  | 2 | 5 |  |  |  |
| ㉑ |  |  |  | 4 |  |  |  |  |  |  |  |  | 8 |  |  |  |  |  |  |  |  |  |
| ㉓ |  | 2 |  | 14 |  |  | 1 | 2 |  |  |  | 1 | 36 | 1 | 3 | 5 |  | 1 | 1 |  |  | 1 |
| ㉔ | 1 | 6 |  | 15 | 1 | 2 | 2 | 6 | 1 |  |  | 5 | 63 |  | 1 | 3 | 1 | 3 |  |  |  |  |
| ㉕ |  | 7 |  | 7 | 1 |  |  | 2 | 1 |  |  | 3 | 31 |  | 3 |  |  | 2 |  |  |  | 1 |
| ㉖ | 1 | 9 |  | 19 |  | 1 | 2 | 8 | 1 | 4 | 7 | 3 | 74 |  | 19 | 1 |  | 4 |  | 2 |  | 4 |
| ㉗ |  | 8 |  | 19 |  |  | 1 | 4 |  |  |  | 5 | 63 |  | 6 | 1 |  | 1 | 2 |  |  | 3 |
| ㉘ | 1 | 10 |  | 16 |  |  | 1 | 7 | 1 |  |  |  | 88 |  | 6 | 2 | 1 | 2 | 1 |  |  |  |
| ㉙ | 1 | 4 |  | 36 |  |  | 1 | 6 |  |  |  | 3 | 57 | 2 | 6 | 2 |  | 3 | 1 |  |  |  |
| ㉚ | 1 | 2 | 1 | 11 |  |  |  | 1 |  |  |  | 1 | 39 | 2 |  | 2 |  | 1 |  |  |  |  |
| ㉛ |  | 4 | 1 | 21 |  |  | 4 | 4 | 1 |  |  | 3 | 60 |  | 4 | 2 |  | 2 |  |  |  | 6 |
| 計 | 7 | 109 | 12 | 356 | 2 | 3 | 25 | 79 | 6 | 9 | 61 | 93 | 983 | 18 | 89 | 39 | 3 | 37 | 26 | 8 | 2 | 46 |

| ○ざ—めり | ○ざ—なり | ざる—なり | ○ざる—べし | ざり—ぬ | ○ざり—つ | ○ざり—けむ | ○ざり—けり | ○ざり—き | ○ざら—む | ○ざら—まし | ○ぬ—なり | ○ける—なり | ○し—なり | ○な—めり | ○な—なり | なる—なり | ○なる—らむ | ○なる—べし | ○なり—つ | ○なり—けむ | ○なり—けり | ○なり—き |
|---|---|---|---|---|---|---|---|---|---|---|---|---|---|---|---|---|---|---|---|---|---|---|
| | | 4 | | | | | 3 | 2 | 2 | | | | | | | | | 1 | | | 4 | |
| | | 4 | | | | | | 5 | 4 | | | | | 1 | | | | 1 | | | 4 | 2 |
| | | 3 | | | 1 | | 6 | 2 | | | | 1 | | | | 1 | | | 2 | | 8 | |
| | | 3 | | | 1 | | 3 | 5 | 3 | | | 1 | | 3 | | | | 1 | | | 10 | |
| | | 3 | 1 | | 2 | | 1 | 1 | 4 | 1 | | | 1 | 3 | | | | 1 | | | 13 | |
| | | 2 | | | | | 2 | 2 | 1 | | | 1 | | | | | | 1 | | | 14 | 1 |
| | | 2 | | | | | | 2 | 1 | | | | 1 | | | | | 1 | | | 7 | |
| | | 4 | 2 | | | | 3 | 5 | 3 | | | | | | | 1 | | 1 | | | 16 | |
| | | 3 | | | 2 | | 11 | | 1 | | | 2 | | 6 | | | 1 | 3 | | 3 | 16 | 1 |
| | | 1 | 1 | | 1 | | 5 | 1 | 1 | | | 2 | | 4 | | | | 2 | | | 15 | |
| | | | | | | | 7 | 2 | 5 | 1 | | 2 | | 5 | | | | 2 | | | 23 | 1 |
| | | 2 | | | | | 5 | | 2 | | | | | 1 | | | 1 | | | | 7 | |
| | | 6 | | | | | 6 | 6 | 1 | 1 | 1 | 2 | | 1 | | | 2 | 9 | | | 24 | 1 |
| | | 1 | | | | | 10 | | 7 | 1 | | 4 | | 4 | | | | | | 1 | 24 | |
| | | | | | 2 | | 11 | 1 | 9 | 1 | 1 | 5 | | 5 | | 1 | | 7 | 3 | | 51 | 2 |
| | | 1 | 1 | | 1 | | 8 | 2 | 2 | | | 3 | | 5 | | | | | | | 26 | 3 |
| | | | | | 4 | 1 | 30 | 2 | 4 | | | 4 | | 3 | | | | 5 | 1 | | 55 | 1 |
| 2 | | | | | 3 | 1 | 18 | | 3 | | 1 | | | 4 | | | | 3 | 2 | | 26 | |
| | | | | | | | 7 | 2 | | | | 1 | 2 | | | | | 1 | | | 7 | |
| | | 1 | | | 3 | | 8 | | 1 | | | 4 | | 3 | | | | 1 | 1 | | 7 | |
| | | | | | 1 | 1 | 27 | | | | 1 | 3 | 1 | 6 | | | 2 | 8 | 1 | | 31 | |
| | | | | | 2 | | 5 | 1 | 6 | | | 3 | | 3 | | | | 4 | | | 14 | |
| | | | | | 3 | | 22 | 1 | | | | | | 2 | 1 | 1 | | 2 | 3 | | 36 | |
| 1 | | | | | 5 | 1 | 34 | 1 | 5 | 1 | 1 | | 1 | 5 | | | | 1 | 1 | | 28 | 1 |
| | | | 1 | | 4 | | 18 | | 4 | 1 | 2 | 6 | 1 | 5 | 5 | | | 5 | 2 | | 38 | 2 |
| | | | | | 3 | | 27 | | 5 | 2 | 2 | 1 | | 4 | | | | 1 | | | 31 | |
| | 1 | | | | 1 | 1 | 16 | | 3 | | | 1 | | | | | | | | | 16 | 4 |
| | 1 | | | 3 | 2 | | 36 | | 6 | | 3 | 2 | | 4 | 2 | | | 2 | 1 | | 28 | |
| 3 | 2 | 40 | 6 | 3 | 41 | 5 | 328 | 43 | 82 | 9 | 12 | 48 | 7 | 77 | 8 | 4 | 6 | 63 | 17 | 4 | 574 | 19 |

| 巻次＼用例 | ざれ—り | ○べから—ず | べから—ざり | ○べから—む | べかり—き | ○べかり—けり | べかり—つ | べかる—らむ | べか—なり | べ—けむ | ○べき—なり | まじらか—む | ○まじかり—けり | まじか—なり | まじき—なり | まじ—なり | ○むず—らむ | ○むずる—なり |
|---|---|---|---|---|---|---|---|---|---|---|---|---|---|---|---|---|---|---|
| ① | 1 | 15 | | | 2 | | | | 1 | | 5 | | | | | | | |
| ② | | 12 | | | 1 | | | | | | 14 | | | | | | | |
| ③ | | 16 | | | | | | | | | 8 | | | | | | | |
| ④ | | 20 | | | | | 1 | 1 | | | 8 | | | | | | 1 | |
| ⑤ | | 23 | | | | | | | | | 7 | | | | | | 1 | |
| ⑥ | | 8 | | | | | | | | | 4 | | | | | | | |
| ⑦ | | 17 | 1 | | | | | | | | 4 | | | | | | | |
| ⑨ | | 14 | | 1 | | | 1 | | | 1 | 8 | | | | | | 1 | |
| ⑩ | | 26 | | | | | | | | | 16 | | | | | | 2 | |
| ⑪ | | 6 | | | | 1 | | | | | 13 | | | | | | | |
| ⑫ | | 16 | 1 | | | 1 | 1 | | | | 15 | | | | | | 1 | |
| ⑬ | | 11 | | | | | | | | | 9 | | | | | | | |
| ⑭ | | 12 | | | 1 | | | | | | 14 | | | 1 | | | | |
| ⑮ | | 11 | | | | | | | | | 8 | | | | | | 1 | |
| ⑯ | | 7 | | | | 1 | | | | | 8 | | 1 | | | | 5 | 1 |
| ⑰ | | 9 | | | | | 1 | | | | 4 | | | | | | 2 | |
| ⑲ | | 6 | 1 | | | | | | | | 10 | | | | | | 3 | |
| ⑳ | | 17 | | | | | | | | | 15 | | | | | | 1 | |
| ㉑ | | 1 | | | | | | | | | 1 | | | | | | | |
| ㉓ | | | | 1 | | 1 | | | | | 1 | | 1 | | | | 4 | |
| ㉔ | | 6 | | 5 | | 3 | | | | | 13 | | 2 | | | 1 | | |
| ㉕ | | 5 | | | 1 | | | | | | 5 | | | | 1 | | 1 | |
| ㉖ | | 3 | | | | 1 | | | | | 5 | 1 | | | 1 | | 12 | 1 |
| ㉗ | | 5 | | 1 | | 2 | 1 | | | | 4 | | | | 2 | | | |
| ㉘ | | 5 | | 2 | | | | | | | 10 | | | | 2 | | 5 | 3 |
| ㉙ | | | | 1 | | | | | | | 11 | | 1 | | 3 | | 5 | |
| ㉚ | | 5 | | 1 | | 1 | | | | | 1 | | | | 2 | | 1 | |
| ㉛ | | 6 | | 1 | | 1 | | | | | 10 | | | 1 | 1 | | 3 | 1 |
| 計 | 1 | 282 | 3 | 13 | 5 | 12 | 5 | 1 | 1 | 1 | 231 | 1 | 5 | 2 | 12 | 1 | 49 | 6 |

表2　三語承接

| 巻次＼用例 | たり—ける—なり | たり—し—なり | ○たり—つる—なり | ○たる—なり—けり | ○たる—なる—べし | たる—なる—らむ | ○たる—な—めり | て—し—けり | て—ける—なり | て—む—り | つ—べかり—つ | ○つる—なら—む | ○つる—なり—けり | ○つる—な—めり | な—むず—らむ | に—し—なり | に—ける—なり | に—たる—なり | ○ぬ—べから—む |
|---|---|---|---|---|---|---|---|---|---|---|---|---|---|---|---|---|---|---|---|
| ① | | | | | | | | | | | | | | | | | | | |
| ② | | | | | | | | | 1 | | | | | | | | | | |
| ③ | | | | | | | | | | | | | | | | | | | |
| ④ | | 1 | | 1 | | | | | | | | | | | | | | | |
| ⑤ | 1 | | | 1 | | | | | | | | | | | | | | | |
| ⑥ | | | | | | | | | | | | | | | | 1 | | | |
| ⑦ | | | | 1 | | | | | | | | | | | | | | | |
| ⑨ | | | | | | | | | | | | | | | | | | | |
| ⑩ | | 1 | 1 | 3 | | | | | | | | | | | | | | | |
| ⑪ | | | | 1 | | | | | | | | | | | | | | | |
| ⑫ | | 1 | | 1 | | | | | 1 | | | | | | | | | | |
| ⑬ | | | | 1 | | | | | | | | | | | | | | | |
| ⑭ | | | | 2 | | | | | | | | | | | | | | | |
| ⑮ | 1 | 1 | | 1 | 1 | | 1 | | | | | | | | | | | | |
| ⑯ | | 1 | | 2 | | | | | | | | | 1 | | 1 | | | | |
| ⑰ | | | | 3 | | | | | | | | 1 | | | | | | | |
| ⑲ | | | | 5 | 2 | | | 1 | | 1 | | | 1 | | | | | 1 | |
| ⑳ | | | | 3 | | | | | | | | 1 | | | 1 | | | | |
| ㉑ | | | | | | | | | | | | | | | | | | | |
| ㉓ | | | 1 | | | | | | | | | | | | | | 2 | 1 | |
| ㉔ | 1 | | | 10 | | | 1 | | | | | | 1 | | | | | | 1 |
| ㉕ | | | | | | | 1 | | | | | | | | | | | | |
| ㉖ | 2 | | | 3 | | | 1 | | | | 1 | 1 | | 1 | | | | | |
| ㉗ | 1 | | 1 | | 1 | | 1 | | | | | | | | | | | | |
| ㉘ | 2 | | | 5 | | | 2 | | | | | | 1 | 1 | | | | | 1 |
| ㉙ | | | | 2 | | | 2 | | | | | | 1 | | | | | | |
| ㉚ | | | | 4 | | | | | | | | | 1 | | | | | | |
| ㉛ | | | 1 | 2 | | 1 | | | | | | | | | | | | | |
| 計 | 8 | 5 | 4 | 49 | 4 | 1 | 9 | 1 | 2 | 1 | 1 | 3 | 6 | 2 | 2 | 1 | 2 | 2 | 2 |

| 巻次＼用例 | ○ぬ―べかり―き | ○ぬ―べかり―けり | ぬ―べかり―つ | ○ぬ―べか―めり | ぬる―なり―けり | ○ぬる―な―めり | なる―なり―けり | なり―ぬ―べし | ○ける―なり―けり | ○ける―な―めり | けり―なり―けり | ず―なり―き | ず―べかり―けり | ○ぬ―なり―けり | ○ぬ―なる―べし | ○ぬ―な―めり | ざり―し―なり | ざり―ける―なり | ○ざり―つ―らむ | べから―ざる―なり | ○べき―なり―けり | べき―な―なり |
|---|---|---|---|---|---|---|---|---|---|---|---|---|---|---|---|---|---|---|---|---|---|---|
| ① | 1 | | | | | | | | 1 | | | | | | | | | | | | | |
| ② | | | | | | | | | | | | | | | | | | | | | | |
| ③ | | | | | | | | | | | | | | | | | | | | | | |
| ④ | | | | | | | | | 1 | | 1 | | | | | | | | | 1 | | |
| ⑤ | | | | | 1 | | | | | | | | | 1 | | 1 | | | | | 1 | |
| ⑥ | | | | | | | | | 1 | | | | | | | | | | | | | |
| ⑦ | | | | | | | | | | | | | | | | | | | | | | |
| ⑨ | | | | | | | | | | | | | | | | | | | | 1 | | |
| ⑩ | | | | | | | | | 1 | | | | | | | | 1 | | | | 2 | |
| ⑪ | | | | | | | | | | | | | | | | | | | | | | |
| ⑫ | | | | | 1 | | | | | | | | | 2 | | | | | | | | |
| ⑬ | | | | | 1 | | | | 1 | | | | | | | | | | | | | |
| ⑭ | | | | | | | | | 2 | | | | | 2 | | | | | | | 1 | |
| ⑮ | | | | | | | | | 2 | | | | | | | | | | | | 1 | |
| ⑯ | | | | | | | | | 3 | 1 | | | | | | | | | | | | |
| ⑰ | | | | | 1 | 2 | | | 1 | | | | | | | | | | | | | |
| ⑲ | | | | | 1 | | | | 4 | | | | | | | 2 | | | | | | |
| ⑳ | | | 1 | | | | | | 1 | | | | | | | | | | | | | |
| ㉑ | | | | | | | | | | | | | | | | | | | | | | |
| ㉓ | | | | | 1 | | | | 1 | | | 1 | | | | | | 1 | | | | |
| ㉔ | | | | 1 | | | | | 1 | 1 | | | | | 1 | | | | | | | |
| ㉕ | | | | | | 1 | | | | | | | | | | | | | | | | |
| ㉖ | 1 | 1 | | | 2 | | | 1 | | | | | | | | 2 | | | 1 | | | |
| ㉗ | | | | | | | | | 4 | 5 | | | | 1 | | | | | | | | |
| ㉘ | | | | 1 | 3 | | | | 4 | 2 | | | | | | | | | | | 2 | 1 |
| ㉙ | | | 1 | 1 | 1 | 1 | 1 | | 4 | | | | | 1 | | | | | | | | |
| ㉚ | | | | | | | | | 2 | | | | | | | | | | | | | |
| ㉛ | | | | | 1 | | | | 6 | 1 | | | 1 | | | | | 1 | | | | |
| 計 | 2 | 1 | 2 | 3 | 13 | 4 | 1 | 1 | 40 | 10 | 1 | 1 | 1 | 7 | 1 | 5 | 1 | 2 | 1 | 2 | 7 | 1 |

| 巻次 | ○べき—な—めり | ○まじき—なり—けり | ○まじき—な—めり | むず—な—めり | むずる—なり—けり | むずる—な—めり |
|---|---|---|---|---|---|---|
| ① | | | | | | |
| ② | | | | | | |
| ③ | | | | | | |
| ④ | | | | | | |
| ⑤ | | | | | | |
| ⑥ | | | | | | |
| ⑦ | | | | | | |
| ⑨ | | | | | | |
| ⑩ | | | | | | |
| ⑪ | | | | | | |
| ⑫ | | | | | | |
| ⑬ | | | | | | |
| ⑭ | | | | | | |
| ⑮ | | | | | | |
| ⑯ | | | | | 1 | |
| ⑰ | | | | | | |
| ⑲ | | 1 | | | | 1 |
| ⑳ | | 1 | | | | |
| ㉑ | | | | | | |
| ㉓ | | | | | | |
| ㉔ | | 1 | | | | 1 |
| ㉕ | | 2 | 1 | | | |
| ㉖ | 1 | | | 1 | | 1 |
| ㉗ | | 1 | | | | |
| ㉘ | | | | | | |
| ㉙ | | | | | | 1 |
| ㉚ | | | | | | |
| ㉛ | | | | | | |
| 計 | 1 | 5 | 1 | 1 | 1 | 4 |

表3　四語承接

| 巻次 | な—むずる—な—めり | に—ける—なら—む | に—ける—なり—けり | に—ける—な—めり | に—たる—な—めり | ぬ—べき—なり—けり | ○ぬ—べき—な—めり | て—ける—な—めり | て—むずる—なり—けり | たり—ける—なり—けり | ぎり—ける—なり—けり | ぎり—ける—な—めり |
|---|---|---|---|---|---|---|---|---|---|---|---|---|
| ① | | | | | | | 1 | | | | | |
| ② | | | | | | | | | | | | |
| ③ | | | | | | | | | | | | |
| ④ | | | | | | | | | | | 1 | |
| ⑤ | | | | | | | | | | | | |
| ⑥ | | | | | | | | | | | | |
| ⑦ | | | | | | | | | | | | |
| ⑨ | | | | | | | | | | | | |
| ⑩ | | 1 | | | | 1 | | | | | | |
| ⑪ | | | | | | | | | | | | |
| ⑫ | 1 | | | | | | | | | | | |
| ⑬ | | | | | | | | | | | | |
| ⑭ | | | | | | | | | | | | |
| ⑮ | | | | | | | | 1 | | | | |
| ⑯ | | | 1 | 1 | | | | | | | 1 | |
| ⑰ | | | | | | | | | | 1 | | |
| ⑲ | | | 1 | 2 | | | | | | | | |
| ⑳ | | | | | | | | | | | | |
| ㉑ | | | | | | | | | | | | |
| ㉓ | | | | | | | | | | | | |
| ㉔ | | | | 1 | | | | | | | | |
| ㉕ | | | | | | | | | | | | |
| ㉖ | | | | | 1 | | | | | | | |
| ㉗ | | | 1 | 1 | | | | | | | | |
| ㉘ | | | | | 1 | | | | | 1 | 1 | |
| ㉙ | | | 1 | 1 | | | | | | 1 | 1 | |
| ㉚ | | | | | | | | | | 1 | | |
| ㉛ | | | | | | | | | 1 | | 1 | 1 |
| 計 | 1 | 1 | 4 | 6 | 2 | 1 | 1 | 1 | 1 | 4 | 5 | 1 |

# 三

今昔物語集の助動詞の相互承接（異なり数）を各巻ごとに整理してみると表4のようになる。この表は、各巻の特徴を見るために、それぞれの巻ごとの異なり数を示すと同時に、日本古典文学大系『今昔物語集』の一頁あたり、どの位の割合で、助動詞の相互承接の種類が見られるかを示している。従って、表中の頁数とは、日本古典文学大系『今昔物語集』の頁数である。

更に、表4を各部ごと、すなわち天竺震旦部（巻一～巻十）、本朝仏法部（巻十一～巻二〇）、本朝世俗部（巻二二～巻三一）の三部に分けて整理してみると、表5のようになる。

以上、二つの表を見ると、各巻ごとの言語量（頁数）に対する助動詞の相互承接の種類（異なり数）の割合の低い巻は、巻十三（〇・二七）、巻二（〇・三〇）、巻六（〇・三〇）、巻三（〇・三四）、巻七（〇・三五）、巻九（〇・三五）など、天竺震旦部・本朝仏法部に属する巻々である。逆に割合の大きい巻は、巻二三（一・四四）、巻三〇（一・〇九）、巻二二（〇・九四）、巻三一（〇・八三）、巻二六（〇・七九）、巻二五（〇・七八）など、本朝世俗部に属する巻々である。ただし、巻二二、巻二三、巻二五、巻三〇の四巻は、他の巻に比べて言語量（頁数）が極端に少ないという特殊性があるので考慮すべきである。

そこで、これを各部ごとに整理しなおしてみると、表5のように天竺震旦部・本朝仏法部と本朝世俗部の間には、わずかに差違が認められる。しかし、これも、その内容を見ると、二語承接の種類は、当初予想していたほど各部に大きい開きはない。

本朝世俗部だけに見られる種類としては、「たら—まし」、「て—けむ」、「つ—べし」、「な—なり」（音便形）、

表4

| ⑮ | ⑭ | ⑬ | ⑫ | ⑪ | ⑩ | ⑨ | ⑦ | ⑥ | ⑤ | ④ | ③ | ② | ① | 巻次 | |
|---|---|---|---|---|---|---|---|---|---|---|---|---|---|---|---|
| 70 | 70 | 64 | 73 | 75 | 73 | 77 | 60 | 66 | 65 | 67 | 61 | 77 | 69 | 頁数 | |
| 29 | 33 | 14 | 31 | 26 | 33 | 26 | 20 | 19 | 33 | 30 | 20 | 23 | 22 | 二語承接 | 異なり数 |
| 7 | 4 | 3 | 5 | 1 | 6 | 1 | 1 | 1 | 4 | 7 | 1 | | 3 | 三語承接 | |
| 1 | | | 1 | | 2 | | | | | 1 | | | 1 | 四語承接 | |
| 37 | 37 | 17 | 37 | 27 | 41 | 27 | 21 | 20 | 37 | 38 | 21 | 23 | 26 | 合計 | |
| 0.53 | 0.53 | 0.27 | 0.51 | 0.36 | 0.56 | 0.35 | 0.35 | 0.30 | 0.57 | 0.57 | 0.34 | 0.30 | 0.38 | 異なり数／頁数 | |

| ㉛ | ㉚ | ㉙ | ㉘ | ㉗ | ㉖ | ㉕ | ㉔ | ㉓ | ㉒ | ⑳ | ⑲ | ⑰ | ⑯ |
|---|---|---|---|---|---|---|---|---|---|---|---|---|---|
| 60 | 32 | 73 | 78 | 69 | 68 | 41 | 79 | 27 | 17 | 74 | 86 | 72 | 78 |
| 39 | 31 | 32 | 41 | 39 | 39 | 28 | 38 | 31 | 16 | 29 | 37 | 28 | 43 |
| 8 | 3 | 11 | 12 | 8 | 15 | 4 | 10 | 8 | | 5 | 11 | 5 | 7 |
| 3 | 1 | 4 | 3 | 2 | 1 | | 1 | | | | 2 | 1 | 3 |
| 50 | 35 | 47 | 56 | 49 | 54 | 32 | 49 | 39 | 16 | 34 | 50 | 34 | 53 |
| 0.83 | 1.09 | 0.64 | 0.72 | 0.75 | 0.79 | 0.78 | 0.62 | 1.44 | 0.94 | 0.46 | 0.58 | 0.46 | 0.68 |

表5

| 全巻 | 本朝世俗部 | 本朝仏法部 | 天竺震旦部 | |
|---|---|---|---|---|
| 1819 | 540 | 664 | 615 | 頁数 |
| 76 | 66 | 58 | 55 | 二語承接 |
| 47 | 37 | 22 | 15 | 三語承接 |
| 12 | 7 | 6 | 4 | 四語承接 |
| 135 | 110 | 86 | 74 | 合計 |
| 0.07 | 0.20 | 0.13 | 0.12 | 異なり数／頁数 |

表6

| | 今昔物語集 | 慈恩伝古点 | 源氏物語 | 伊勢物語 | 土佐日記 |
|---|---|---|---|---|---|
| 言語量 | 1819 | 約400 | 約2000 | 59 | 29 |
| 二語承接 | 76 | 22 | 81 | 36 | 31 |
| 三語承接 | 47 | 1 | 68 | 5 | 3 |
| 四語承接 | 12 | 0 | 9 | 0 | 0 |
| 合計 | 135 | 23 | 158 | 41 | 34 |

「ざ—なり」(音便形)、「ざ—めり」(音便形)、「まじから—む」、「まじき—なり」の九種類がある。その他、本朝世俗部にほぼ集中する種類としては、「て—まし」、「て—むず」、「な—まし」、「ざり—けむ」、「べから—む」、「べかり—けり」、「まじかり—けり」、「むずる—なり」などがある。逆に、天竺震旦・本朝仏法部だけに見られる種類としては、「たら—ず」、「ら—む」、「り—つ」、「なら—まし」、「ざれ—り」、「べから—ざり」、「べかる—らむ」、「べか—なり」、「べ—けむ」などである。その他、「ざる—なり」は、天竺震旦・本朝仏法部に集中して見られる。

三語承接の場合は、各部の間でかなりはっきりとした差違が認められる。特に本朝世俗部に多くの種類がある。四語承接にそれほど差違がないのと考え合わせると、三語承接の占める割合が、天竺震旦・本朝仏法部と本朝世俗部における助動詞の相互承接の種類(異なり数)の差違をもたらしているとも言える。

次に、この今昔物語集における状況を、先に述べた築島氏の調査された四文献(大慈恩寺三蔵法師伝古点・源氏物語・伊勢物語・土佐日記)と比較してみよう。まず、四文献の助動詞の相互承接の種類(異なり数)を整理してまとめてみると、表6のようになる(尚、表作成にあたっては、築島氏の調査された、「助動詞・助詞の相互連結」の異なり数を、「助動詞の相互承接」の異なり数に変えた以外は、全て築島氏の調査に従った。言語量は、築島氏の方法に従って、日本古典文学大系の頁数に換算したものである。今昔物語集は、全巻を通したものをあげておく)。

まず、代表的な漢文訓読語資料である大慈恩寺三蔵法師伝古点の言語量に対する相互承接の種類(異なり数)

の割合は、今昔物語集のどの巻よりもはるかに低い。

また、言語量のほぼ等しい源氏物語の割合と比べると、今昔物語集の割合はほぼ同じような数値を示している。ところが、表1で示したように（用例の上に○を付けたもの）、その用例を見ると、二語承接の場合はほぼ源氏物語と共通しているのに対して、三語承接はおよそ半数、四語承接にいたっては、今昔物語集の方が種類も多く、共通しているものは一例（「ぬ―べき―な―めり」）だけであることは注目される。

伊勢物語と土佐日記については、今昔物語集の巻の中に同じような数値を示す巻がいくつかある。

# 四

今昔物語集の助動詞の相互承接の用例数を各巻ごとにまとめて整理すると表7のようになる。

この表を見ると、各巻ごとの言語量（頁数）に対する助動詞の相互承接の用例数の割合は、最低が巻十八（一・〇二）で、最高が巻二五（五・九七）とかなり幅がある。

この幅が何に基づくものであるかを、明確にするために、各部ごとの値を出してみると次のようになる。

天竺震旦部　一・六一
本朝仏法部　二・五五
本朝世俗部　五・〇〇

表7

| 巻次 | | ① | ② | ③ | ④ | ⑤ | ⑥ | ⑦ | ⑨ | ⑩ | ⑪ | ⑫ | ⑬ | ⑭ |
|---|---|---|---|---|---|---|---|---|---|---|---|---|---|---|
| 頁数 | | 69 | 77 | 61 | 67 | 65 | 66 | 60 | 77 | 73 | 75 | 73 | 64 | 70 |
| 用例数 | 二語承接 | 75 | 91 | 70 | 135 | 139 | 70 | 72 | 95 | 220 | 114 | 142 | 62 | 160 |
| | 三語承接 | 3 | | 1 | 7 | 4 | 1 | 1 | 1 | 9 | 1 | 6 | 3 | 7 |
| | 四語承接 | 1 | | | 1 | | | | | 2 | | 1 | | |
| 合計 | | 79 | 91 | 71 | 143 | 143 | 71 | 73 | 96 | 231 | 115 | 149 | 65 | 167 |
| 用例数／頁数 | | 1.14 | 1.18 | 1.16 | 2.13 | 2.20 | 1.08 | 1.22 | 1.25 | 3.16 | 1.53 | 2.04 | 1.02 | 2.39 |

| 巻次 | | ⑮ | ⑯ | ⑰ | ⑲ | ⑳ | ㉒ | ㉓ | ㉔ | ㉕ | ㉖ | ㉗ | ㉘ | ㉙ | ㉚ | ㉛ |
|---|---|---|---|---|---|---|---|---|---|---|---|---|---|---|---|---|
| 頁数 | | 70 | 78 | 74 | 86 | 74 | 17 | 27 | 79 | 41 | 68 | 65 | 78 | 73 | 32 | 60 |
| 用例数 | 二語承接 | 223 | 255 | 123 | 388 | 192 | 65 | 135 | 278 | 195 | 385 | 327 | 378 | 318 | 175 | 315 |
| | 三語承接 | 8 | 10 | 8 | 20 | 7 | | | 19 | 5 | 20 | 15 | 25 | 16 | 7 | 14 |
| | 四語承接 | 1 | 3 | 1 | 3 | | | | 1 | | 1 | 2 | 3 | 4 | 1 | 3 |
| 合計 | | 232 | 268 | 132 | 411 | 199 | 65 | 144 | 298 | 200 | 406 | 344 | 406 | 338 | 183 | 322 |
| 用例数／頁数 | | 3.31 | 3.44 | 1.78 | 4.78 | 2.69 | 3.82 | 5.33 | 3.77 | 4.88 | 5.97 | 5.29 | 5.20 | 4.63 | 5.72 | 5.37 |

ただし、天竺震旦部の巻十（三・一六）、あるいは本朝仏法部の巻十九（四・七八）のように例外的に大きな値を示す巻もある。

今昔物語集は、文体上巻二〇前後を境にして大きく漢文訓読調と和文調に分かれると言われてきた。そして、その論拠の多くは、語彙的な面あるいは語法的な面からの指摘であった。それを本章では、助動詞の相互承接という、いわば文法的な面から調査をし、考察を加えてきたのであるが、予想していた以上に明確に、天竺震旦・本朝仏法部と本朝世俗部が分けられることを論証できたと思う。

## 五

従来、説話文学作品の文章は簡潔（単純）で、助動詞に関しても、その語彙は少なく、また、承接関係も単純であると直感的にとらえられてきたように思う。

しかし、果たして、そうであろうかと今昔物語集を調査してみた。

単純な比較によって結論を導き出すことは危険ではあるが、和文作品、例えば源氏物語などと比べても、助動詞の語彙は少なくはなく、特に、その承接関係は、かなり複雑である。

また、今昔物語集の文体論的な立場から言われているところの巻二二前後を境にして大きく二つに分けられるということには、助動詞の相互承接という面からもはっきりと言える。

参考文献

中西宇一「打消の助動詞を中心とする助動詞の二分類――助動詞の相互承接と意味との関係から――」(「国文学言語と文芸」一九六一年十一月)
築島　裕『平安時代の漢文訓読につきての研究』(一九六三年)
大野　晋「日本人の思考と述語様式」(「文学」一九六三年二月)
渡辺　実「助動詞はどんな役目をする言葉か」(「国文学解釈と鑑賞」一九六三年六月)
大野　晋「助動詞の役割」(「国文学解釈と鑑賞」一九六三年十月)

使用したテキスト・索引類の主なものは次の通りである。

『興福寺本大慈恩寺三蔵法師伝古点の国語学的研究索引篇』、『源氏物語大成』、『伊勢物語総索引』、『土佐日記総索引』

# 附　平安鎌倉時代和文の助動詞の相互承接

## 一

今昔物語集の助動詞の相互承接の特徴を明らかにするために、他の説話——法華百度聞書抄、打聞集、古今著聞集、宇治拾遺物語、古本説話集および、平安時代の和文——源氏物語、枕草子、竹取物語、土佐日記、蜻蛉日記、和泉式部日記、更級日記の助動詞二語の相互承接の種類と使用度数を比較する。

説話の助動詞二語相互承接をまとめてみると、表1のようになる（表中の空白は、用例数が0であることを示す。以下同じ）。この表について説明しておく。まず、縦の列に助動詞二語の承接例をあげている。そのあげ方は、例えば、「に—けり」とあるのは、本文中には「去にけりと」「過にけるに」「出にければ」というように下位の助動詞は、活用しているのであるが、これらをまとめて終止形であげている。また、「たる—めり」「ざる—めり」「まじかる—めり」とあるのは、実際には「ためり」「ざめり」「まじかめり」のように撥音を表記していないが、このように原形で示している。用例は、今昔物語集本朝世俗部における用例数の多い順にあげ、本朝世俗部にな

表1

| | 今昔物語集（天竺震旦部） | 今昔物語集（本朝仏法部） | 今昔物語集（本朝世俗部） | 法華百度聞書抄 | 打聞集 | 古今著聞集 | 宇治拾遺物語 | 古本説話集 |
|---|---|---|---|---|---|---|---|---|
| にーけり | 121③ | 381① | 760① | 11② | 7② | 85② | 210② | 590② |
| たりーけり | 37 | 166② | 708② | 8 | 8① | 101① | 300① | 1007① |
| ざりーけり | 31 | 106④ | 240③ | 9③ | 1 | 28③ | 57⑤ | 181④ |
| なーむ | 142② | 121③ | 205④ | 8 | 4 | 18⑤ | 78③ | 10 |
| てーけり | 32 | 78 | 194⑤ | 2 | 5③ | 21④ | 68④ | 246③ |
| てーむ | 39 | 39 | 79 | 5 | 2 | 13 | 35 | 10 |
| にーたり | 18 | 28 | 65 | | 4 | 12 | 19 | 8 |
| たらーむ | 31 | 54 | 64 | 6 | 4 | 12 | 21 | 9 |
| たりーつ | 14 | 21 | 59 | 5 | | 5 | 18 | 8 |
| りーけり | 11 | 19 | 47 | 2 | 2 | | 18 | 40 |
| べからーず | 161① | 105⑤ | 47 | 12① | 1 | 2 | 27 | 48 |
| むずーらむ | 5 | 14 | 41 | 1 | | 5 | 23 | 12 |
| たりーき | 76④ | 72 | 40 | 3 | 1 | 3 | 30 | 23 |
| にーき | 54⑤ | 46 | 38 | | 3 | 9 | 13 | 2 |
| ざらーむ | 22 | 36 | 38 | 8 | | 9 | 19 | 10 |
| ぬーらむ | 6 | 19 | 27 | 2 | | 3 | 12 | 9 |
| ざりーつ | 8 | 12 | 27 | 1 | | 2 | 9 | 3 |
| ぬーべし | 20 | 8 | 22 | 4 | 2 | 9 | 29 | 27 |
| つーらむ | 5 | 11 | 15 | | 1 | 1 | 10 | 8 |
| なーまし | 1 | 4 | 14 | | | 6 | 10 | 1 |
| べからーむ | 1 | | 13 | 8 | | 3 | 6 | 2 |
| べかりーけり | | 4 | 12 | | | 2 | 5 | 9 |
| たらーまし | | 1 | 11 | | 1 | | 4 | 2 |
| なーむず | 4 | 5 | 9 | 1 | | 3 | 12 | 5 |
| てーむず | 1 | 1 | 8 | | | | 1 | 1 |
| ざりーき | 27 | 17 | 8 | 4 | 1 | 2 | 6 | 4 |
| てーまし | 1 | 1 | 7 | | 1 | | 1 | 1 |
| つーべし | | | 7 | 1 | 1 | 3 | 9 | 2 |
| にーけむ | | 14 | 6 | | | 3 | 4 | 5 |

| | | | | | | | | |
|---|---|---|---|---|---|---|---|---|
| たり—けむ | | 2 | 6 | 1 | | 1 | 4 | 10 |
| て—き | 18 | 8 | 6 | 1 | | 1 | 2 | 1 |
| ざら—まし | 2 | 4 | 6 | 1 | 4 | 1 | 7 | 2 |
| り—き | 36 | 41 | 5 | 6 | | 1 | 3 | |
| ざり—けむ | | 2 | 4 | 1 | | 1 | 1 | |
| まじかり—けり | | 1 | 4 | | | | | |
| ざり—ぬ | | | 3 | | | | | |
| ぬ—めり | | 1 | 2 | | | | 2 | |
| て—けむ | | | 2 | | | | | |
| り—つ | 1 | 3 | 1 | 1 | | | | |
| たら—ず | 2 | | 1 | | | 2 | 6 | |
| たる—べし | 1 | 2 | 1 | | | | 1 | |
| たる—めり | | | 1 | | | 1 | | |
| ざる—べし | 3 | 2 | 1 | | 1 | 2 | 1 | 1 |
| ざる—めり | | 2 | 1 | | | | 1 | |
| べかり—き | 5 | 1 | 1 | 1 | | 1 | 2 | |
| べかり—つ | 2 | 1 | 1 | 2 | | | 1 | 3 |
| まじから—む | | | 1 | | | | | |
| まじかる—めり | | | 1 | | | | | |
| ら—む | 6 | 6 | | 7 | | 1 | 3 | |
| ざれ—り | 1 | | | | | | | |
| べけ—む | 1 | | | | | | | |
| つ—めり | | 1 | | | | | | |
| たる—らむ | | | | | | 1 | 9 | 1 |
| ざる—らむ | | | | | | 1 | | |
| ぬ—なり | | | | | | 1 | | |
| り—けむ | | | 1 | | | | | |
| たれ—り | | | | | | | 1 | |
| べかる—らむ | | | | | | | | 3 |

くて、その他の作品に見られる例は、最後にまとめてあげている。

また、今昔物語集を天竺震旦部、本朝仏法部、本朝世俗部の三つに分けて調査したことについて説明しておく。説話文学の中で最も多くの説話数を持ち、他の説話文学にも強い影響を与えたと考えられる今昔物語集の文章は、近年、多くの調査研究によって、その性格がかなり明らかになった。その明らかになった性格の主な点は、和文体、漢文訓読体、更に記録体の文章からの影響の下に、三者の性格を分有しているというものである。しかも、巻十までの天竺震旦部は、漢文訓読的色彩が非常に強く、更に巻二〇までの本朝仏法部はこれに続いて漢文訓読的性格を有し、巻二二以降の本朝世俗部は、和文的色彩が強いというものである。

尚、各作品の中で用例数の多い順番を示すために、①〜⑤の番号を用例数に付した。

今昔物語集各部の特色を簡単にまとめてみると次のようになる。

天竺震旦部
○助動詞二語の承接の種類は三八種類である。
○そのうち、「べから―ず」が一六一例で最も多い。
「べから―ず」は、源氏物語、土佐日記にわずか一例ずつ存するのみである。
○この部にだけ見られるものは、「ざれ―り」「べけ―む」の二種類である。
「ざれ―り」は、本文中には、
本ヨリ仏法ヲ不知ザレル者ナレドモ仏ヲ見奉レバ益ヲ蒙ケリトナム語リ伝ヘタルトヤ。（一・23）
とある。これは、不知ザリの命令形に完了の助動詞「リ」の連体形が接続した形である。このような命令形の「ザル」は、和文では全く見られない。大慈恩寺三蔵法師伝古点にも存しない。
「べけ―む」は、本文中には、
我レ老タル親有リ。亦、自ラ福業有ルニ依テ未ダ死ニ不及ズ。何ゾ忽可死ケムヤト。（九・31）
とある。この相互承接例は、和文には全く見られないが、漢文訓読文には存する。大慈恩寺三蔵法師伝古点には、「べけむや」「ざるべけむや」の二例存する。

本朝仏法部

○助動詞二語の承接の種類は四二種類である。
○そのうち、「に―けり」が最も多く、全用例の二五パーセントを占めている。
○この部にだけ見られるものは、「つ―めり」の一種類である。
「つ―めり」は、本文中には、
前ノ閑失フ事ハ習ヒ不得給ズ成ヌ。墓先キ物ニ成シナド為ル事ハ習ヒ給ヒツメリ。（二〇・10）
とある。ところが、完了の助動詞「つ」と推量の助動詞「めり」が承接する場合、普通、完了の助動詞「つ」が、推量の助動詞「めり」に下接する。例えば、源氏物語には、
身にあるまでの御志のよろづきに添きに、人げなき恥を隠しつつまじらひ給ふめりつるを、人のそねみ深くつもり、安からぬこと多くなり添ひ侍るに（桐壺）
のような例があり、この他にも二例見られる。「つ―めり」の順に承接した例としては、この今昔物語集の例の他には、更級日記に一例見られる。

秋に心よせたる人
人はみな春に心をよめつめり我のみや見む秋の夜の月
とあるに、いみじう興じ、思ひわづらひたるけしきにて（春秋のめざめ）

本朝世俗部

○助動詞二語の承接の種類は、四八種類である。
○そのうち、「に―けり」「たり―けり」が非常に多く、全用例の半分以上を占めている。
○この部にだけ見られるものは、「つ―べし」（七例）、「ざり―ぬ」（三例）、「て―けむ」（二例）、「たる―めり」（一例）、「まじから―む」（一例）、「まじかる―めり」（一例）の六種類である。

これらは、源氏物語ではそれぞれ「つべし」一一八例、「てけむ」四例、「たるめり」二一例、「まじかるめり」九例が見られる。また、「まじからむ」は、源氏物語には存しないが、枕草子、和泉式部日記にそれぞれ一例ずつ存する。「ざりぬ」は、他には全く例がないが、日本古典文学大系の頭注で「ざりつ」の誤りではにないかという指摘がなされている。

更に、今昔物語集各部の相違点は、次のような面にも現われている。回想の助動詞「けり」および過去の助動詞「き」が下接した相互承接を各部ごとに整理しなおしてみると表2のようになる。

全体を通して見る、天竺震旦部、本朝仏法部、本朝世俗部における「―けり」対「―き」の割合は、それぞれおよそ一対一、四対一、二〇対一となっている。しかも、天竺震旦部においては、「たり―き」が「たり―けり」

のおよそ二倍、「り―き」が「り―けり」のおよそ三倍の用例数である。本朝仏法部においても、「り―き」が「り―けり」のおよそ二倍の用例数であるが、他は圧倒的に「けり」下接のものが多い。本朝世俗部においては、各例とも「けり」下接のものが、「き」下接のものよりかなり多い。尚、回想の助動詞「けり」は、漢文訓読ではほとんど用いられない助動詞であることが指摘されている。

次に、他の作品について、特色を簡単にまとめてみよう。法華百座聞書抄の特色は、全用例中「べから―ず」が最も多いことである。これは、今昔物語集天竺震旦部と共通している。打聞集、古本説話集、宇治拾遺物語、古今著聞集の各作品には共通した特色が見られる。それは、「たり―けり」が全用例中最も多く、続いて「に―けり」が多いことである。これは、今昔物語集の各部とは違っている。ただ、「けり」下接のものと、「き」下接のものとの割合は、「けり」下接のものが圧倒的に多い。これは、今昔物語集本朝世俗部の性格と似ている。

表2

| | 天竺震旦部 | 本朝仏法部 | 本朝世俗部 |
|---|---|---|---|
| に―けり | 121 | 381 | 760 |
| に―き | 54 | 46 | 38 |
| たり―けり | 37 | 166 | 708 |
| たり―き | 76 | 72 | 40 |
| て―けり | 32 | 78 | 194 |
| て―き | 18 | 8 | 6 |
| ざり―けり | 31 | 106 | 240 |
| ざり―き | 27 | 17 | 8 |
| り―けり | 11 | 19 | 47 |
| り―き | 36 | 41 | 5 |
| べかり―けり | 0 | 4 | 12 |
| べかり―き | 5 | 1 | 1 |

ところで、古本説話集にだけ見られる「ぬ―なり」「ざる―らむ」あるいは宇治拾遺物語にだけ見られる「たれ―り」などは、他の和文にも見られないものである。また、古今著聞集だけに見られる「べかる―らむ」(三例)は、他の作品では、更級日記に一例見られる。宇治拾遺物語に九例、古本説話集、古今著聞集にそれぞれ一例ずつ見られる「たる―らむ」は、他の和文には見られないものである。

# 二

和文の助動詞二語の相互承接をまとめてみると表3のようになる。用例は、源氏物語における用例数の多いものから順にあげて、源氏物語になくてその他の作品に存するものは、最後にあげている。その他については、表1と同じである。

この表を見ると、源氏物語には六一種類、枕草子には四〇種類、竹取物語には二三種類、土佐日記には二〇種類、蜻蛉物語には四四種類、和泉式部日記には二八種類、更級日記には二八種類の相互承接例が見られるが、ほとんどが共通している。源氏物語になくて、他の作品に見られる種類は、「ざる—らむ」「まじから—む」（以上、枕草子、和泉式部日記に一例ずつ）および「つ—めり」「べかる—らむ」（以上、更級日記に一例ずつ。ただし、「つ—めり」という形は、源氏物語では「めり—つ」となっている）の四種類だけである。結局、和文には、六五種類の助動詞二語の承接が存することになる。これら以外の和文を調べても、その数は、あまり増えないであろうと思われる。

ここで、説話と和文の比較をしてみると、次のようになる。

○共通しているもの

五〇種類（表2の中で、用例に○印の付いたもの）

○和文にだけ存するもの

「べかる—めり」（源氏一二五例、枕三例、竹取一例、蜻蛉九例、和泉三例、更級一例）、「めり—き」（源氏四九例、蜻蛉五例）、「ら—ず」（源氏六例、枕一例、土佐一例、蜻蛉一例）、「ら—まし」（源氏六例）、「たら—じ」（源氏四例）、「め

表3

| | 源氏物語 | 枕草子 | 竹取物語 | 土佐日記 | 蜻蛉日記 | 和泉式部日記 | 更級日記 |
|---|---|---|---|---|---|---|---|
| ○にーけり | 453① | 50③ | 15① | 12① | 86① | 18① | 15② |
| ○ぬーべし | 425② | 54① | 9③ | 4⑤ | 26 | 9③ | 7 |
| ○なーむ | 402③ | 44④ | 10② | 2 | 31③ | 10② | 9④ |
| ○にーき | 289④ | 30 | 3 | 1 | 30④ | 9③ | 12③ |
| ○ざりーけり | 221⑤ | 17 | 6⑤ | 5③ | 17 | 5⑤ | 4 |
| ○たらーむ | 199 | 43⑤ | 4 | | 9 | 2 | 7 |
| ○にーたり | 168 | 11 | 1 | 2 | 53② | 3 | 3 |
| ○ざりーき | 158 | 6 | 4 | | 11 | 2 | 8⑤ |
| べかるーめり | 125 | 3 | 1 | | 9 | 3 | 1 |
| ○りーき | 121 | 11 | | 2 | 3 | | |
| ○たりーけり | 120 | 22 | 5 | | 27⑤ | 4 | 5 |
| ○つーべし | 118 | 23 | | 5③ | 4 | | |
| ○つーらむ | 91 | 17 | 1 | | 10 | 4 | 2 |
| ○てーけり | 85 | 8 | 2 | | 8 | 1 | 2 |
| ○りーけり | 80 | 8 | 1 | 10② | 1 | | |
| ○たりーき | 71 | 51② | 3 | 3 | 17 | 3 | 17① |
| ○らーむ | 69 | | 1 | | 2 | | 1 |
| ○てーむ | 62 | 9 | 3 | 3 | 11 | 1 | 1 |
| ○てーき | 53 | 3 | 3 | | 13 | 3 | 1 |
| めりーき | 49 | | | | 5 | | |
| ○べかりーけり | 45 | 3 | | | 6 | 1 | 3 |
| ○ぬーらむ | 43 | 9 | | | 15 | 5 | 2 |
| ○ざりーつ | 42 | 16 | | | 4 | 1 | |
| ○べからーむ | 41 | 5 | | | 3 | 1 | |
| ○たりーつ | 40 | 14 | | 1 | 13 | 1 | |
| ○ざらーまし | 40 | 3 | 1 | 1 | 1 | | 1 |
| ○ざるーめり | 39 | 8 | 1 | | 1 | 1 | |
| ○ざらーむ | 37 | 23 | 7④ | 1 | 13 | 2 | 1 |
| ○なーまし | 32 | 3 | 2 | | 4 | 3 | 2 |
| ○にーけむ | 32 | 1 | | 1 | 4 | | 2 |
| ○たらーず | 28 | 5 | | | 1 | | 1 |
| ○まじかりーけり | 24 | 1 | | | 1 | | |
| ○ざりーけむ | 23 | 3 | | | 3 | 2 | 2 |

| | 源氏物語 | 枕草子 | 竹取物語 | 土佐日記 | 蜻蛉日記 | 和泉式部日記 | 更級日記 |
|---|---|---|---|---|---|---|---|
| ○たる―めり | 21 | 11 | | | 7 | | |
| ○たり―けむ | 18 | 4 | | 1 | 6 | | |
| ○たる―べし | 13 | | | | 1 | | 1 |
| ○ぬ―めり | 12 | 2 | | 1 | 4 | 1 | |
| ○り―つ | 10 | | | | 1 | | |
| ○たら―まし | 9 | | 1 | | 1 | 3 | 1 |
| ○まじかる―めり | 9 | | | | | | |
| ○ざる―べし | 7 | | | 2 | | | |
| ○て―まし | 6 | 2 | | 1 | 3 | | |
| ら―ず | 6 | 1 | | 1 | 1 | | |
| ら―まし | 6 | | | | | | |
| ○て―けむ | 4 | 1 | | | 1 | | |
| ○り―けむ | 4 | | | | | | |
| たら―じ | 4 | | | | | | |
| めり―つ | 3 | | | | | | |
| たる―まじ | 2 | | | | 1 | | |
| て―たり | 2 | | | | | | |
| り―まじ | 2 | | | | | | |
| ○べかり―き | 2 | | | | 1 | | |
| まじかり―つ | 2 | | | | | | |
| ぬ―らし | 1 | | | | | | |
| り―べし | 1 | | | | | | |
| ○べから―ず | 1 | | 1 | | | | |
| べかり―けむ | 1 | | | | | | |
| ○べかり―つ | 1 | | | | | | |
| まじかり―き | 1 | | | | | | |
| まじかる―べし | 1 | | | | | | |
| ○むず―らむ | 1 | 4 | | | | | |
| ○まじから―む | | 1 | | | | 1 | |
| ○つ―めり | | | | | | | 1 |
| ○べかる―らむ | | | | | | | 1 |

り―つ」（源氏三例）、「たる―まじ」（源氏二例、蜻蛉一例）、「て―たり」「り―まじ」「まじかり―つ」（以上、源氏二例ずつ）、「ぬ―らし」「り―べし」「べかり―けむ」「まじかり―き」「まじかる―べし」（以上、源氏一例ずつ）の一五種類である。

○説話にだけ存するもの

「な―むず」（今昔一八例、百座一例、古本三例、宇治十二例、古今五例）、「て―むず」（今昔十例、宇治一例、古今一例）「たる―らむ」（宇治九例、古本一例、古今一例）、「ざり―ぬ」（今昔三例）、「ざれ―り」「べけ―む」（以上、今昔一例ずつ）、「たれ―り」（宇治一例）、「ぬ―なり」（古本一例）の八種類である。

二つの作品群に共通しているもので、その用例数に著しい相違があるのは「べから―ず」である。和文には、源氏物語、土佐日記にそれぞれ一例ずつ存するだけである。ところが、説話には、今昔物語集の三一三例をはじめとして、他の作品にも用例がある。また、「たり―けり」も、和文に比べて、説話に多く用いられている。和文にだけ存するものの特色としては、説話にはあまり用いられない推量の助動詞「めり」を含む相互承接形が多いことおよび完了の助動詞「り」を含む相互承接形が多いことである。説話にだけ存するものの特色は、推量の助動詞「むず」を含む形が多いことであるが、この助動詞は、平安中期頃に成立したと考えられる助動詞で、平安時代の和文にはほとんど用いられない。

## 三

平安鎌倉時代和文の助動詞二語の相互承接の種類および使用度数を調査した。その結果を説話を中心にまとめると、次のようになる。

①説話の中でも、漢文訓読的性格の強い文章と和文的性格の強い文章では、助動詞の相互承接という面から見ても相違があることがわかった。前者には、「べから―ず」の使用が多いこと、あるいは「き」下接のものが、「けり」下接のものより多いことがわかった。後者においては、「たり―けり」、「に―けり」が中心になっていることがわかった。

②説話と和文の相違点は、その種類にいく分差異が認められ、和文の中心をなす相互承接形が「に―けり」であって、「たり―けり」は、それ程多くないということがわかった。

③説話特有の相互承接形というものがあることがわかった。例えば、「たる―らむ」などである。

尚、今昔物語集および源氏物語における助動詞三語の相互承接は、表4の通りである。助動詞四語以上の相互承接はない。

表4

| | 源氏物語 | 今昔物語集 |
|---|---|---|
| ら―ざり―き | 2 | |
| な―むず―らむ | | 3 |
| に―たら―む | 8 | |

附　平安鎌倉時代和文の助動詞の相互承接

| | | |
|---|---|---|
| に—たる—べし | 4 | |
| に—たる—らむ | | 1 |
| に—たる—めり | 2 | |
| ぬ—べから—む | 4 | 2 |
| ぬ—べから—まし | 1 | |
| ぬ—べかり—き | 12 | 3 |
| ぬ—べかり—けり | 9 | 1 |
| ぬ—べかり—つ | 3 | 2 |
| ぬ—べかる—めり | 22 | 3 |
| ぬ—めり—き | 1 | |
| たら—ざり—き | 1 | |
| たら—ざる—めり | 1 | |
| たり—ぬ—べし | 1 | |
| たり—つ—らむ | 3 | |
| たる—めり—き | 5 | |
| て—たり—き | 2 | |
| つ—べから—む | 5 | |
| つ—べかり—き | 5 | |
| つ—べかり—けり | 12 | |
| つ—べかる—めり | 1 | |
| ざり—つ—らむ | 4 | 1 |
| ざる—めり—き | 1 | |

参考文献

水野　清「助動詞の連接——文語におけるその変遷——」(『日本文学誌要』一九六六年三月)
遠藤好英「今昔物語集の助動詞「リ」の文章史的考察——「リケリ」の形をめぐって——」(『国語学研究』一九六七年八月)

使用したテキスト・索引類の主なものは次の通りである。

『宇治拾遺物語総索引』、『古今著聞集総索引』、『法華百座聞書抄総索引』、『打聞集の研究と総索引』、『古本説話集総索引』、『源氏物語大成』、『枕草子総索引』、『和泉式部日記総索引』、『更級日記総索引』、『土佐日記総索引』、『蜻蛉日記総索引』

# 第二章　今昔物語集の「テ侍リ」と「テ候フ」

## ——アスペクト的性格の検討

### 一

古典語研究の研究テーマの一つに、アスペクト的性格の解明という問題がある。古くは、いわゆる完了の助動詞「つ」「ぬ」にアスペクト的性格を認めようとする研究。あるいは、本来は存在を表わす動詞であった「あり」、「をり」および「ゐる」にアスペクト的性格を認め、その表現形式の歴史を探ろうとする研究。更に、「ゐる」と完了・継続の助動詞「たり」、「り」が承接した「ゐたり」、「ゐ（給へ）り」にアスペクト的性格を認めようとする研究。「動詞連用形＋て＋あり・をり・ゐる」形式にアスペクト的性格を認めようとする研究。また、方言に見られるアスペクト的性格を持った表現形式の歴史を探ろうとする研究などがある。

ところで、杉崎一雄氏は「（て）侍り」について、『平安時代敬語法の研究——「かしこまりの語法」とその周辺――』（一九八八年）の中で、次のように述べている。

この「動詞＋侍り」は、単に上の動詞の意をへりくだる、あるいはかしこまるだけの（いわば助動詞的な）用法であるかどうかは疑問で、そう考えなければならないものもあろうが、まだまだ「動詞＋てあり」の「てあり」に当たる意味をかしこまりへりくだって言っているとみられるものが多いようである。

すなわち、「（て）侍り」にアスペクト的性格が備わっていたのではないかとの考えである。

そこで、アスペクト研究の一つの試みとして、今昔物語集の丁寧語形式「テ侍リ」（三二例）と「テ候フ」（七五例）のアスペクト的性格について考察する。

## 二

今昔物語集の「テ侍リ」、「テ候フ」および「テ居タリ」の用例数は、表1の通りである。尚、用例は下接する助動詞によって分類したものを用例数の多い順にあげた。表中の「動詞連用形」の中には「動詞＋助動詞」の例も含まれている。また、参考資料として主語が人物以外の場合の用例数（用例数のカッコの中の数字）を併せて示した。更に、『宇治拾遺物語』の用例数（主語の性情は問わない）を下欄に示した。

表1は、「テ侍リ」、「テ候フ」および「テ居ル」に下接する助動詞に注目してまとめたものである。まず、「テ居ル」について見ると、完了・継続の助動詞「タリ」の下接した例が最も多く、「テ居ル」全体の八割弱を占め

表1

| | 「テ侍リ」(32例) | 『宇治拾遺物語』(20例) |
|---|---|---|
| ①動詞連用形＋テ侍ル＋ナリ | 8例 | 6例 |
| ②動詞連用形＋テ侍リ＋ツ | 6例(1例) | 2例 |
| ③動詞連用形＋テ侍リ＋キ | 4例 | 2例 |
| ④(動詞連用形＋テ侍リ＋ケリ) | ナシ | 1例 |
| ⑤その他 | 14例(3例) | 9例 |
| | 「テ候フ」(75例) | 『宇治拾遺物語』(59例) |
| ①動詞連用形＋テ候ヒ＋ツ | 23例(1例) | 6例 |
| ②動詞連用形＋テ候ヒ＋キ | 10例(1例) | 9例 |
| ③動詞連用形＋テ候フ＋ナリ | 8例 | 12例 |
| ④動詞連用形＋テ候ヒ＋ケリ | 1例 | 2例 |
| ⑤動詞連用形＋テ候ハ＋ムズ | 1例 | ナシ |
| ⑥(動詞連用形＋テ侍ヒ＋ヌ) | ナシ | 1例 |
| ⑦(動詞連用形＋テ候フ＋ラム) | ナシ | 1例 |
| ⑧その他 | 32例(3例) | 28例 |
| | 「テ居ル」(161例) | 『宇治拾遺物語』(51例) |
| ①動詞連用形＋テ居＋タリ | 126例 | 46例 |
| ②動詞連用形＋テ居＋ヌ | 18例 | 2例 |
| ③動詞連用形＋テ居＋(給ヘ)リ | 6例 | 1例 |
| ④動詞連用形＋テ居＋ケリ | 5例 | ナシ |
| ⑤その他 | 6例 | 2例 |

る。他に、完了の助動詞「ヌ」の下接した「テ居ヌ」、更に「テ居タリ」の敬語形式と考えられる「テ居給ヘリ」などの例があることがわかる。この傾向は、宇治拾遺物語もほぼ同じである。それに対して、「テ侍リ」、「テ候フ」は、完了の助動詞「ツ」の下接した例は見られるが、完了・継続の助動詞「タリ」の下接した例が全く見られない。このことも宇治拾遺物語と同じである。

　このように、「テ居＋タリ」形は存するが、「テ侍リ・テ候ヒ＋タリ」形が全く存しない理由は、これら「テ侍リ」、「テ候フ」の中に、既に完了・継続の助動詞「タリ」が持っているアスペクト的な要素が内包されているためではないかと考えられる。

　また、「テ侍リ」、「テ候フ」の主語の性情を見ると、ほぼ全てが人物(有情物)であることも注目される。

## 三

今昔物語集の「テ侍リ」、「テ候フ」および「テ居タリ」のそれぞれに上接する動詞を取り出してみると、次のようになる。尚、語頭に○印のあるものは、「テ侍リ」、「テ候フ」および「テ居タリ」に上接する動詞が一致するものである。

「テ侍リ」に上接する動詞

値フ・当タル・生ク・云ヒ伝フ・失フ・餓ヱ居ル・思ユ・思ヒ得・思ヒ取ル・聞キ居ル・指シ臨ク・知ル・○為（ス）・絶ユ・着ク・付ク・告ゲ遣ス・積ル・成ル・習フ・残ル・平ガリ居ル・罷ル・見ス・見居ル・召シ籠ム・持ツ・居眠ス（以上二七例）

「テ候フ」に上接する動詞

集マル・会フ・営ム・云フ・入ル・失ス・打破ル・打伏ス・低ス・産ム・置ク・仰ス・御マス・落ツ・○思フ・掻キ伏ス・書ク・○隠ル・○畏マル・搦ム・屎マリ居ル・食フ・籠ル・殺ス・差ス・敷ク・随フ・知ル・○誦ス・○為（ス）・住ミ付ク・据ウ・副フ・存ス・貯ヘ置ク・給フ・仕ル・造ル・造リ積ム・取ル・捕フ・嘆キ悲シブ・名乗ル・寝入ル・始ム・放ツ・引キ入ル・開ク・伏ス・掘リ出ス・儲ク・○申ス・申シ付ク・罷ル・罷リ発ル・罷リ老ユ・罷リ上ル・罷リ隠ル・罷リ成ル・罷リ寄ル・増ル・○参ル・参ス・○見ル・持ツ・持チ上グ・持チ来ル・持チ立ツ・呼ブ・○読ム・寄ル・湧ス・将参ル（以上七三例）

「テ居タリ」に上接する動詞

仰グ・怪ビ思フ・歩ミ寄ル・出ヅ・云フ・イララカス・打チ洗フ・打チ合ハス・打チ云フ・打チウナヅク・打チ食ヒ畢ツ・打チ随フ・打チ振ル・打チ纏ク・紵ム・老イ屈マル・行ナフ・抑フ・押シ懸カル・押シ取ル・押シ攤ム・押シ廻ラス・御ハス・〇思フ・思ユ・思ヒ得・思ヒ歎ク・思ヒ念ズ・思ヒ乱ル・下ル・織ル・懸ク・〇隠ル・衛別ク・〇畏マル・固ム・借ル・下ル・食フ・挙ル・乞ヒ食ラフ・作文ス・差シ宛ツ・差シ去ク・定ム・去ル・騒グ・死ヌ・修ス・〇誦ス・〇為（ス）・喬ム・憑ム・緩ム・鎮ズ・着キ並ム・補ル・啼泣ス・解ク・読誦ス・調フ・留マル・唱フ・捕フ・取リ直ス・詠ム・泣キ悲シム・歎ク・鳴ラス・念ズ・念ジ入ル・去ク・残リ留マル・上ル・鉉隠ル・開ク・放ツ・引ク・跪ク・悲歎ス・冥グ・〇申ス・待ツ・護ル・〇参ル・参リ着ク・〇見ル・向フ・持テ成ス・物忌ス・物語ス・物縫ス・宿ス・息ム・行ク・〇読ム・居去ク・礼ミ入ル（以上九八語）

以上、「テ侍リ」、「テ候フ」および「テ居タリ」に上接する動詞群の一覧である。これらの中、「テ侍リ」、「テ候フ」に上接する動詞と「テ居タリ」に上接する動詞が一致するもの（〇印の付したもの）は少なく、僅か九例（「思フ」、「隠ル」、「畏マル」、「誦ス」、「為（ス）」、「申ス」、「参ル」、「見ル」、「読ム」）にすぎない。このように上接する動詞に差異があることについては、「テ居タリ」が状態化形式（状態性アスペクト形式）としてほぼ完成しているのに対して、「テ侍リ」「テ候フ」には、本来の「あり」の謙譲語としての性質を具有している例が含まれているためではないかと考えられる。ここでは状態化形式（状態性アスペクト形式）として機能している可能性のあるものを探り出していきたい。

さて、「テ侍リ」「テ候フ」と「テ居タリ」の間で一致する動詞群を見ると、その中の五例は「人間の心理的活動に関する」動詞（「思フ」、「誦ス」、「申ス」、「見ル」、「読ム」）であることがわかる。それぞれの用例は、次の通りである。尚、用例の（他）、（会）はそれぞれ、地の文、会話文内の用例であることを示す（以下同じ）。

「思フ」

○女房二人…月ノ明カリケレバ、居明サムト思テ居タリケルニ、（十九・17・地）

○「…シヤ頸取ラムト思給テ候也」（二三・15・会）［誦ス］

○大臣…ト思テ、弥ヨ、慎テ、身ヲ固テ呪ヲ誦シテ居タルニ、（十四・4・地）

○「…今朝ヨリ仁王経誦シテ候フト云ヘバ、…」（十四・35・会）

「申ス」

○男…ト思テ、昔ノ事ナド申シテ居タル程ニ、（十六・18・地）

○「…恐レ乍ラ罪ヲ遁レムガ為ニ、其ノ由ヲ申テ候ヒシニ、…」（十九・9・会）

「見ル」

○猟師、奇異也ト見テ居タル間ニ、（十・38・地）

○「…金色ナル手ノ□ト見エシヲ急ト見テ候シヨリ、…」（二四・11・会）

「読ム」
○道照、経ヲ読テ居タリ。（十一・4・地）
○「…此クキシノメヤナヘト読テ候ヘバ、…」（二四・33・会）

ここにあげた用例の他にも、「思テ居タリ」（五例　巻二〇第36話、巻二七第14話、巻二七第39話、巻二九第28話、巻三〇第4話）、「見テ候フ」（一例　巻二二第8話）などの例がある。これらも含めて、「人間の心理的活動に関する」動詞に承接した「テ侍リ」、「テ候フ」の意味について考えてみる。現代語「ている」にもその傾向が顕著に認められるのであるが、これらの動詞に承接した「テ居タリ」（「ている」の前身と考えられる）は、状態化形式（状態性アスペクト形式）として機能していると考えられる。よって、これらと対応（非敬語―敬語）している「テ侍リ」「テ候フ」にも状態化形式（状態性アスペクト形式）しての機能が認められるのではないかと考えるのである。

次に、「テ侍リ」、「テ候フ」および「テ居タリ」に上接する動詞の中、「人間の心理的活動に関する」動詞以外の動詞（「隠ル」、「畏マル」、「ス」、「参ル」）に承接した「テ侍リ」、「テ候フ」についても考えてみる。

「畏マル」（七例、巻五第20話〈四例〉、巻十六第18話〈一例〉、巻十九第32話〈二例〉）の場合は、用例の全てが「地の文」中のものであって、「候フ」が謙譲語（動詞）か丁寧語（補助動詞）かの判断は難しい。ただし、今昔物語集において「テ候フ」が「地の文」中で用いられることは少ないのであるが、その中にあって、「畏マリテ候フ」の例が半数（十四例中七例）を占めるのは、動詞「畏まる」の持つ敬譲性ゆえに、「地の文」中でも「テ居タリ」ではなく、「テ候フ」で対応した語法と見ることができるのではないかと思う。そうすると、この「候フ」は謙譲語（動詞）と見るのがよいということになる。

「隠ル」（一例、「此ク隠レテ候フ也」巻二九第4話・会）の例は、「手紙文」の中のものであり、この「候フ」は丁寧語（補助動詞）と考えられる。この場合の「テ候フ」には状態化形式（状態性アスペクト形式）としての機能が認められる。

「ス」（五例、「其女ヲ妻トシテ侍ル也」巻十一第24話・会、「暫ク紙ミ冠ヲシテ侍ル也」巻十九第3話・会、「物モ不思シテ侍シヲ」巻二四第11話・会、「今マデ不罷成シテ候ヒツルニ」巻十九第13話・会、「寝入ナドシテ候フ程ニ」巻十九第37話・会）の場合は、五例とも「会話文」中の例であるし、「暫ク」、「今マデ」、「程ニ」などアスペクト表現と深い関わりを持つ「時を表わす語句」との関係も考慮して、「テ候フ」に状態化形式（状態性アスペクト形式）としての機能を認めることができるのではないかと考えている。最後に、「参る」に承接した「テ居タリ」と「テ候フ」（「テ侍リ」）について考えてみる。用例は、次の通りである。

「テ居タリ」

①「…若干ノ僧ヲ召スニモ无キニ、参テ居タルダニ不得心ズ…」（十四・35・会）
②「此ハ何ニ、召モ无ニハ参テ居タルゾ」（二八・3・会）

「テ候フ」

①大安寺ノ僧行教ト云フ人、彼ノ宮ニ参テ候ヒツレバ、（十二・10・地）
②「箕面ノ山ニ参テ候ツル次ナレバ、…」（十九・4・会）
③「…大キナル歎キト思給テ愁へ申サムガ為ニ参テ候フ也」（二七・31・会）

④「…糸惜ク思ヒ乍ラ、此ク参テ候フモ、極テ不便ニ思フ」（二八・5・会）

⑤「…不隠シ申シ不候ジト思ヒ給テ、此ク参テ候フ也。…」（二九・4・会）

はじめに、「テ候フ」のそれぞれの用例について、検討してみる。

用例①の「候フ」は「地の文」中のものであり、謙譲語（動詞）か丁寧語（補助動詞）かの判断は難しい。ただし、動詞「参る」の敬譲性ゆえに、「地の文」中においても、「参テ居タリ」ではなく、「テ候フ」で対応した語法と見れば、この「候フ」は謙譲語（動詞）ということになる。

次に、用例②について考察してみる。場面は、殺生を重ねる父親を仏道に導くため、息子満仲が源信僧都等と計り、たまたま箕面山に参詣していたようにして、父親の家を訪問したい旨を告げているところである。ところで、この例文については、桜井光昭氏がその著『今昔物語集の語法の研究』（一九六六年）の中で、「侍り」、「候ふ」を「対者敬語」、「しからざるもの」、「判別しがたいもの」の三類に分けているが、その中の「判別しがたいもの」に入れられているものである。すなわち、例文の「参テ候ツル」の「参ル」の動作主を、この会話の話し手であるところの満仲本人であるとすると、この「候フ」は話し手満仲の聞き手父親に対する対者敬語（丁寧語・補助動詞）ということになり、「参テ候ツル」の「候フ」の動作主を源信僧都とすると、「候フ」は素材敬語（謙譲語・動詞）ということになるのである。アスペクト的観点から見ても、いずれの解釈がよいかは判断できない。

用例③④⑤の「候フ」は、「会話文」中のものであり、これらの「テ候フ」には状態化形式（状態性アスペクト形式）としての機能が認められる。

ところで、今昔物語集の「テ侍リ」、「テ候フ」および「テ居タリ」のそれぞれの用例を、「地の文」と「会話文」（「心話文」「手紙文」を含む）に分けてみると、次のようになる。

表2

| | 「テ侍リ」 | 「テ候フ」 | 「テ居タリ」 |
|---|---|---|---|
| 「地の文」 | 0例 | 10例 | 147例 |
| 「会話文」 | 32例 | 65例 | 14例 |

この結果からも分かるように、「テ侍リ」、「テ候フ」は主として「会話文」中で用いられ、「テ居タリ」は主として「地の文」中で用いられるという基本的な使い分けが見られる。すなわち、このことは状態化形式（状態性アスペクト形式）としての機能が認められる「テ居タリ」の丁寧語形式が「テ侍リ」、「テ候フ」ではないかということの傍証になる。

ここで、先の「テ居タリ」の用例①②について、検討してみる。この二例は、他の「テ居タリ」の多くの例が「地の文」中で用いられているのに対して、例外的に「会話文」中で用いられたものである。場面は、両例ともに、ある僧が①「召スニモ无キニ」（実は、お召しに従って）あるいは②「召モハ无キニ」、ちゃんと参上して座に着いているのを見て話し手が不審に思うのである。これは、「参る」の敬譲性にも関わらず、話し手が「参リテ候フ」とせず「参リテ居タリ」と表現したものと解することができる。

前述したように、「地の文」中で用いられた「テ候フ」の例の中にも、敬語および敬語的性格を有する語に承接した例がある。これら「地の文」中の「候フ」は、そのほとんどが素材敬語（謙譲語・動詞）と見てよい。

最後に、今昔物語集の「テ侍リ」、「テ候フ」の中に、状態化形式（状態性アスペクト形式）として機能しているものがあることを、「時を表わす体言句」中で用いられた例、あるいは「時を表わす副詞（句）を含む句」中で用いられた例で考えてみたい。主な用例は、次のようなものである。

「時を表わす体言句」

○「居眠シテ侍ツル程ニ、…」（五・14・会）
○「寝入ナドシテ候フ程ニ、…」（十九・37・会）
○「罷寄テ候ツル程ニ、…」（二〇・2・会）
○「御マシテ候ヒシ程ヨリ、…」（二四・7・会）
○「肱ヲ持上テ候ツル程ニ、…」（二六・4・会）
○「寝入テ候ツル程ニ、…」（二七・12・会）

「時を表わす副詞（句）を含む句」

○「于今、（尼一人だけが）残テ侍ル。…」（二四・27・会）
○「于今、（鍵を）持テ候ヒツル也。…」（二九・4・会）
○「今マデ、不罷成シテ候ヒツルニ、…」（十九・13・会）
○「今朝、（鯛の荒巻きを）持来リテ候ツルヲ、…」（二八・30・会）
○「今朝ヨリ、仁王経誦シテ候フ。…」（一四・35・会）
○「昔ヨリ、住付テ候フ所ナレバ、…」（二七・31・会）

○「年来、(針を)持テ侍ツルヲ、…」(十二・34・会)
○「年来、知テ侍ツル僧ト中ヲ違テ、…」(十七・44・会)

これらの句中に用いられて述部を形成している「テ侍リ」、「テ候フ」には、「ある一定の時間的な幅」(状態性アスペクト)を表現する性質があると考えられるのである。

# 四

今昔物語集の「テ侍リ」、「テ候フ」を資料にして、「テ居タリ」との対比を中心に、丁寧語「(テ)侍リ」「(テ)候フ」にアスペクト的性格があること論証してきた。以下、調査結果に基づいて、いささかの推測を交えながら結論をまとめておきたい。

今昔物語集において、

①「テ侍リ」、「テ候フ」の主語の性情を見ると、これらの主語はほぼ人物(有情物)であり、人物以外(無情物)は僅かである(一〇七例対九例)。

②(人物主語の)「テ侍リ」、「テ候フ」と「テ居タリ」は敬語—非敬語の関係にあり、「テ侍リ」、「テ候フ」は主として「会話文」中で用いられ(九七例対十例)、「テ居タリ」は主として「地の文」中で用いられる(一四七例対十四例)。

③「会話文」中の「(テ)侍リ」、「(テ)候フ」は丁寧語(補助動詞)、「地の文」中のそれは謙譲語(動詞)とほぼ

認定してよい。

④（人物主語で、会話文中の）「テ侍リ」、「テ候フ」および「テ居タリ」は、アスペクト形式としての機能がある。特に、「人間の心理的活動に関する」動詞に下接したもの、あるいは「時に関する体言句」中、「時に関する副詞（句）を含む句」中で用いられたものなどは、その性格が明瞭である。

すなわち、人物（有情物）を主語とする会話文中の「テ侍リ」、「テ候フ」は、アスペクト的性格を有していたと考えられる。

参考文献

長船省吾「助動詞「つ」と「ぬ」――アスペクトの観点から――」（『国語国文』一九五九年十二月）
坪井美樹「近世のテイルとテアル」（『佐伯梅友博士喜寿記念国語学論集』一九七六年）
金水　敏「上代・中古のヰルとヲリ――状態化形式の推移――」（『国語学』一九八三年九月）
杉崎一雄『平安時代敬語法の研究――「かしこまりの語法」とその周辺――』（一九八八年）
柳田征司『室町時代語資料による基本語詞の研究』一九九一年）
近藤泰弘「丁寧語のアスペクト的性格――中古語の「はべり」を中心に――」（『辻村敏樹教授古希記念日本語史の諸問題』一九九二年）
大木一夫「『太平記』における「テ候」の用法――時にかかわる面を中心に――」（『国語学研究』一九九二年四月）
井上文子「「アル」「イル」「オル」によるアスペクト表現の変遷」（『国語学』一九九二年十二月）
岡野幸夫「平安・鎌倉時代における「動詞＋テ＋ヰル（居）」の意味について」（『鎌倉時代語研究』一九九五年）
山下和弘「中世以後のテイルとテアル」（『国語国文』一九九六年七月）

# 附　宇治拾遺物語の「て侍り」と「て候ふ」

今昔物語集の「侍り」と「候ふ」については、先学諸氏のすぐれた論考がある。前章で、今昔物語集の「テ侍リ」と「テ候フ」にアスペクト的性格があることを述べたのであるが、補助動詞「侍り」と「候ふ」の違いについては未だはっきりしないところがある。

附論では、宇治拾遺物語の補助動詞「侍り」と「候ふ」について考察し、両語の相違を明らかにし、今昔物語集研究の一助としたい。

ところで、今昔物語集には、「候ふ」が五八二例（その中、「テ候フ」七八例）用いられているのに対して、「侍り」は三三〇例（その中、「テ侍リ」三六例）用いられている。ところが、宇治拾遺物語より少し遅れて成立した『撰集抄』は、「候ふ」二例（その中、「て候ふ」一例）に対して、「侍り」は一九四二例（その中、「て侍り」二一七例）とほぼ「侍り」専用である。

表1

| 「て侍り」 | 20例 |
| --- | --- |
| ①動詞連用形＋て侍り＋き | 2例 |
| ②動詞連用形＋て侍り＋けり | 1例 |
| ③動詞連用形＋て侍り＋つ | 2例 |
| ④動詞連用形＋て侍り（終止形） | 5例 |
| ⑤動詞連用形＋て侍る＋なり | 6例 |
| ⑥動詞連用形＋て侍り（＋助詞） | 4例 |

| 「て候ふ」 | 59例 |
| --- | --- |
| ①動詞連用形＋て候ひ＋き | 9例 |
| ②動詞連用形＋て候ひ＋けり | 2例 |
| ③動詞連用形＋て候ひ＋つ | 6例 |
| 動詞連用形＋て候ひ＋ぬ | 1例 |
| 動詞連用形＋て候ふ＋らむ | 1例 |
| ④動詞連用形＋て候ふ（終止形） | 12例 |
| ⑤動詞連用形＋て候ふ＋なり | 12例 |
| 動詞連用形＋て候ふ（連体形） | 6例 |
| 動詞連用形＋て候へ（命令形） | 2例 |
| ⑥動詞連用形＋て候ふ（＋助詞） | 8例 |

以下、宇治拾遺物語の「て侍り」と「て候ふ」を中心に、補助動詞「侍り」と「候ふ」について考察する。

宇治拾遺物語の「て侍り」と「て候ふ」の用例数は、表1の通りである。尚、表中の③「動詞連用形＋て候ひ＋つ」（「て候ふ」）の中には、「あひ参らせて候つれども」（二五七話）のように補助動詞「参らす」や助詞「ども」などが承接したものを含んでいる。

これらは、承接する助動詞等によって、両形式を分類したものである（①～⑥は両形式で一致するもの）。両形式の中、用例数の多い型はほぼ一致しており両形式は同一の叙述文をかたちづくっていることがわかる。ただし、助動詞「ぬ」（一例）、「らむ」（一例）に承接するのは「て候ふ」のみである。

次に、宇治拾遺物語の「て侍り」、「て候ふ」、「てゐたり」に承接する動詞をそれぞれあげてみる。尚、各語の上に付した記号は、○印は「て侍り」と「て候ふ」に共通する動詞、△印は「てゐたり」に承接する動詞の中、「て侍り」または「て候ふ」のどちらかと一致する動詞であることを示す。また、□印は、今昔物語集の「テ侍リ」、「テ候フ」と一致するものであることを示す。

「て侍り」十九語
□生く（二例）　得　○□置く　折る　書く　聞く　具す　記す　△□す　○尽く　○告ぐ　○□成る　乗る
掘出す　守り立つ　まり居る　見置く　□見る　○持つ

「て候ふ」四四語
相構ふ　合ふ　□会ふ　承る　□失ふ　埋む　追入る　○□置く（二例）　抑ふ　押揉む　かくごす　御覧ず
食ふ　□殺す　差出づ　□差す　□知る（二例）　呪咀す　△□す（三例）　頼む　□仕うまつる（二例）
仕まつる　使ふ　○尽く　○告ぐ　勤む　積む　習ふ　○成る（二例）　載す　呪ふ　□伏す
△□申す（二例）　詣落つ　□罷寄る　△□参る（十例）　見上ぐ　□見る（三例）　○□持つ　因る　寄る
呼ぶ　呼集む　居る

「てゐたり」四五語
呆れる　集まる　抱く　言ふ　打懸く　打被く　打取る　打惚く　拝入る　起立つ　□行なふ　□押取る
□思ふ（三例）　掻屈まる　抱ふ　□掛く　□隠る　□畏まる　帰る　□差当つ　差覗く　しおほす　装束す
△□す（五例）　揃ふ　反らす　立つ　作る　唱ふ　並ぶ　□念じ入る　退く　登る　掃く　吐く
引廻す（二例）　跪く　□開く　△□申す　△□参る　□向ふ　遇す　□物忌す　□物語す　笑ふ

このように、「て侍り」と「て候ふ」には同じ動詞に承接した例がある。次に、それらの例について検討してみる（尚、用例中の◉印は、今昔物語集と「同文的な同話」（日本古典大系文学系『宇治拾遺物語』解説による）と指摘されているものであることを示す。以下同じ）。

①「置く」

「て侍り」（女→兵衛佐なる人）「（石を）掻き除くべきやうもなければ、憎む憎むかくて置きて侍るなり」（十六話）

「て候ふ」（用経→大夫）「（鯛の荒巻を）今二巻きは、けがさで置きて候ふ。」（二三話）

◉（従者→侍）「郡司が家に…（女を）殿にも知らせ奉らで置きて候ふぞ」（九三話↑今昔二四・56）

②「尽く」

「て侍り」◉（山伏→侍）「いま二千日候はんと仕候つるが、齋料尽きて侍り。」（五話）

「て候ふ」（清仲→鳥羽院）「別の事に候はず。薪に尽きて候なり」（七五話）

③「告ぐ」

「て侍り」◉（利仁→舅有仁）「（狐が）詣できて、告げて侍るにこそあなれ」（一八話↑今昔二六・17）

「て候ふ」（晴明→御堂関白殿）「犬は通力のものにて、告げ申て候なり」（一八四話）

④「成る」

「て侍り」◉（女子→客人）「童は、此守の女にて侍しが、羊になりて侍也。」（一六七話↑今昔九・18）

「て候ふ」　(鬼↓日蔵上人)「われは、…人のために恨みをのこして、今はかかる鬼の身となりて候。」(一三四話)

(増賀上人↓三条后の宮)「堪えがたくなりて候へば、急ぎ罷り出で候なり」(一四三話)

## ⑤「持つ」

「て侍り」◉(紀友則↓僧)「その紙を尋ね取りて、ここに持ちて侍り」(一〇二話↑今昔十四・29)

「て候ふ」　(翁↓鬼)「年比持ちて候ふ物を、故なく召されん、すじなき事に候ひなん」(三話)

尚、宇治拾遺物語には、次のように「て侍り」と「て候ふ」が共用された説話が一話のみ存する。

(義澄↓用経)「『さこそはあなれ』と聞きてなん侍る。」(一二三話↑今昔二八・30)

◉(用経↓大夫)「今二巻は、けがさで置きて候ふ。」(一二三話↑今昔二八・30)

このように、動詞①「置く」、②「尽く」、③「告ぐ」、④「成る」、⑤「持つ」に承接した「て侍り」と「て候ふ」の用例を検討してみても、両形式には意味用法上の差違は認めにくい。このことは、今昔物語集とも共通する。

次に、宇治拾遺物語の「て侍り」と「て候ふ」の相違について、「てゐたり」と同じ動詞に承接する例を資料にして検討する。

①「す」

「て侍り」（陰陽師↓内記上人）「祓ひする程、暫らくして侍也」（一四〇話）［紙冠をつける］

「て候ふ」（里主↓法師）「此法師ばらは、此年比も、宮仕ひよくして候つるが、」（二話）

（僧↓侍）「きと夜部もして候ひき」（十一話）［手淫をする］

「てゐたり」◉（郎等↓道則）「形のごとく御設けして候へども、」（一〇六話↑今昔二十・10）

仏師ども、旦那をうしなひて、空をあふぎて、手をいたづらにしてゐたり。（四五話）

まだらなる蛇の、きりきりとしてゐたれば、（五七話）

その人を待つとて、うち掃きなどしてゐたり。（一〇八話）

薄色の衣一重に、紅葉の袴をきて、口覆ひして居たり。（一六六話）

人設けしたりければ、これぞ食ひなどしてゐたりける程に、（一八〇話）

②「申す」

「て候ふ」（小野篁↓帝）「さがなくてよからんと申して候ふぞ…」（四九話）

（小野篁↓帝）「さればこそ、申し候はじとは申して候ひつれ」（四九話）

「てゐたり」◉夜深く、仏の御前に念仏申してゐたるに、（十六話）

③「参る」

「て候ふ」（鬼↓翁）「ここに翁参りて候ふ」（五話）

(秦兼久↓通俊)「後三條院かくれさせ給てのち、円宗寺に参りて候ひしに、」(十話)

(国俊↓取次の者)「参りてこそ候へ」(三七話)

(侍↓取次の者)「故殿に年比候ひし、何がしと申す者こそ参りて候へ。」(七七話)

(侍↓主人)「そのことに候ふ。故殿には、十三より参りて候ふ。」(七七話)

(広貴↓地蔵菩薩)「恐れながらこれを承りに、また参りて候ふなり。」(八三話)

◉(侍↓主人)「沙汰すべき事どもの候ひしを、沙汰しさして参りて候しなり。」(九三話↑今昔二四・56)

◉(道則↓郡司)「かたはらいたき申し事なれども、はじめこれに参りて候ひし時、」

(一〇六話↑今昔二〇・10)

(僧↓持経者)「それに、かやうに御座候へば、いかでかはとて参りて候也。」(一四一話)

(使者↓殿上人)「六召して参りて候ふ」(一八一話)


「てゐたり」　庭中に参りてゐたるに、(一一〇話)

このように、謙譲語動詞②「申す」、③「参る」に承接した例が全て「て候ふ」であることは注目される。すなわち、「て候ふ」は状態化形式(状態性アスペクト形式)として定着していることを示すものである。ただし、動詞①「す」、②「申す」、③「参る」に承接した「て侍り」、「て候ふ」、「てゐる」の意味用法上の差違を見いだすことは難しい。また、「て侍り」、「て候ふ」が会話文中で用いられるのに対して、「てゐたり」が地の文で用いられるという違いもある。これらのことも今昔物語集と共通する。

次に、宇治拾遺物語の「て侍り」(二〇例)と「―侍り」(一四九例)および「て候ふ」(五九例)と「―候ふ」(三四三例）の関係を、同一動詞に付いた例を資料にして検討する。

「て侍り」と「―侍り」

①「折る」

「て侍り」（上人→僧正）「かた手を取りて投げ侍し程に、折りて侍るとぞ聞き侍し。」（一四二話）

「―侍り」（上人→僧正）「かしこく左にて侍る。右手折り侍らましかば」（一四二話）

②「聞く」

「て侍り」（義澄→用経）「『さこそはあなれ』と、聞きてなん侍る。」（二三話）

「―侍り」（膳部なる男→用経）「（荒巻を）間木に置かると聞き侍りつれ」（二三話）

③「成る」

「て侍り」◉（女子→客人）「童は、…羊に成りて侍也。」（一六七話←今昔九・18）

「―侍り」（女→女主人）「人に生れ侍るべき功徳の、近くなり侍れば、」（五七話）

（男→女）「御命にかはりて、いたづらになり侍りなんとすらん。」（十九話）

（老僧→達磨和尚）「この功徳によりて、証果の身となり侍る也」（一三七話）

「て候ふ」と「―候ふ」

①「参る」

「て候ふ」（鬼→鬼）「ここに翁参りて候ふ」（三話）

「―候ふ」（翁→鬼）「沙汰に及び候はず、参り候べし。」（三話）

このように、「て侍り」と「―侍り」および「て候ふ」と「―候ふ」それぞれの間で承接する動詞に一致するものも少なく、しかも同一説話中にそれぞれ両形式が用いられている例などがあることから、それぞれの形式に意味用法上の大きな相違があるようには思われない。

最後に、本章で引用した用例のうち、今昔物語集と「同文的な同話」関係にある説話（◉印のついた用例）は、十八話、二三話（二例）、九三話（二例）、一〇二話、一〇六話（三例）、一六七話（二例）の六話であるが、「て侍り」と一致するもの四例、「て候ふ」と一致するもの五例であり、両者に明確な相違があるとは言い難い。

以上、和文体とされる宇治拾遺物語においても、補助動詞「侍り」と「候ふ」の意味的な相違あるいは文体上の差異などについては明確ではないことが確認された。

参考文献

桜井光昭「撰集抄の侍り」（『国語学』一九六〇年三月）
同『今昔物語集の語法の研究』（一九六六年）
森野宗明「丁寧語「候ふ」の発達過程について――中古・院政期初頭における状況――」（『国語学』一九六七年三月）

佐藤武義「国語史上からみた「宇治拾遺物語」の「侍り」と「候ふ」」（「国語と国文学」一九七三年十一月）
杉崎一雄『平安時代敬語法の研究』（一九八八年）
大木一夫「太平記における「テ候」の用法――時にかかわる面を中心に」（「国語学研究」一九九二年四月）

使用した宇治拾遺物語諸本は次のとおりである。

「無刊記古活字本」（日本古典文学大系）、「陽明文庫本」（新日本古典文学大系）、「宮内庁書陵部蔵写本二冊本」（笠間影印叢刊）

# 第三章　今昔物語集の「―居ル」と「―テ居ル」
## ――状態化形式（状態性アスペクト形式）の定着

### 一

上代から近代までの文献（中央語）における状態化形式（状態性アスペクト形式）の流れを素描したものに柳田征司氏「進行態・既然態表現の変遷――「アル」「イル」「オル」――」（『室町時代語資料による基本語詞の研究』一九九一年）がある。「ヰル系表現」（主語は動くもの）を中心に、その変遷を大略すると、

上代（万葉集）　　　　　　　→　「―ヰル」（進行態）
中古（源氏物語・枕草子）　　→　「―ヰル」（進行態）・「―テヰル」（進行態・既然態）
中世（史記抄・四河入海）　　→　「―テヰル」（進行態・既然態）

となり、「―テヰル」形式が「―ヰル」形式にとってかわるという大きな流れを読み取ることができる。

また、井上文子氏「「アル」「イル」「オル」によるアスペクト表現の変遷」（『国語学』一七一集　一九九二年）は、方言においても文献と同じように、「―て」形によって進行態・既然態が統合されるという現象が見られること

を指摘している。

ところで、先の変遷過程の中で、「―キル」と「―テキル」という二形式が、平安時代中期からおよそ五百年間という長きにわたって併存（特に、「―キル」「―テキル」の進行態の用法）しえているのは、どのような事情に因るものであろうか。

因みに、「―キル」形式が、中世後期になって消滅した原因については、柳田氏は、音声上の問題（「同一母音の連続」）と文法上の問題（「補助動詞としての独立性」）の二点をあげている。

ここでは、「―キル」と「―テキル」が併用されている院政期成立の今昔物語集における、この状態化形式（状態性アスペクト形式）の特色を、それぞれの形式に付く動詞の相違を中心に、平安時代和文資料（代表的な十二文学作品。以下、「和文資料」と略称する）と対照させながら、その特色を考えてみたいと思う。

ところで、以下の論述で「―居ル」・「―テ居ル」とするものは、金水敏氏「上代・中古のヰルとヲリ――状態化形式の推移――」（『国語学』一三四集　一九八三年）、迫野虔徳氏「「たり」の展開」（『文学研究』八五集　一九八八年）の指摘にあるように、「ゐる」の状態化形式（状態性アスペクト形式）としては「―居タリ・居給ヘリ」あるいは「―テ居タリ・テ居給ヘリ」の形で出現していると考えられるので、それらを代表させて用いることにする。

また、今昔物語集の「居」字の訓の決定は重要な課題であるが、今回は、『今昔物語集文節索引巻一～巻三一』（以下、『索引』と略称する）の訓みに従うこととする。

ただし、今昔物語集において、その活用から判断して明らかな「をり」の例は、「―居リ」十一例（上接する動詞は七語である）、「―テ居リ」七例（上接する動詞は七語である）存するのであるが、それらはいずれも「―（テ）居リ＋タリ・給ヘリ」形ではないので、状態化形式（状態性アスペクト形式）としては扱わない。

今昔物語集の状態化形式（状態性アスペクト形式）「―居ル」と「―テ居ル」の各巻毎の出現状況をまとめてみると、表1のようになる。

表1

| | ― 居ル | ― テ居ル |
|---|---|---|
| ① | 2 | 3 |
| ② | 1 | 1 |
| ③ | 3 | 3 |
| ④ | 3 | 3 |
| ⑤ | 9 | 3 |
| ⑥ | 1 | 1 |
| ⑦ | 1 | 1 |
| ⑨ | 0 | 2 |
| ⑩ | 4 | 8 |
| ⑪ | 0 | 1 |
| ⑫ | 1 | 1 |
| ⑬ | 2 | 3 |
| ⑭ | 3 | 6 |
| ⑮ | 2 | 3 |
| ⑯ | 8 | 9 |
| ⑰ | 4 | 2 |
| ⑲ | 15 | 16 |
| ⑳ | 6 | 10 |
| ㉒ | 1 | 4 |
| ㉓ | 4 | 4 |
| ㉔ | 11 | 10 |
| ㉕ | 2 | 3 |
| ㉖ | 15 | 11 |
| ㉗ | 7 | 16 |
| ㉘ | 26 | 16 |
| ㉙ | 7 | 6 |
| ㉚ | 3 | 3 |
| ㉛ | 10 | 3 |
| 計 | 151 | 152 |

この表を見て、まず注目されることは、次の二点である。

その一は、今昔物語集三部（天竺悉曇部、本朝仏法部、本朝世俗部）の文体上の差異と「―居ル」・「―テ居ル」の使い分けとの間には、はっきりとした相関関係は認められないということである。ただし、「―居ル」と「―テ居ル」の使い分けと文体との関わりについては、基本的な視点として以下の考察においても取り扱うことにする。

その二は、漢文訓読文的色彩が濃いとされる今昔物語集天竺震旦部（巻一～巻十）で「―（テ）居ル」が用いられているということである。ただし、この点に関しては、例えば、「漢文訓読文においては、平安時代を通して依然ヲリが普通に用いられ、反対にヰタリ、ヰタマヘリは稀であった。」という金水氏の報告（前掲論文）などを勘案すると、動詞・補助動詞「をり」「ゐる」の語性の問題も関わってくるので、改めて今昔物語集の「居」字の訓の検討が必要であろう。

## 二

今昔物語集の「―居ル」と「―テ居ル」に付く動詞を調査してみると、それぞれ次のようになる（カッコ内の数字の中、二つあるものは上段が「―居ル」、下段が「―テ居ル」の用例数を示す。数字の示されていないものは、用例数が一例であることを示す）。

○「―居ル」にのみ承接している動詞例（三六語）

繚カフ、嗔ル、伺フ、詠フ、起ク、置く、恐ヂ、屈マル（十例）、書ク、語ラフ、篭ル（九例）、叫ブ、指シ臨ク、拈ム、沈ム、責ム、聞ク（四例）、答フ（二例）、叫ブ、副フ、叩ク、集フ、列ル、垂ル、泣ク（十六例）、並ム、睡ル（二例）、弾ク、平ガル、平ム、餝フ、モラフ、寄ル、蟠マル、ワナナク、礼ム

○「―居ル」・「―テ居ル」両方に承接している動詞例（二三語）

仰グ、出ヅ、云フ（十一例　一例）、続ム、行ナフ（三例　二例）、思フ（十七例　六例）、思ヒ歎ク、下ル、隠ル（八例　三例）、弘ゴル、ス、留マル、詠ム（三例　一例）、歎ク、念ズ、上ル、待ツ（四例　一例）、護ル（三例　一例）、見ル（十五例　一例）、向フ（四例　五例）、息ム（二例　一例）、行ク、読ム（三例　一例）

○「―テ居ル」にのみ承接している動詞例（七四語）

怪ビ思フ、歩ミ寄ル、イララカス、打チ洗フ、打チ合ハス、打チ云フ、打チウナヅク、打チ食ヒ畢ツ、

打チ随フ、打チ振ル、打チ纏ク、老イ屈マル、抑フ、押シ懸カル、押シ取ル、押シ攤ム、押シ廻ラス、御ハス、思ユ、思ヒ得、思ヒ念ズ、思ヒ乱ル、織ル、懸ク、衛別ク、固ム（二例）、借ル、下ル（二例）、食フ、挙ル、乞ヒ食ラフ、作文ス、差シ宛ツ、差シ去ク、定ム、去ル、騒グ、死ヌ、修ス、誦ス、喬ム、憑ム、緩ム、鎮ズ、着キ並ム、補ル、啼泣ス、解ク、読誦ス、調フ、唱フ（三例）、捕フ、取リ直ス、泣キ悲シム、鳴ラス、念ジ入ル、去ク、残リ留マル、鉉隠ル、開ル、放ツ（三例）、引フ、跪ク（二例）、悲歎ス、冥グ、参ル（二例）、参リ着ク、持成ス、物忌ス、物語ス、物縫ス、宿ス、居去ク、礼ミ入ル

以上、今昔物語集の「―居ル」と「―テ居ル」のそれぞれに承接している動詞を検討してみると、いくつかの特色が見られるようである。

その一は、「―テ居ル」に承接している動詞が九七語であるのに対して、「―居ル」に承接している動詞は五九語と少なく、その割合は約一・六倍である。これは、例えば、源氏物語では「―てゐる」に承接している動詞が四四語に対して、「―ゐる」に承接している動詞は七〇語で、「―ゐる」に承接している動詞の方が圧倒的に多い。他の和文資料を調査した結果も、用例数があまり多くはないので断定はできないが、ほぼ同様の傾向を示すようである。また、今昔物語集よりも後の成立である宇治拾遺物語においても「―てゐる」に付く動詞は四五語、「―ゐる」に付く動詞は三九語で、ほぼ同数（その割合は約一・一倍）であり、今昔物語集の状態化形式（状態性アスペクト形式）の「―居ル」から「―テ居ル」への移行・交替という特色が見られる。

その二は、「―テ居ル」に承接している動詞の中、「―テ居ル」にのみ承接している動詞の特徴として、漢語サ変動詞（サ変動詞）が多いことがあげられる。「思ヒ念ズ」、「作文ス」、「修ス」、「誦ス」、「鎮ズ」、「啼泣ス」、「読

誦ス」、「悲歎ス」、「物忌ス」、「物語ス」、「物縫ス」、「宿ス」などである。これらの動詞は、状態性を表わすという共通の性質を有しているので、「漢語サ変動詞（サ変動詞）＋テ居ル」は状態化形式（状態性アスペクト形式）と見てよい。ところで、「―テ居ル」には他に、瞬間動詞「死ヌ」に付いた例などもあり、このことの傍証になる。

その三は、「―テ居ル」に承接している動詞の中、「―テ居ル」にのみ承接している動詞の特徴として、複合動詞が多いことがあげられる。「―テ居ル」にのみ承接している動詞七四語の中、三四語が複合動詞（「接頭語＋動詞」例を含む）である。この傾向は、源氏物語をはじめとする和文資料においても共通に認められるようであり、宇治拾遺物語においても同様である。このことは、状態化形式（状態性アスペクト形式）「―てゐる」の形成を考える一つのヒントになるように思う。つまり、「―ゐる」そのものが複合動詞であるという意識のもとで、更にこれらの動詞に「ゐる」を直接承接することには抵抗感が生じるであろうと思われる。そこで、このような場合には「て」を介して表現するという表現法が発生し、漸次、この表現形式がアスペクト表現形式「―てゐる」として定着していったのではないだろうか。

その四は、「―居ル」に承接している動詞の中、用例数の多いものを上位から順にあげると、「思フ」（十七例）、「泣く」（十六例）、「見ル」（十五例）、「云フ」（十一例）という順になる。これらの動詞は、人間の心理的活動を表わす動詞であり、これらに付いている「―居ル」は、状態化形式（状態性アスペクト形式）を表わすものと考えられる。ただし、「―テ居ル」にも、これらの動詞に承接している例も存するが、その数は「―居ル」に比べるとはるかに少ない。

## 三

今昔物語集において、「テ」を介する表現形式が急激に増加していることについての考察をしてみたい。

そこで、今昔物語集の「―テ居ル」の上接動詞一覧を作成し、それらと今昔物語集成立以前の和文資料と比較対照し、増加の要因等について考えてみたい。

次の表2は、今昔物語集と和文資料各作品の「―ゐる」および「―てゐる」に承接している動詞の異なり数をまとめたものである。

尚、表中の「比率」あるいは「一致率」とあるのは、それぞれ各作品ごとの「―てゐる」対「―ゐる」の割合を「比率」とし、「―ゐる」に承接している動詞対「―ゐる」「―てゐる」両方に承接している動詞の一致する割合を「一致率」として示している。

表2

| | 「～ゐる」 | 「～てゐる」 | 比率 | 一致率 |
|---|---|---|---|---|
| 竹取物語 | 3 | 2 | 0.7 | 0 |
| 伊勢物語 | 0 | 0 | 0 | 0 |
| 土佐日記 | 0 | 0 | 0 | 0 |
| 蜻蛉日記 | 7 | 4 | 0.6 | 0 |
| 宇津保物語 | 17 | 28 | 1.6 | 0 |
| 落窪物語 | 4 | 20 | 5.0 | 0.3 |
| 枕草子 | 18 | 16 | 0.9 | 0.1 |
| 源氏物語 | 56 | 45 | 0.8 | 0.1 |
| 和泉式部日記 | 0 | 3 | ・ | ・ |
| 夜の寝覚 | 18 | 7 | 0.4 | 0 |
| 大鏡 | 5 | 1 | 0.2 | 0 |
| 堤中納言物語 | 3 | 5 | 1.7 | 0.3 |
| 今昔物語集 | 58 | 97 | 1.7 | 0.7 |

この表の「比率」を見ると、落窪物語のように数値の高いものもあるが、今昔物語集が他の作品と比較して特に際立った性格を有しているようには見えない。しかしながら、「一致率」を見ると他の作品に比べて数値が高いことがわかる。これは、今昔物語集において、「―テ居ル」が勢力を伸ばしていることを示すものである。

次の表3は、今昔物語集において、「―居ル」、「―

表3

| 作品＼動詞 | 仰グ | 出ヅ | 云フ | 思フ（六例） | 下ル | 隠ル（三例） | ス（十四例） | 詠ム | 歎ク | 念ズ（二例） | 上ル（二例） | 待ツ | 護ル | 見ル | 向フ（五例） | 読ム |
|---|---|---|---|---|---|---|---|---|---|---|---|---|---|---|---|---|
| 竹取物語 | | ○ | ○ | | | | | | | | ○ | | | | | |
| 伊勢物語 | | | | ○ | ○ | ○ | | | | | ○ | | | | | |
| 土佐日記 | | | | | ○ | | | | | | | | ○ | | | |
| 蜻蛉日記 | | | | | ○ | ○ | | | | | | | | | ○ | |
| 宇津保物語 | | ◎ | ◎ | | | ○ | □ | ○ | | | | ○ | | □ | □ | |
| 落窪物語 | | ○ | □ | ○ | | ○ | ◎ | ◎ | | | | | | | ○ | |
| 枕草子 | | ○ | ○ | ○ | | | ◎ | ○ | | | ○ | | ○ | □ | | ○ |
| 源氏物語 | ○ | ○ | ○ | □ | ○ | □ | ◎ | □ | ○ | ○ | ○ | ○ | ○ | □ | □ | ○ |
| 和泉式部日記 | | ○ | | | | | | | | | | | | | | |
| 夜の寝覚 | | ○ | | | | | | | | | | | ○ | ○ | | |
| 更級日記 | | ○ | ○ | ○ | | | | | | | | ○ | | | ○ | |
| 大鏡 | | | | | ○ | | | | | | | | | | | |
| 堤中納言物語 | | | ○ | ○ | | | | | | | | | ○ | | | |

テ居ル」両方に承接している動詞（二三語）の中、和文資料において「―ゐる」または「―てゐる」のどちらかについた例が存するかどうかを調査したものである。ただし、和文資料の場合の「―ゐる」の用例の中には、状態化形式（状態性アスペクト形式）以外のもの、つまり複合動詞「―ゐる」を含めて調査をした。これは、今昔物語集において「―テ居ル」が勢力を伸ばしつつあることを実証するためである。このような動詞は二三語中十六語あり、それらをまとめたものである。

　また表4は、「―テ居ル」にのみ承接している動詞（七四語）の中、和文資料においても例が存するかどうかを調査したものである。和文資料の用例には、同じく複合動詞を含めているのであるが、動詞の一致するものは僅かに十一語にすぎない。それらをまとめたものである。

　尚、表中の記号を説明すると、◎は「―てゐる」形が存すること、○は「―ゐる」形（複合動

表4

| 動詞＼作品 | 抱ク | 打チ詠ム | 畏マル | 返ル | 着ル | 着ク | 作ル（二例） | 並ブ | 腹立ツ | 申ス | 見遣ル |
|---|---|---|---|---|---|---|---|---|---|---|---|
| 竹取物語 | ◎ | | | | | | | | | | |
| 伊勢物語 | | | | | | | | | | | |
| 土佐日記 | | | | | | | | | | | |
| 蜻蛉日記 | | | | | | | | | | | |
| 宇津保物語 | | | | | ◎ | ○ | | ○ | | | |
| 落窪物語 | | | □ | | ◎ | | | ○ | ○ | ○ | |
| 枕草子 | ◎ | ◎ | | ○ | | | | | | | ◎ |
| 源氏物語 | | | | | | □ | | | ○ | ○ | |
| 和泉式部日記 | | ◎ | | | | | | | | | |
| 夜の寝覚 | | | | | | | | ○ | | | |
| 更級日記 | | | | | | | | | | | |
| 大鏡 | | | | | | | | | | | |
| 堤中納言物語 | | | | | | | | | | | |

詞を含む）が存すること、□は「—ゐる」・「—てゐる」両形が存することを示している。

以上、表3、表4から、今昔物語集の「—テ居ル」の特色として、次のようなことが考えられる。

今昔物語集と和文資料を比較してみると、勿論、和文資料の中にも、既に「—てゐる」形式も存在しているのであるが、その数は今昔物語集に比べると遥かに少なく、しかも、和文資料では「—ゐる」にのみ承接している動詞が、今昔物語集になると「—テ居ル」にも承接するようになるという例が多く見出だされるようになる。次にその例を示す。

「仰グ」　或ハ、…空ヲ仰テ居タリ（十・13）

「下ル」　晴澄、馬ヨリ下テ居タルヲ（二九・21）

「返ル」　玄渚、此レヲ見テ本ノ房ニ返テ居タルニ（七・32）

「着ク」　守、其ノ饗ニ着テ居タリケルニ（二八・39）

「歎ク」　母、…不飲食ズシテ歎テ居タリ（九・2）

「並ブ」　(鴨雌)命ヲ不惜ズシテ夫ト並テ居タリ（十九・6）
「念ズ」　僧、…物恐シク思ヘドモ、念ジテ居タル程ニ夜明ヌ（十九・12）
　　　　　(僧)「只仏助ケ給ヘ」ト念ジテ居タル程ニ（二六・8）
「上ル」　(男)恐々ヅ上テ居タレバ（十六・15）
　　　　　三人乍ラ板敷ノ上ニ昇テ居タレバ（三一・14）
「腹立ツ」(犬)此ノ鉢ノ物ヲ不食デ腹立テ居タルヲ（三・20）
「申ス」　男、…昔ノ事ナド申シテ居タル程ニ（十六・18）
「待ツ」　猟師、…今ヤ今ヤト待テ居タルニ（二〇・13）
「護ル」　清廉、…只守ノ顔ヲ護テ居タリ（二八・31）
「見ル」　猟師、奇異也ト見テ居タル間ニ（十・38）
「読ム」　道照、経ヲ読テ居タリ（十一・4）

これらの例は、今昔物語集の例が和文資料の初出例ということになる。しかも、多くの例が、「歎ク」、「念ズ」、「腹立ツ」、「申ス」、「見ル」、「読ム」など人の心理的活動を表わす動詞、あるいは「待ツ」、「護ル」など人の状態を表わす動詞であることは注目される。

## 四

文献において、「―居ル」を駆逐しながら、徐々に「―テ居ル」が勢力を拡大していくというアスペクト表現史の大きな流れの中で、今昔物語集がどのような位置を占めるのかということをテーマに考察した。両形式の相違については、十分な解明はできなかったが、「―居ル」よりも新しい「―テ居ル」が今昔物語集において、状態化形式（状態性アスペクト形式）として定着する様相は明らかにすることはできた。

また、他の平安時代和文資料と比較すると、「―テ居ル」の増加・定着は、今昔物語集などの説話集で多用されるところの「漢語サ変動詞」、「複合動詞」、「心理的活動を表わす動詞」などに承接することによるものであることもわかった。

参考文献

野村雅昭「近代語における既然態の表現について」（『佐伯博士古希記念国語学論集』一九六九年）
坪井美樹「近世のテイルとテアル」（『佐伯梅友博士喜寿記念国語学論集』一九七六年）
金水　敏「人を主語とする存在表現――天草版平家物語を中心に」（「国語と国文学」一九八二年十二月）
同「上代・中古のヰルとヲリ――状態化形式の推移」（「国語学」一九八三年九月）
同「「いる」「おる」「ある」――存在表現の歴史と方言」（「ユリイカ」一九八四年十一月）
柳田征司「近代語「テアル」」（「愛媛国文と教育」一九八七年十二月）
迫野虔徳「「たり」の展開」（「文学研究」一九八八年二月）
山下和弘「「テ＋イル」と「テ＋アル」」（「語文研究」一九八八年六月）

柳田征司『室町時代語資料による基本語詞の研究』一九九一年）
同　「近代語の進行態・既然態表現」（『近代語研究』一九九二年）
岡野幸夫「平安時代和文における「〜ゐる（居）」に関する一考察（『山口国文』一九九二年三月）
井上文子「「アル」「イル」「オル」によるアスペクト表現の変遷」（『国語学』一九九二年十二月）

使用したテキスト・索引類の主なものは次の通りである。

『竹取物語総索引』、『伊勢物語総索引』、『宇津保物語本文と索引』、『和泉式部日記総索引』、『源氏物語大成』、『蜻蛉日記総索引』、『枕草子総索引』、『和泉式部日記総索引』、『更級日記総索引』、『土佐日記総索引』、『夜の寝覚総索引』、『堤中納言物語総索引』、『落窪物語総索引』

# 附　宇治拾遺物語の補助動詞「ゐる」

宇治拾遺物語の文章は、今昔物語集のそれより文語的な面があるということを、「―ゐる」構文と「―てゐる」構文の視点から述べる。

宇治拾遺物語の「―ゐる」と「―てゐる」の用例数は、表1の通りである。尚、動詞「ゐる」の用例数は九八例である。

尚、両形式の中、問題となると思われるのは、次の二箇所である。それらはいずれも、「陽明文庫本」のみ「―ゐる」となっている。

○不動の咒をとなへてゐたるに…（十七話）

○心しづかに軍そろへてゐたるに…（一二八話）

表1

| 「―ゐる」 | 79例 |
|---|---|
| 動詞連用形＋ゐたり | 56例 |
| 動詞連用形＋ゐ（させ給ひ）て | 17例（1例） |
| 動詞連用形＋ゐ（給ひ）ぬ | 3例（1例） |
| 動詞連用形＋ゐ（られ）けり | 1例 |
| 動詞連用形＋ゐて（侍り） | 1例 |
| 動詞連用形＋ゐ（給へ）り | 1例 |

| 「―てゐる」 | 51例 |
|---|---|
| 動詞連用形＋てゐたり | 46例 |
| 動詞連用形＋てゐ（給ひ）て | 2例（1例） |
| 動詞連用形＋てゐぬ | 2例 |
| 動詞連用形＋てゐ（給へ）り | 1例 |

以上、時の表現に関わる下接語（助動詞「たり・り・ぬ・けり」）によって、二つの形式を分類したものである。両形式は、型の上から見ても大変よく似てることがわかる。「―ゐる」形式中の、「南泉坊といふ所に、こもりゐられけり」（序）、「この隣なるめらはの、くそまりゐ〈くぼまりゐ〉て侍るを、…うちふせて」（第二七話）の二種類の型が、「―てゐる」の方には見当らないだけで、その他は一致している。

次に、「―ゐる」と「―てゐる」に承接する動詞を、それぞれ（A）「動作作用を表わす動詞」および（B）「心理的活動を表わす動詞」に分類して、あげてみる。尚、「―ゐる」の用例中に○印を付した動詞は、「―てゐる」のそれと重複するものであることを示す。

「―ゐる」

（A）「動作作用を表わす動詞」（三〇語）

○集まる　洗ふ　出づ入る（三例）　踞（うづくま）る（二例）　起く　置く　落つ　下（お）る（四例）
屈（かが）まる（四例）　屈む　○隠る　○帰る（二例）　食ふ　篭る（七例）　叩く　立つ　約まる　集ふ
止まる（二例）　並（な）む　○並らぶ（二例）　眠（ねぶ）る（二例）　上る　待つ（八例）　守る　排泄（ま）る

○向ふ（四例）　寄る　居並（ゐな）む

（B）「心理的活動を表わす動詞」（九語）

○言ふ（四例）　窺ふ　○思ふ（七例）　泣く　嘆く　念ず（二例）　○申す　見る（二例）　○物語す（二例）

## 「―てゐる」

（A）「動作作用を表わす動詞」（三四語）

集まる　抱く　打懸く　打被（かづ）く　打取る　起き立つ　行なふ　押し取る　掻い屈まる　抱ふ　掛く
隠る　畏まる　帰る　差し当つ　為果（しおほ）す　装束す　す（五例）　揃ふ　反らす　立つ　作る　並ぶ
退（の）く　登る　掃く　吐く　引き廻す（二例）　跪く　開く　参る　持てなす　物忌す　向ふ

（B）「心理的活動を表わす動詞」（一一語）

呆れる　言ふ　打惚（ほう）く　拝み入る　思ふ（三例）　差し覗く　唱ふ　念じ　入る　申す　物語す
笑ふ

結果は、次の通りである。

| | 「―ゐる」 | 「―てゐる」 |
|---|---|---|
| 動作作用を表わす動詞 | 30例 | 33例 |
| 心理的活動を表わす動詞 | 9例 | 12例 |

次は、「心理的活動を表わす動詞」の中、同じ動詞に承接した用例である。尚、各用例に付した番号は、㋐〜㋖は「―ゐる」形式、①〜③は「―てゐる」形式の用例であることを示す。

「言ふ」

㋐「をそしをそし」といひゐたる程に、…もてきたり（第二三話）
㋑なにとなく聲だかにものいひゐたりけるを、…左府きかせ給ひて（第七二話）
㋒「…今はほろびんもくるしからず」といひゐたり（第一〇九話）
㋓国ごとにいひゐたりける事を、人ききて（第一二〇話）
①「…いま起給なん」といひて居たり（第一九四話）

「思ふ」

㋐あらくいらへなんずとおもひゐたるほどに、「…」となのる（第二七話）
㋑又それを思居たる程に、よりもこで過ていぬ（第二七話）
㋒わびしと思ひゐたるほどに、…たすけられて（第五七話）
㋓よもむなしくてはやまじと思ひゐたるほどに、…とらせたれば（第九六話）
㋔物あらばとらせてましと思ひゐたるほどに、夜うちふけて（第一〇八話）
㋕いかなることにかと思ゐたるほどに、…杖にすがりてあゆむ（第一三六話）
㋖受戒すべきよし思ゐたる所に、…おほせくだしけれぱ（第一三九話）

①浅ましと思てゐたる程に、…人あまたぐしていできたり（第十七話）
②大宮司、われはと思てゐたるを、…国司とがめて（第四六話）
③はづかしと思てゐたるに、…幕引きまはしてゐぬ（第一〇八話）

「申す」
㋐観音にむかひ奉て、なくなく申ゐたる程に、夢にみるやう（第一〇八話）
①仏の御前に念仏申てゐたるに、空にこゑありて、告て云（第一六九話）

「物語す」
㋐「殿にあるやうは」など、物がたりしゐたり（第五七話）
㋑物がたりしゐたりける程に、…氷魚の一、ふといでたりければ（第七九話）
①物語してゐたる程に、人々あまたこゑしてくなり（第一六五話）

このように、「言ふ」、「思ふ」、「申す」など、用例数も多く、基本的な動詞に、「―ゐる」が多く承接しているのは、「―てゐる」よりも古い形式であることを示しているものとも考えられる。今昔物語集の傾向とは異なる。

尚、その他の「心理的活動を表わす動詞」に承接した例は、次の通りである。

「―ゐる」

「窺ふ」

㋐うかがひゐたれば、すずめどもあつまりて食にきたれば（第四八話）

「泣く」

㋐すべきやうもなくて、つぼねにかへりて、なき居たり（第二七話）

「嘆く」

㋐わがおやたちいかにおはせんと、かたがたになげきゐたり（第一〇九話）

「念ず」

㋐つづけかきたれば、二日三日まではねんじゐたる程に（第七六話）

㋑ねんじゐたる程に、…頭もたげておきんとしければ（第九六話）

「見る」

㋐とく夜のあけよかしと思てみゐたれば、…明がたになりぬ（第一〇一話）

㋑かく参りたるをだに、よしよしとみゐたるをしも、めしあれば（第一九一話）

「―てゐる」

「打惚く」

①博打の打ほうけてゐたるがみて…「…」といへば（第十六話）

「唱ふ」

①不動の咒をとなへてゐたるに、…人々の聲あまたしてくるをとす也（第十七話）

「差し覗く」

①ながき屋ののきに、狐のさしのぞきてゐたるを、利仁みつけて（第十八話）

「呆れる」

①をんやうじ、心得ず仰天して、…祓ひせさする人も、あきれて居たり（第一〇四話）

「拝み入る」

①孔子、そのうしろをみて、…さほの音せぬまで、おがみ入りてゐ給へり（第九〇話）

「念じ入る」

①「…恥見せ給な」と念じ入てゐたる程に、…物を受けて帰りぬ（第一七二話）

これらの例を見ると、「―てゐる」に承接している動詞の多くが、「複合動詞（「接頭辞＋動詞」を含む）」であることは注目される。今昔物語集にも同様の傾向が見られる。
因みに、「動作作用を表わす動詞」の中、同じ動詞に承接した用例は、次の通りである。

「集まる」
㋐あつまりゐたる鬼ども、あさみ興ず（第三話）
①あつまりてゐて、…「…」といひあへり（第一八話）

「隠る」
㋐かたやぶにかくれゐて見れば、…おはしましたり（第六四話）
①かくれてゐたりける程に、…ののしりさはぐ（第一五五話）

「帰る」
㋐立る僧は帰ゐたりとみる程に、又ゐたる僧うせぬ（第一三七話）
㋑くはしくをしへければ、有つる居所に帰ゐ給ぬ（第一七〇話）
①もとの山の坊にかへりてゐたる程に、…「…」といふ人あり（第八八話）

「並ぶ」
㋐上達部は南殿にならびゐ、殿上人は弓場殿に立てみるに（第二〇話）
㋑かくしだいしだいの司ども、次第にみなならび居たり（第一〇九話）
①まさゆきにならびてゐたるに、…「…」といふ（第一一〇話）

「向ふ」
㋐むかひゐて、…物くひはつるまではありけり（第二五話）
㋑うるはしく向ゐて、…粥をすすらすれば（第二五話）
㋒いかにと思てむかひゐたるほどに、…ゐられたり（第七八話）
㋓それをとりて、向ゐたるたうじん、…うちにいりぬ（第一八〇話）
①弟子どもに念仏もろともに申させて、西にむかひてゐたり（第一六九話）

このように、二つの形式の間に、意味用法上の相違は認めがたいのであるが、「―てゐる」のみの用例がないことは注目される。やはり、「―てゐる」の新しさであろう。

以上により、宇治拾遺物語の文章と今昔物語集の文章を比較すると次のような特徴が見られる。

①同一動詞に承接する場合、宇治拾遺物語においては、「―ゐる」形式の方が多い。今昔物語集とは異なる。

②「複合動詞（「接頭辞＋動詞」を含む）」に承接する場合、宇治拾遺物語においては、「―てゐる」形式のみである。今昔物語集には、わずかではあるが、「―居ル」に承接した例がある。

宇治拾遺物語の文章は、今昔物語集のそれより文語的な面がある。

参考文献

野村雅昭「近代語における既然態の表現について」（『佐伯博士古希記念国語学論集』一九六九年）
坪井美樹「近世のテイルとテアル」（『佐伯梅友博士喜寿記念国語学論集』一九七六年）
金水　敏「人を主語とする存在表現―天草版平家物語を中心に」（『国語と国文学』一九八二年十二月）
同　「上代・中古のヰルとヲリ―状態化形式の推移」（『国語学』一九八三年九月）
同　「「いる」「おる」「ある」存在表現の歴史と方言」（『ユリイカ』一九八四年十一月）
柳田征司「近代語「テアル」」（『愛媛国文と教育』一九八七年十二月）
山下和弘「「テ＋イル」と「テ＋アル」」（『語文研究』一九八八年六月）
柳田征司「近代語の進行態・既然態表現」（『近代語研究』一九九二年）
岡野幸夫「平安時代和文における「～ゐる（居）」に関する一考察（『山口国文』一九九二年三月）
野田高広『『今昔物語集』のアスペクト形式Ⅴテイル・テアルについて」（『日本語の研究』二〇一〇年一月）

# 第四章　今昔物語集の連体形終止文

## ――「ケル終止文」の定着

### 一

今昔物語集の本文は、全巻（現存二八巻）を通して見たときには、いわゆる「取合わせ本」という形になる。すなわち、「鈴鹿本」の存する九巻（巻二・五・七・九・十・十二・十七・二七・二九）、「鈴鹿本」以外の古本系の本文の存する十一巻（巻一・三・四・六・十三・十四・十五・十六・十九・二〇・二二）、そして、流布本系の本文しか存しない八巻（巻十一・二三・二四・二五・二六・二八・三〇・三一）の三種類に分かれる。尚、今昔物語集諸伝本の「古本」「流布本」の判断は、『日本古典文学大系』と『日本古典文学全集』とでは異なる場合がある。本稿は、『日本古典文学大系』に従った。

ただし、今昔物語集の現存諸伝本の書写系譜関係は、かなりはっきりとしていて、そのほとんど全てが「鈴鹿本」から出ていると言われる。ゆえに、今昔物語集を一応、等質の文献資料として見ることについては、それほど大きな問題はないかと思われる。

しかしながら、これを（院政期の）国語資料として取り扱う場合には、留意しておかなければならない点もある。例えば、その一つに、「古本」（特にことわらない場合は「鈴鹿本」を含む、古本系統諸本の全てを言う）と「流布本」（流布本系統諸本の全てを言う）の関係がある。この二系統は、表記法の相違をはじめとして、語彙・語法などかなり異なった様相を程する。そのことについては、『日本古典文学大系』解説をはじめとして、既に指摘されていることであるが、問題は、その二系統間に相違が生じた原因・理由であろう。いまだ、はっきりとした説明はなされていないように思われる。

そこで、この問題を考える一つの手がかりとして、次のような考察を試みた。すなわち、まず、「古本」と「流布本」とを、それぞれ、まとまった言語資料（「古本」および「流布本」において、それぞれの諸本間で全く異同のないものを資料とするということを意味する。また、その「異同」については、『日本古典文学大系』校異表を資料とする）として対立的にとらえ直し、「流布本」により多くの「中世的語法」が認められるのではないかということ、およびその理由を、「ケル終止文」（連体形終止文のうち、係助詞や疑問副詞などが先行することなしに、文を連体形「ケル」で終止するもの）をとりあげて考察する。

尚、「ケル終止文」の用例数等のデータは、小池清治氏「連体形終止法の表現効果――今昔物語集・源氏物語を中心に」（「言語と文芸」昭和四二年九月）のものを使わせていただいた。この論文のテキストは、『日本古典文学大系』本であり、内容は連体形終止法を表現効果という観点から考察し、詠嘆的用法・疑問的用法とは別に、今昔物語集には、「解説的用法」が認められるということを指摘したものである。

## 二

小池論文には、今昔物語集の連体形終止文の特徴について、次のような指摘がある。

今昔物語集の連体終止法を検討する上において、次に見逃すことができないのが、「ケル」の頻出という現象である。

確かに、小池氏の調査された「語別用例数」を見ると、「地の文」文中の全用例数二六例（それに対して、「引用文」の全用例数は五〇例である）の中、「ケル」の「地の文」中における用例数は一二三例（六〇％弱。「引用文」の用例数は十例にすぎない）である。ちなみに、次に用例数が多いのは「タル」の七一例（三〇％強。「引用文」における用例数は七例）である。

また、以下の考察の対象となる、「古本」と対照した場合に、「流布本」において用例数が増加している「連体形終止」を語別に分けてみても、「ケル」の用例が三九例（全て「地の文」の用例のみ）であるのに対して、その他の語は、わずか六例（これも全て「地の文」の用例のみ。「タル」三例、「ナル」二例、「ツル」一例）にすぎないという結果がでているのである。

今回、「地の文」中における「ケル終止文」を考察の中心にする理由は、以上のような点にある。

表1は、「流布本」において増加した「ケル終止文」の用例数を、各巻ごとにまとめたものである。参考のために併せて、「鈴鹿本」、それ以外の「古本」および「流布本」における「ケル終止文」の用例数もあげておく。

表1

| 巻 | 鈴鹿本 | 古本 | 流布本 | ケル終止文 |
|---|---|---|---|---|
| ① | | 0 | | 0 |
| ② | 0 | | | 0 |
| ③ | | 0 | | 0 |
| ④ | | 1 | | 0 |
| ⑤ | 0 | | | 1 |
| ⑥ | | 1 | | 0 |
| ⑦ | 0 | | | 3 |
| ⑨ | 0 | | | 2 |
| ⑩ | 1 | | | 0 |
| ⑪ | | | 6 | |
| ⑫ | 1 | | | 3 |
| ⑬ | | 0 | | 2 |
| ⑭ | | 1 | | 0 |
| ⑮ | | 5 | | 4 |
| ⑯ | | 3 | | 3 |
| ⑰ | 2 | | | 0 |
| ⑲ | | 17 | | 8 |
| ⑳ | | 11 | | 7 |
| ㉒ | | 2 | | 0 |
| ㉓ | | | 9 | |
| ㉔ | | | 25 | |
| ㉕ | | | 3 | |
| ㉖ | | | 8 | |
| ㉗ | 4 | | | 2 |
| ㉘ | | | 6 | |
| ㉙ | 4 | | | 4 |
| ㉚ | | | 8 | |
| ㉛ | | | 8 | |
| 計 | | 162 | | 39 |

次に、「流布本」において増加した「ケル終止文」の用例を、「古本」の本文と比較対照してみると、両者の関係は、その構文から次のように四種類に分けることができる。

①「古本」において、「ケリ終止文」であるものが、「流布本」においては、「ケル終止文」になっているのもの

②「古本」において、係り結び「ゾ—ケル」文であるものが、「流布本」においては、「ゾ」が脱落して「ケル終止文」になっているもの

③「古本」において、係り結び「ナム—ケル」文であるものが、「流布本」においては、「ナム」が脱落して、「ケル終止文」になっているもの

④「古本」において、「ケル終止文」であるものが、「流布本」においては、「ケリ終止文」になっているもの

表2は、右の①〜④について、それぞれの用例数をまとめたものである。

表2

| | 古本 | 流布本 | 用例数 |
|---|---|---|---|
| ① | ―ケリ | ―ケル | 14 |
| ② | ゾ―ケル | | 23 |
| ③ | ナム―ケル | | 2 |
| ④ | ―ケル | ―ケリ | 4 |

次に①〜④について、それぞれの用例をあげながら、その表現・構文上の特徴などについて検討してみたいと思う。

## ①「―ケリ」、④「―ケル」について

今昔物語集の各説話を構成上から、「冒頭部」・「説話部」・「結語部」の三部に分けて、①の流布本の用例をあげてみると、次のようになる。

「冒頭部」

○若ヨリ法花経ヲ読誦シテ、老ニ至ルマデ怠タル事无カリケル（十三・8）
○其ノ僧ノ食物ヲシテ年来被仕テ有ケルニ、尼、常ニ弥陀ノ念仏ヲ唱ヘケル（十五・41）
○彼ノ国ヲ助ケムガ為ニ、数ノ眷属ヲ引キ具シテ、彼ノ国ニ行ニケル（十九・30）
○今昔、東ノ方ヨリ、栄爵尋テ買ハムト思テ、京ニ上タル者有ケル（二七・17）

「説話部」

○僧、本所ニ返テ神ノ御事ノ如ク経ヲ寺ニ送リ奉リテケル（七・19）

○恵明、具ニ此ノ事ヲ記シテ石ヲ彫テ納メテケル（七・24）

○「……」トテ咲テ情无気ニ揃ル者モ有リケル（十九・2）

○其ノ麦入レタル折櫃ヲ取リ下シテ見ル事モ无カリケル（十九・22）

○人皆此ヲ聞テ驚テ奇異ガリケル（二〇・11）

○次ニ鉾ヲ取テ持来タリ。天井ニ穴彫タリケル（二九・13）

「結語部」

○皆、其ノ験ヲ不顕ズト云事无カリケルトナム語リ伝ヘタルトヤ（七・11）

○張敷ヲ不讃哀ズト云フ事无カリケルトナム語リ伝ヘタリトヤ（九・6）

○「……」ト皆人云ヒケルトナム語リ伝ヘタルトヤ（九・6）

○長久年中ノ比遂ニ失ニケルトナム語リ伝ヘタルトヤ（十三・40）

更に、①④の用例を同じく三部に分けてみると、四例（巻十九第22・22話、巻二七第28・30話）は全て「説話部」である。

表3

| | 古本 | 流布本 | 冒頭部 | 説話部 | 結語部 |
|---|---|---|---|---|---|
| ① | ―ケリ | ―ケル | 4 | 6 | 4 |
| ④ | ―ケル | ―ケリ | 0 | 4 | 0 |

　このように、「流布本」における「ケル終止文」の増加は、その言語量からして「冒頭部」および「結語部」に多く見られるという特色があることがわかる。そして、この傾向は、今昔物語集の連体形終止法全般に見られる特色とも一致するのである。小池氏は、その理由を両部が「解説的な文脈」であるためであろうと述べておられる。

②「ゾ―ケル」

　今昔物語集において、「古本」と「流布本」の本文を対照してみても、「流布本」における係助詞「ゾ」の脱落という現象は、この場合以外にはほとんど例がない。すると、このことと「ケル終止文」とは、どのような関係があるのであろうか。あるいは、「流布本」において、「ケル終止文」と同じように増加する係り結びの破格「ゾ―ケリ」文との関連はどのように考えたらよいのであろうか。

　そこで、②「ゾ―ケル」の中、「流布本」において係助詞「ゾ」が脱落した文を、次のように四つの構文に分けて、用例をあげてみると、次のようになる。

(a)(1)「―テ（ゾ）―ケル」型

○然レバ、僧迦羅、其ノ国ノ王トシテ二万ノ軍ヲ引具シテ（ゾ）住ケル（五・1）
○死ヌル時ニハ、室ニ入テ静ニ法花経ヲ誦シテ（ゾ）入滅シケル（十二・34）
○哀也ケル祖子ノ契也ト云テ（ゾ）泣々ク貴ビケルトナム語リ伝ヘタルトヤ（十五・39）
○仏ノ御前ニ参ル時ニハ、手ヲ洗ヒ身ヲ浄メテ（ゾ）参ケル（十五・40）
○此ノ源二ハ、毎月ノ十八日持斉シテ、観音ヲ（ゾ）念ジ奉ケル（十六・24）
○道心深ク莪ニケレバ、其ノ後退スル事无クシテ、極テ貴キ聖人ニ成テ、貴ク行テ（ゾ）有ケル（十九・7）
○弘済、後ニハ海兵ニ有テ往還ノ人ヲ哀ビ利益シテ（ゾ）有ケル（十九・30）
○遂ニ命終ル時ニ、身ニ病无クシテ、年九十ニ余テ（ゾ）死ニケル（二〇・15）

(a)(2)「（ゾ）―テ―ケル」型

○更ニ身ヲ清メテ（ゾ）入テ、其ノ経ヲ書ク座ニ居ケル（十二・29）
○其ノ後ニ、薬王品一品ヲ（ゾ）誦シテ令聞メケル（十二・35）
○其ノ中ニ、提婆品ヲ（ゾ）深ク心染メテ、毎日ニ廾返モ誦シケル（十五・43）
○兵共ハ只ノ様ニテ、一人ヅツ（ゾ）其ノ家ニ行テ隠レテ居タリケル（二九・6）

(b)「―ト（ゾ）―ケル」型

○「……」ト（ゾ）人語ケルトナム語リ伝ヘタルトヤ（二〇・24）

○「……」ト（ゾ）云ヒ謗ケル（二〇・28）
○「……」ト（ゾ）皆人云ヒ謗ケル（二〇・29）
○「……」ト云ハ実也ケリト（ゾ）人云ケルトナム語リ伝タリトヤ（二〇・30）
○花ヲ見ル毎ニ常ニ此ク長メケルナメリト（ゾ）人疑ヒケル（二七・28）
○盗人ノ心ヲ哀レ也ケリト（ゾ）聞ク人云ケルトナム語リ伝ヘタルトヤ（二九・13）

(c)「―バ―（ゾ）―ケル」型

○祖失テ後ハ、住ミ付タル事コソ无ケレドモ、屋許ハ大ニ空ナレバ、片角ニ（ゾ）居タリケル（十六・7）
○如此クシテ便付ニケレバ、吉夫出来テ楽シク（ゾ）有ケル（十六・30）
○心ヲ發テ貴キ聖人也ト云ヘドモ、知恵无ケレバ、此（ゾ）天宮ニ被謀ケル（二〇・12）

表4

<table>
<tr><th></th><th>形式</th><th>ケル終止文</th><th>連体形終止</th></tr>
<tr><td>(a)</td><td>―テ―ケル</td><td>12（52）</td><td>105（48）</td></tr>
<tr><td>(b)</td><td>―ト―ケル</td><td>6（26）</td><td>49（23）</td></tr>
<tr><td>(c)</td><td>―バ―ケル</td><td>3（13）</td><td>19（9）</td></tr>
<tr><td>(d)</td><td>―ツツ―ケル</td><td>2（9）</td><td rowspan="2">43（20）</td></tr>
<tr><td colspan="2">その他</td><td></td></tr>
</table>

（　）の中の数字は％

(d)「―ツツ（ゾ）―ケル」型

○鎮西ニ下リ着テモ心ニ懸リテ後メタク思エケレバ、別ノ所ニ児ヲバ令住テ、常ニ行ツツ、（ゾ）見ケル（十九・29）
○然テ、其ノ鷺ノ尾羽ヲ売ツツ、（ゾ）仕ケル（二九・35）

以上の結果をまとめてみると、表4のようになる。これは、今昔物語集全体における連体形終止文の形式と一致する。併せて示しておく。

ところで、右の(b)「―ト（ゾ）―ケル」型文の成立に関連して、小池氏は次のような見解を述べておられる。

今、ひとつの予測を述べるならば、あるいは、「となん―連体形」と関連が深いかも知れない。そのことを示唆するのが、今昔物語集の結語部の用例である。

これは、主として「結語部」における連体形終止文の例「―ト語リ伝ヘタルトヤ」（用例は五九例存する）の成立過程を考えての推論であろうが、先に見たように「―トゾ―ケル」型文から係助詞「ゾ」が脱落した型の文が多く生じていることを考えると、「とぞ―連体形」の可能性も考えなければならないも知れない。このことは次のことからも言えそうである。

### ③「ナム―ケル」について

今昔物語集全体における、係り結び「ナム―ケル」文の用例数からしても、もう少し「ナム」の脱落によって生じた「ケル終止文」があってもよさそうであるが、次の二例のみである。

㋐打チ不解ズシテノミ有レバ、斎院許ノ所无シト（ナム）世ノ人皆云ヒケル（十九・17）

㋑殿上ニシテ哀レニ面白カリツル由ヲ語ケレバ、不参ヌ人々ハ口惜キ事ニ（ナム）思ケル（十九・17）

㋐は、「―ト―ケル」型のもの、㋑は、「連体形終止に主語のある場合には、必ず副助詞か「が、の」を持つ」

（山内論文）と言われる文形式になっている。

以上、「古本」の本文と対照させながら、「流布本」において用例数が増加した「ケル終止文」について考察した。

## 三

今昔物語集（流布本）の「ケル終止文」の成立を考える場合、また次のような問題を解決しなければならない。すなわち、「古本」、「流布本」ともに見られる、いわゆる「係り結びの破格」との関係である。以下、考察の対象とする「係り結びの破格」は、①係助詞「ぞ」、「なむ」の場合で、②結びが助動詞「けり」であり、③「地の文」における用例ということに限定する。

表5は、「古本」およびそれと対照した場合に、「流布本」において増減した「係り結びの破格」の用例数を示したものである。尚、表中の「流布本」の欄の数字は、「流布本」において増加した用例数を示す。

表5

| | 古本 | 流布本 | 流布本において正格になったもの | |
|---|---|---|---|---|
| ゾーケリ | 8 | 7 | ゾーケル | 3 |
| ナムーケリ | 12 | 2 | ナムーケル | 1 |

この表において、特に注目されるのは、「流布本」における、係り結びの破格「ゾ―ケリ」文の増加ということであろう。用例は次の七例である。

○「……」トゾ、僧共皆云ヒ喤リケリ（十二・22）
○「……」トゾ、心ノ内ニ思ヒケリ（十四・37）
○念佛ヲ唱ヘテゾ失ニケリ（十五・4）
○其ノ小池ノ蓮花、皆悉ク、西ニ靡テゾ有ケリ（十五・52）
○然レバ、疑无キ往生也トゾ人皆云テ貴ビケリ（十七・23）
○極メテ口早クシテ、人ノ一巻ヲ誦スル程ニ、二三部ヲゾ誦シケリ（十七・41）
○実ニ、露身ニ病无シテ、年七十余マデゾ大臣御ケリ（二〇・43）

併せて、「古本」において係り結び破格「ゾ―ケリ」文（表5、八例）が、「流布本」において係り結び「ゾ―ケル」文になっているもの（表5、三例）の用例をあげてみると、次の通りである。

○「……」トゾ云ケル（十九・39）
○池ナドハ不見ズシテ、海トゾ見エケル（二〇・11）
○名ハ三修禪師トゾ云ケル（二〇・12）

以上の用例から、「古本」と「流布本」において異同が見られる、係り結び「ゾ―ケル」文に関係する文形式の特徴を見ると、「―トゾ―ケル」型のもの（六例）が多いと言えそうである。

次に、表6は、「古本」および「流布本」に見られる「係り結びの破格」の用例の中、両者で異同の見られるものの用例（構文）および用例数をまとめたものである。

表中の(1)〜(9)のそれぞれの場合について、「流布本」における「ケル終止文」との関連について考えてみたいと思う。

表6

| | 古本 | 流布本 | 用例数 |
|---|---|---|---|
| 正格 | ゾ―ケル | (1)ゾ―ケリ | 7 |
| | | (2)―ケリ | 2 |
| | | (3)―ケル | 23 |
| | ナム―ケル | (4)ナム―ケリ | 2 |
| | | (5)―ケリ | 2 |
| | | (6)―ケル | 2 |
| 破格 | ゾ―ケリ | (7)ゾ―ケル | 3 |
| | ナム―ケリ | (8)ナム―ケル | 1 |
| | | (9)―ケリ | 1 |

(1)について、先に述べた「流布本」において増加した「係り結びの破格」七例（表5）は、このように全て「古本」の係り結び「ゾ―ケル」文と対応している。このような現象が見られるということは、「流布本」における「係り結び」が衰えを見せているととらえることもできるであろう。しかしながら、全体的に見た場合には、以下これに関係する例を含めても、用例数が少ないので断定はできない。

(2)について、用例は次の通りである。

○地蔵、利生ハ此（ゾ）在マシ（ケル）ケリ（十七・19）

○此ク加持シ現ハカシタル人々ヲ（ゾ）世ノ人皆貴ビ（ケル）ケリ（二〇・4）

「流布本」において、係助詞「ゾ」が脱落する場合は、次の

(3)（二三例）のように係助詞「ゾ」のみ脱落して、文形式上は「ケル終止文」になることが多い。右の例のように「普通文」になった理由はわからない。

(3)について、用例は先に示した（表2）。これを、単なる係助詞「ゾ」の脱落（「係り結び」の衰え）と見るか、それとも、連体形終止法の勢力の拡大と見るかは、判断が難しい。ここでは、先の(1)(2)に比べて、この用例数が特に多いことに注目して、その原因・理由を後者のように考えておきたいと思う。

(4)(5)(6)について、係助詞「ゾ」の場合に準じて考えておくことにする。ただし、係助詞「ナム」に関係する用例が意外と少ないことは注目される。

(7)(8)(9)について、「古本」において破格であるものが、「流布本」においては、正格になったり(7)(8)、「普通文」になる(9)ことは、先に述べた「係り結び」の衰えとは反対の現象であると考えられもするが用例数は少ない。

ここで、右の例（表6、四三例）を更に分析するために、「古本」と「流布本」の関係を次のようにとらえ直してみた。すなわち、まず両者の関係を、「流布本」は「古本」の変容したものと見る。それによって、両者の関係を分類してみると次の四つに分けることができる。

(A)「流布本」において、「係り結び」が正格になったもの……四例
(B)「流布本」において、「係り結び」が破格になったもの……九例
(C)「流布本」において、「普通文」（「ケリ終止文」）になったもの……五例
(D)「流布本」において、「連体形終止」文（「ケル終止文」）になったもの……二五例

この中では、(D)「ケル終止文」の用例数の多さが際立っている。それに対して、(B)「係り結びの破格」の例は、それほど多いとは言えない。しかしながら、これら(A)〜(D)の例を全て、「係り結び」に関連するものとしてとらえた場合には、事情は異なる。すなわち、これ全体を、「流布本」における「係り結び」の衰えととらえることによって、「流布本」における「ケル終止文」の用例数の増加ということと、「係り結びの破格」の関係を説明することができると思う。つまり、「係り結び」の減少は、同時に連体形終止文の増加を促すものであると考えられるからである。「流布本」における「係り結び」については、再考しなければならない。

## 四

院政期は、国語史上古代語から近代語へと移るきざしの見え始めた時期であり、その指標の一つとしての連体形終止法は、重要な現象と思われる。

これは、おそらくはじめは「話し言葉」の世界で用いられていたものであろうが、漸次「書き言葉」の世界で用いられるようになったものであり、「書き言葉」としての文献にも新しい構文として定着するようになったものと考えられる。その定着の時期は、この現象が「地の文」においても頻繁に現われ始める、院政期とされるのである。

この期に編纂されたと考えられる今昔物語集にも、当然この現象は反映されているものと思われる。しかしながら、そのことを確認する術は、現存最古の写本（鎌倉中期写）である「鈴鹿本」を通してである。正しく、「鈴鹿本」にも、いくつかの例を指摘することができる（表1参照）のであるが、それより更に時代が下ると考えられる「古本」や「流布本」においては、どの程度反映しているのであろうかと考えて稿を起こした。
その結果は、表1で示したように、「流布本」においては、「ケル終止文」の用例の増加という形で現われていることが明らかになった。問題は、その原因・理由が何であるのかということであるが、次のような二つの場合の可能性を考えてみた。

⑴転写過程で、筆者の当時の「話し言葉」が、無意識に混入したもの。
⑵転写過程で、単に係助詞「ぞ」が脱落したために、見かけ上、連体形終止文（「ケル終止文」）になっているにすぎない。

⑴⑵の中、どちらの可能性が高いかという判断は、なかなか難しいのであるが、次のような理由によって、⑴の可能性の方が高いと判断する。

①「古本」において「普通文」（「ケリ終止文」）であるものが、「流布本」において、連体形終止文（「ケル終止文」）になっているものがある（表2参照）。
②「古本」において、係り結び「ゾ―ケル」文が、「流布本」において、連体形終止文（「ケル終止文」）になっているものが多い。それに対して、係り結び「ナム―ケル」文の場合には、このようなことはあまり見られない（表2参照）。
③新しく生じた連体形終止文（「ケル終止文」）の用例が、「冒頭部」・「結語部」に多い（表3参照）。

④新しく生じた連体形終止文（「ケル終止文」）の文形式が、「古本」におけるそれと同じである（表4参照）。
⑤「流布本」において、「係り結び」の衰えが認められる（表5、表6参照）。

今昔物語集の「流布本」を、「中世的語法」の混在した資料として、再検討することは、今後の課題としなければならない。それとともに、本章でとりあげながら十分意を尽さなかった、「ケル終止文」の成立と係り結び「ゾ—ケル」文との関わりを、今後とも「転写」過程における言語の異同という観点からも考えてみたいと思う。

参考文献

山内洋一郎「院政期の連体形終止」（「国文学攷」一九五九年七月）
酒井憲二「今昔物語集の資料性」（「山梨県立女子短大紀要」一九六五年七月）
小池清治「連体形終止法の表現効果——今昔物語集・源氏物語を中心に」（「言語と文芸」一九六七年九月）

# 第五章　今昔物語集の「ムトス終止文」

## ――「欲」字の訓読との関係

### 一

漢文に用いられる「欲」字についての、漢文訓読史上における訓法については、その訓法の多様さ（「（ムト）オモフ」、「（ムト）ネガフ」、「（ムト）ス」、「（ムト）ホッス」など）、訓法の時代的変遷、あるいは資料間における訓法の相違など問題となるところが多く、はやくから先学諸氏の注目するところであった。

ただし、それらの研究は、漢文訓読史の問題つまり個々の資料における訓点加点者が、「欲」字を如何に訓じたかということを問題にしたのであったが、このことは、それとは性質が異なるかに見える今昔物語集編者自身の問題でもあったと考えられる（勿論、厳密な意味での漢文訓読とは異なることは当然である）。何故ならば、今昔物語集の文章、特に前半部の文章は、その内容・文体から見て明らかに先行の漢文を翻案し（あるいは翻案されたもの）、それを和文脈に置き換えることによって成立したものであることは間違いないと考えられるからである。

そこで、本章では、従来あまり問題とされなかったかに思われる、この今昔物語集の文体形成と漢文訓読との関係を考える一つの手がかりとして、以下のような考察を試みた。

今昔物語集に頻出するところの、二つの表現様式「―ムト思フ」（「―ムト思フ」の敬体「―ムト思ス」を含む。また、その訓み方は、「ねがふ」と訓んだものもあるが、一応「おもふ」「おぼす」としておく）と「―ムトス」（その表記は、連体形、已然形の場合には「―ムト為ル」「―ムト為レ」などとなっていることが多い）を取り上げて、この両形式の表現・用法上の近似性と異質性ということについて、漢文の翻案という観点を中心にして考察する。[1]

# 二

今昔物語集編者が、先行の漢文の「欲―」文をどのような構文の和文脈に置き換えたかということについて、次のような方法でおおよその見通しを立てておきたいと思う。

まず、先行漢文文献（今回は、国内において編纂された説話集を中心にした）として『注好選』、『日本霊異記』、『大日本国法華験記』、『日本往生極楽記』の四文献を用いて、これらの文献中の当該箇所を選び出し、次に、その部分を今昔物語集編者がほぼ直訳・逐語訳していると思われる五五箇所を表現形式別に分類してみた。結果は次の通りである（表1）。

この結果を見ると、今昔物語集編者は「欲―」文を受容するにあたっては、単に形式的（漢文訓読的）な訓み下しをしたのではないことがわかる。[2]（ここには示さなかったが、いわゆる意訳したものが多く存することからも、このことは言える）。すなわち、ここに取り上げた五つの表現形式は、今昔物語集編者による漢文から和文への変換作業の一つとして得られたところの、つまり、「欲―」文に対応するところの今昔物語集的表現ということができるであろう。

表1

| 表現形式＼資料 | 注好選 | 日本霊異記 | 大日本国法華験記 | 日本往生極楽記 | 計 |
|---|---|---|---|---|---|
| ⓐ ―ムト思フ | 2 | 11 | 17 | 4 | 34 |
| ⓑ「―ム」ト思フ | 2 | | 4 | | 6 |
| ⓒ ―ム事ヲ願フ | | | 1 | 1 | 2 |
| ⓓ ―ムトス | 2 | | 6 | 1 | 9 |
| ⓔ ―ムガ為ニ | | 1 | 2 | 1 | 4 |

ところで、これらの表現形式を漢文訓読における「欲」字の訓法と比較してみると、いくつかの相違点があることに気づく。その主な点は、まず第一に、訓点資料に頻出するところの「―ムトネガフ」形式がないこと、および「―ムトホッス」形式がないことである。第二点は、漢文訓読的立場から見ると「欲」字を訓じていないとも言えるわけであるが、ここには、会話文の引用形式（「―ム」ト思フ）や接続形式（「―ムガ為ニ」）の文を形成するための様式と考えられる類型的な表現が見られることである。

まず第一点について、今昔物語集の「―ムトネガフ」の確実な例と考えられるものは、

○此ノ人、本ヨリ道心深クシテ、常ニ念佛ヲ唱ヘテ、極楽ニ生レムト願ヒケリ（十五・2）

○尼、漸ク老ニ臨ムデ、只、弥陀ノ念佛ヲ唱ヘテ他念无ク、極楽ニ往生セムト願ヒケリ（十五・37）

などの「―ムト願フ」（用例は全体で三一例存する）がある。ただし、この「―ムト願フ」は、同じ願望表現である

ところの「―ムト思フ」と比べてみると、用例数が非常に少なく、しかも、その用法上にははっきりと制約が見られるように思う。すなわち、全用例三一例中二五例までが、右に示したような「極楽往生を願う」という表現専用に用いられていること、およびその二五例中一六例は、収載説話のほとんどが『大日本国法華験記』か『日本往生極楽記』を出典とすると考えられる巻十五に用例が集中することである。これらのことは、「―ムト思フ」と「―ムト願フ」との関係を考える上で注目される。

ここで併せて、ⓒ「―ム事ヲ願フ」についてみると、全二六例中十四例が「―ムト願フ」の場合と同じく、やはり「極楽往生を願う」という表現である。しかも、巻十五には七例存し、他の巻に比べて用例数が多い。

以上のようなことを考え合わせると、今昔物語集における「―ムト願フ」と「―ム事ヲ願フ」との間には、文体上、表現上の差異は認められないと言えそうである。しかも、これらの表現形式は、先に見たように「―ムト思フ」と同じく、漢文中の「欲―」文と対応を示すのであるが、表現内容の上から見ると、今見たように明らかに「―ムト思フ」とは相違があることがわかる。

ところで、今昔物語集には少数であるが、「欲」字を用いた、これは「―ムトホッス」形式の今昔物語集における有無にも関連することであるが、次のような例がある。

①太子、薗ノ花ノ開ケ栄エ泉ノ水ノ清ク冷シキ事ヲ聞給テ薗ニ遊バムト欲シテ（一・3）

②「宮ニ候フニ日長クシテ遊ブ事无シ。暫ク出テ遊バムト欲フ」ト（一・3）

③王ノ云ク、「汝ト通ゼムト欲フ」ト（二・28）

④児、漸ク勢、長ズル程ニ、家ニ在テ父母ニ随ハム事ヲ不欲ズシテ、只糞穢ヲ嗜ブ（二・36）

⑤父母及ビ諸ノ親族、此ヲ悪テ見ムト不欲ズ、遠ク遺テ不近付ズ（二・36）

これら「欲」字の読み方について調べてみると、『日本古典文学大系』では、①は「おぼす」、②〜⑤は「おもふ」と読んでいる。ところが、『今昔物語集自立語索引』では、①は同じく「おぼす」と読むのであるが、②〜⑤は「ねがふ」と読むという相違が見られる。ただし、二書ともに「—ムトホッス」の例とはしていない。

次に、第二点の中、ⓔ「—ムガ為ニ」について考えておく。この原因・理由を表わす形式は、漢文訓読には一般に見られるものである。それが、今昔物語集にも多数用いられている（天竺震旦部一五七例、本朝仏法部一九〇例、本朝世俗部三五例）のであるが、その中に、「欲—」文に対応した例も認められるということが、今昔物語集と漢文訓読との関係を考える場合に注目される。

ところで、この形式の成立に関連して『日本古典文学大系』補注には、次のような見解が示されている。すなわち、補注者は、

○端正美麗ノ女ヲ求テ后トセムガ為ルニ、国ノ内ニ宣旨ヲ下シテ（二・16）

のような乱れた本文（底本は「鈴鹿本」による。ただし、その他の諸本は全て「后トセムト為ルニ」とある）が生じた原因を、「始め、…ムトスといいきろうとして、のちに、事・為に続けるべく、表現意識の改ま」ったことに依るのではないかと解しているのである。

しかしながら、この解釈には、少し無理があるように思われる。なぜならば、今昔物語集においては、このような文脈の場合、例えば、

○波斯匿王、后ト為ムト思テ此ノ人ヲ迎ヘテ后トシツ（二・30）

のように「后トセムト為ルニ」ではなくて、「后トセムト思テ」が用いられるのではないかと考えられる。先の例は（「鈴鹿本」以外の諸本では、「后トセムト為ルニ」とあるが）、むしろ「后トセムガ為ニ」の誤りとしておいた方がよいように思われる。つまり、今昔物語集における⓪「―ムト思フ」とⓓ「―ムトス」の間には、はっきりとした使い分けがなされていると考えられるからである。それについては、以下考察することとする。

## 三

同一の訓点資料が複数の人によって解読されたものがある。それらの解読文を比較してみると、たまに「欲」字をある人が「（ムト）ス」と読んでいる箇所を他の人は「（ムト）オモフ」と訓んでいるような場合がある。あるいは、例え「欲」字に「ス」のヲコト点が加えられている場合でも、これが「（ムト）ス」であるのか、「おもふ」の敬体「（ムト）オモホス」「（ムト）オボス」の省略表記であるのか（あるいはまた、「（ムト）ホッス」の省略表記であるのか）判断に困ることがある。一体、「―ムト思フ」と「―ムトス」の間には、どのような表現性の相違があるのであろうか。

例えば、『注好選』とその訓み下し文（『古代説話集　注好選』東寺貴重資料刊行会編）および今昔物語集との間に見られる、次のような相違も根本的には、先の漢文訓読史上の場合と同じ事情に起因しているように思われる。

『注好選』本文　女催人欲曳捨之（中25「之」は尊者の腐乱しはじめた死体を指す）

訓み下し文　　女、人を催しテ之を曳き捨てムト欲す
『今昔』本文　　女、人ヲ催テ曳捨ムト思テ（三・23）

この相違は、「欲―」文に対する解釈の違いを示すものなのであろうか。つまり、「訓み下し文」の作者は、この部分の「欲」字を「将」と同義の意（願望の意のない「命欲尽」等の用法）と解して「（ムト）ス」と訓み、今昔物語集編者は、この部分を願望の意に解釈して「（ムト）思フ」と訓んだということであろうか。あるいは、「訓み下し文」の作者は「―ムトス」を意欲表現として、願望表現の「―ムト思フ」とは区別して訓み分けたということであろうか。どうも、そのあたりが判然としない。因みに、『注好選』の「訓み下し文」には、「欲」字に対して「す」（三例）、「おもふ」（五例）、「ほっす」（一例）の三訓が見える。

そこで、このような問題を考える一つの手がかりとして、今昔物語集の中でも、ある意味で最も漢文訓読的色彩が濃いと考えられる天竺部（巻一〜巻五）における「―ムト思フ」と「―ムトス」の表現性の差異について考察してみたいと思う。

今昔物語集天竺部における「―ムト思フ」と「―ムトス」の用例を地の文、会話文、心話文に分けて用例数を示すと、表2のようになる。

用例をこのように分けたのは、次のような理由による。「―ムトス」については、和文資料（平安から鎌倉にかけて）における用例を見ると、主に地の文に用いられるという特色がある（それに対して、会話文では、「むず」が用いられる）。ところが、今昔物語集においては、会話文中にも多数用例が存することが、吉田金彦氏によって指摘されている。あるいはまた、訓点資料においては、会話文中における「欲」字の訓として「（ムト）オモフ」が多く

表2

| 巻 | —ムト思フ | | | | —ムトス | | | |
|---|---|---|---|---|---|---|---|---|
| | 地の文 | 会話文 | 心話分 | 計 | 地の文 | 会話文 | 心話分 | 計 |
| 一 | 11 | 21 | 0 | 32 | 16 | 13 | 1 | 30 |
| 二 | 7 | 10 | 0 | 17 | 29 | 8 | 1 | 38 |
| 三 | 6 | 13 | 0 | 19 | 15 | 17 | 1 | 33 |
| 四 | 6 | 21 | 1 | 28 | 18 | 15 | 4 | 37 |
| 五 | 8 | 19 | 0 | 27 | 11 | 13 | 4 | 28 |
| 計 | 38 | 84 | 1 | 123 | 89 | 66 | 11 | 166 |

用いられていることが、小林芳規氏によって指摘されている。

尚、表中の「—ムト思フ」の用例数は、心話表現の引用形式（例えば、「心ノ内ニ思ハク『—ム』ト思フ」のような形式）の例を除いた数字を示している。また、「—ムト思ス」については、「—ムト思フ」との間に用法上の差異が認められないと判断して、「—ムト思フ」の用例数の中に含めている。

この表を見ると、巻ごとに多少の違いはあるが、全体的には、先に予想したような結果がでているように思われる。すなわち、今昔物語集においても、「—ムト思フ」は会話文中に多く用いられる。それに対して、「—ムトス」は地の文に用いられる場合も多いが、むしろ会話文中の例が多いことが注目される。以上のような結果をもとにしながら、今昔物語集における「—ムト思フ」と「—ムトス」の表現性の相違を地の文と会話文（心話文）に分けて、その表現内容との関わりを中心に、順次考察してみたいと思う。

## 四

今昔物語集天竺部における「—ムト思フ」と「—ムトス」の用例数を比べてみると、地の文においては、両者にはっきりと差異が認められる。このことが今昔物語集天竺部の文章（説話の語り口）をどのように特徴づけているのであろうかということを念頭において考察を進めていくことにする。

まず、次のように「―ムト思フ」と「―ムトス」の上接語が同じ用例を比較することで、両者の表現上の特徴を考えてみたい。

○難陁、尚、妻ノ許ヘ行ムト思フ心有テ、仏ノ外ニ御座タル間ニ行ムト為ルニ、出ムト為ル戸、忽ニ閇ラレヌ、又、他ノ戸ハ、開ヌ（一・18）

○仏ヲ何デ致害シ奉ラムト思テ、謀ニ思得タル様、「仏ヲ請ジ奉ラム」ト（一・12）

○若干ノ眷属出来テ、釼ヲ以テ至テ害セムト為ル時ニ、忽ニ釼ノ崎ニ蓮花開ケヌ（一・13）

これらの場合、「(行か)ムトス」「(害せ)ムトス」は、意欲の表現であるとともに、今まさに動作を起こそうとする瞬間的動作性が表現（強調表現）されている。それに対して、「(行か)ムト思フ」「(致害せ)ムト思フ」には、そのような動作性はなく、願望という心の状態を表現しているにすぎないと考えられる。「―ムトス」が瞬間的動作を強調する表現であることは、次のような例からもうかがわれる。

○樹ノ枝ヲ曳取ムト為ル時ニ、右ノ脇ヨリ太子生レ給フ（一・1）

○毒ヲ付ムト為ルニ、毒即チ変ジテ薬ト成テ（一・10）

○小児ヲ取テ敢テムトス。其ノ時ニ、小児、「南無仏」ト称ス（一・37）

このように、時を表わす語句とともに用いられることが多い。あるいはまた、「―ムトス」に上接する語を見ると、瞬間動詞「死ぬ」の用例（天竺部に五例存する）が多く見られること（後述）なども、「―ムト思フ」と相違するところである。

○帝釋、此ノ申ス所ノ事ヲ次第ニ具ニ聞給ヒテ、既ニ五衰現ハレテ死ナムト為ル天人ヲ召テ宣フ様（二・25）

ところが、一方で、「―ムトス」には、「―ムト思フ」との用法上の差異がはっきりとは識別しにくい用例が、少数ではあるが存する。例えば、次に示すような例である。

○仏、波羅門城ニ入テ乞食シ給ハムトス。其ノ時ニ彼ノ城ノ外道共（一・11）

○城ニ入テ乞食シ給マハムト為ルニ、此ノ伎楽ヲ唱フル輩、仏ヲ見奉テ歓喜シテ礼拝シテ（一・35）

これらの例は、一見、「乞食セムト思ス」とあってしかるべきかと思われる。なぜならば、これらの「乞食す」は、例えば、次のような、

○釋種八人及ビ優婆璃ノ弟、皆一ツ心ニシテ出家セムト思テ（一・21）

○其ノ後、乳ヲ供養シ奉ラムト思テ出ル間ニ、牛飼ニ追迷ハサレテ供養シ奉ラズ成ヌ（一・34）

などと同じように、「―ムト思フ」と結合するのが自然であると考えられるからである。しかしながら、これでは、後続文との続き具合（時間的関係）がおかしい。すなわち、先の二つの文のように、「城に入らむとす」と

「乞食せむと思ふ」とが融合したような構文が生じる背景には、「―ムト思フ」と「―ムトス」の間の用法上、表現上の近似性が原因として考えられる。ただし、このような例は今昔物語集天竺部（地の文）には、先の二例の他にない。ともあれ、以上のように地の文に瞬間的動作性を付与する「―ムトス」という表現形式を用いることによって、今昔物語集編者は、説話に緊迫感・臨場感を持たせようとしたものと思われる。

次に、会話文中における「―ムト思フ」と「―ムトス」について考えてみたい。両形式ともに、地の文に対して用例数が多いことが注目される。そこで、それぞれの用例を更に分析するために、各々の形式の上接語（動詞）が表わす動作の主体を人称別に整理し直してみた。結果は表3の通りである。

この表を見ると、「―ムト思フ」は自称の例が最も多く、それに比べると対称・他称の例はともに少ないと言える。それに対して、「―ムトス」の方は、他称の例が最も多く、次いで自称の例もかなり見られるというように両者に相違が見られる。

このような各人称ごとに見られる両形式の用例数の多寡の理由を考えてみると、対称・他称については、その表現性（「―ムト思フ」は主観的表現、「―ムトス」は客観的表現）の相違によるものであろうと説明がつくが、自称の場合が問題となる。このことについて、両者を比較しながら、その違いについて考えてみたいと思う。

まず、上接語（動詞）が同じ、次の例から見ておく。

○「我レ君ノ徳ニ依ルガ故ニ道趣ク事ヲ得タリ。今ハ親リ仏ノ御許ニ詣デテ出家セムト思フ。…」（一・23）

○「汝、常ニ我等九人ニ依テ世ニ有ツル人也。今ハ我等出家シテムトス。…」（一・21）

表3

| 巻 | ―ムト思フ 自称 | 対称 | 他称 | 計 | ―ムトス 自称 | 対称 | 他称 | 計 |
|---|---|---|---|---|---|---|---|---|
| 一 | 13 | 4 | 4 | 21 | 3 | 0 | 10 | 13 |
| 二 | 6 | 3 | 1 | 10 | 3 | 1 | 4 | 8 |
| 三 | 9 | 3 | 1 | 13 | 8 | 1 | 8 | 17 |
| 四 | 17 | 3 | 1 | 21 | 5 | 5 | 5 | 15 |
| 五 | 15 | 4 | 0 | 19 | 7 | 1 | 4 | 12 |
| 六 | 60 | 17 | 7 | 84 | 26 | 8 | 31 | 65 |

これらの例は、先に地の文のところで見た例と同じく、「―ムト思フ」と「―ムトス」の表現性の相違（「―ムト思フ」は願望表現、「―ムトス」は（動作の）強調表現）を示すものであり、今昔物語集における両形式の典型的な用法であると言えそうである。

ところで、「―ムトス」の次の例などは、「―ムト思フ」に近似した願望表現とも、判断できそうである。

○「汝、満財ガ家ニ行テ其ノ気色ヲ見テ善道ニ可令趣シ。不趣ズハ汝ヲ打追ハムトス。」（一・13）

○「我レ今日、法ヲ聞カムガ為ニ身ヲ捨ムトス。然レバ汝達ニ別レナム事只今也」（五・9）

これらの例が、「―ムト思フ」と意味的に近似するのは、この場合の「―ムトス」には、動作性の強調という面が弱く、意欲表現としてのみ機能することによるためではないかと考えられる。ただし、会話文においても、このような例は少なく、右の二例以外（「天竺部」の場合）にはないようである。

ところで、この会話文中における「―ムトス」の瞬間的動作性の強調ということについて、もう少し検討してみたいと思う。

そこでまず、天竺部における用例（自称表現）を、次のように、助動詞「ぬ」または「つ」を伴うか否かによって分類してみた。用例とともにあげてみる。

〈助動詞「ぬ」または「つ」を伴った表現〉「動詞＋助動詞＋ムトス」型　…十七例

①「ぬ」に承接したもの

○赤裸ニ成リナムトス（一・32）
○涅槃シナムトス（二・2）
○涅槃ニ入ナムトス（三・8・29・29）
○水餓ナムトス（三・16）
○地獄ニ墜ナムトス（三・27）
○去リナムトス（五・9）
（受身表現）
○被食ナムトス（一・28）
○被致ナムトス（二・27、五・18）
○被責レナムトス（四・15）
○被奪ナムトス（四・20）
○被呑ナムトス（五・19）

②「つ」に承接したもの

○命ヲ失ヒテムトス（四・40）

○此ノ界ヲ隔テヽムトス（三・30）

○出家シテムトス（一・21）

〈動詞に直接下接した例〉「動詞＋ムトス」型　…十例

○打追ハムトス（一・13）

○死ナムトス（二・27、三・25、四・22、五・19・19）

○罪障ヲ造ラムトス（四・17）

○身ヲ捨ムトス（五・9）

○求メ来ラムトス（五・13）

○何ガセムトス（五・22）

このように、会話文中の大半の用例が、助動詞「ぬ」または「つ」を伴った形式であることは注目される（尚、用例中の動詞「死ぬ」に直接承接したものも、この中に含めてよいと考えられる）。しかも、自称以外の例を調査してみても結果は同じであり、特に、助動詞「ぬ」を伴った「―ナムトス」形式が圧倒的に多い。ところが、地の文においては、このような傾向は見られない。とすると、この「―ナムトス」形式は、今昔物語集の会話文における特徴的構文の一つと言えそうである。

ところで、助動詞「ぬ」について、一般的には、次のように説かれている。

「ぬ」は動作・作用を時間的継続態・線的状態としてとらえるのではなく、仮に時間的経過を表わす動作・作用の語に付いても、その事象を確認した時点で空間的に点的状態としてとらえる完了態といえる。（略）一般に「ぬ」が強調を表わすといわれる用法も、空間的・点的に描写する「ぬ」の瞬時性の故に派生した意味・機能といえよう。（古語辞典）

少し引用が長くなったが、正しく、この「ぬ」の瞬時性という性格が、「―ムトス」に承接しうる理由と考えられる。そして、「―ムトス」の働きは、この「ぬ」（「つ」にも同じ性格があると考えられる）によってとらえた動作・作用を更に強調することにあると考えられる。このことは、「―ムトス」に瞬間動詞「死ぬ」が直接付いた例が多く見られることや受身表現（緊迫した場面）が多いことなどからも言える。あるいは、先に地の文（「―ナムトス」「―テムトス」形式はほとんど存しない）における考察でも述べた一種の「強調表現形式」ということも、「―ムトス」の性格をこのように考えることによって説明がつくように思われる。

# 五

以上、今昔物語集の「―ムト思フ」と「―ムトス」両形式の表現上、用法上の近似性と異質性という観点から、両者を比較、検討してみた。その結果をまとめてみると、次のようになる。

今昔物語集（「天竺部」を中心に考察した）における、

①「―ムト思フ」と「―ムトス」は、ともに、漢文（出典）中の「欲―」文と対応する。

②「―ムト思フ」は願望表現に用いられる。ただし、「―ムト願フ」（「―ム事ヲ願フ」）とは用法が異なる。

③「―ムトス」は意欲表現としてのみ用いられる場合がある。よって、この場合の「―ムトス」は、「―ムト思フ」と近似した用法になる。ただし、用例は少ない。

④「―ムト思フ」と「―ムトス」の相違は、「―ムトス」に瞬間的動作性の強調という用法が見られることにある。しかも、今昔物語集の「―ムトス」の用例は、ほとんどがこの用法である。

⑤会話文に用いられる「―ムトス」は、助動詞「ぬ」「つ」と承接した「―ナムトス」「―テムトス」型が多い。これは、「―ムトス」の（瞬間的動作の）強調表現形式としての用法を更に強めたものである。

註

（1）『日本古典文学大系』において、「―ムト思フ」を「―ムト思フ（ネガ）」と読んだ例は、次のように六例存する（「振り仮名」の付けられたもの）。

○王位ヲ得ムト思フ（ネガ）。何故ニ汝ヂ我ガ思フ所ニ背テ（一・16）

○願クハ我レ…出家セムト思フ（ネガ）」ト（略）法律ヲ受ケムト思ヘリ（ネガ）。願ハクハ仏（一・19）

○我レ願クハ…弥勒ヲ待奉ラムト思フ（ネガ）」ト（略）我レ本ヨリ思フ所ハ…弥勒ヲ待奉ラムト思フ（ネガ）（略）我レ願フ所ハ…弥勒ヲ待奉ラムト思フ（ネガ）ニ（四・27）

（2）例えば、次のような例も存するが、意訳したものとして処理した。

○欲別婆裟（『大日本国法華験記』上35）

「…我レ其ノ日、此ノ界ヲ別レム」ト（十三・9）
○欲与宅一区（『日本往生極楽記』37）
「…一家ヲ我レニ与ヘヨ」ト（十五・48）
○今日欲往生極楽（『日本往生極楽記』25）
極楽ニ往生セムト願ヒツル間、今日、既ニ極楽往生ス（十五・26）

参考文献

吉田金彦「今昔物語集における推量語「むず」「むとす」の用法」（「訓点語と訓点資料」一九六一年十一月）
門前正彦「漢文訓読史上の一問題――「欲」字の訓について」（「訓点語と訓点資料」一九六三年三月）
築島　裕『平安時代の漢文訓読語につきての研究』（一九六三年）
小林芳規『平安鎌倉時代における漢籍訓読の国語学的研究』（一九六七年）

使用したテキストの主なものは次の通りである。

『注好選』（新日本古典文学大系）、『日本霊異記』（日本古典文学大系）、『大日本国法華験記』、『日本往生極楽記』（以上、日本思想大系）

# 附　宇治拾遺物語の助動詞「むず」

## 一

助動詞「むず」は、平安初期の仮名文学作品、例えば、竹取物語や土佐日記などに既に散見し、平安末期から鎌倉期に入ると、説話集や軍記物語などで盛んに用いられるようになる。そして、はじめは、その多くの用例が「会話文」中でのものであったが、次第に、「地の文」中にも見られるようになり、推量の助動詞としての定着をみたとされている。

特に、枕草子一九五段の記事は注目され、「むとす」との関係を手がかりとして、「むず」の起源の問題、あるいは文体差や位相差などの解明へと研究がすすめられてきた。今昔物語集の「むず」と「むとす」についても、吉田金彦氏のすぐれた論考がある。

ここでは、助動詞として定着したのちの「むず」について、同じ推量の助動詞「む」との関係を中心に、両者の文法的差異について、考察してみたい。

例えば、「む」と「むず」の意味用法の差異について、『日本文法大辞典』には、次のように説かれている。

〔意味〕

「む」と大体同じであるが、それを強調し、また複雑な気分を表わす。「む」には意志、決心の意があるが、「むず」には、そのような単純な意志の意味はなく、それを客観的に言うことが多い。「むず」の用法はほとんど推量の用法に含まれると言ってよい。（吉田金彦氏担当）

すなわち、「む」と「むず」の意味上の相違点は、「推量」という意味的なものより、むしろ、「強調」あるいは「客観性」という情意的なものであろうと言うのである。

しかしながら、「むとす」を起源とする「むず」が何故「む」と同じ意味になりうるのか、あるいは両者には意味上の差異の他には、文法的な相違は認められないのかなど、依然として未解決な部分も多いように思われる。

ここでは、鎌倉期成立の宇治拾遺物語を資料として、助動詞「むず」の用法の特徴を、「むとす」を視野に入れながら、「む」と「むず」の統一的把握という視点から考察してみたいと思う。今昔物語集以降、助動詞「むず」がどのような形で定着したのかを見るためである。

尚、宇治拾遺物語の「む」と「むず」の各活用形ごとの用例数を調査してみると表1のような結果になる。「む」に対して「むず」が補助的なものであることを確認しておきたい。

表1

| | 終止形 | 連体形 | 已然形 | 計 |
|---|---|---|---|---|
| む | 649 | 343 | 48 | 1040 |
| むず | 32 | 64 | 4 | 100 |

## 二

表2は、宇治拾遺物語の会話文（心話文）中の「む」、「むとす」、「むず」を、それぞれ下接語によって分類したものを一覧表にまとめたものである（〈終止形〉の用例中、引用「と」に続く「む」の用法（例えば、「……むと思ふ」など）は全て「終止」に含まれる）。以下、「むず」の特徴を五つにまとめて、考察することにする。

尚、考察の対象を会話文（心話文）の用例に限定し、地の文の用例を除いたのは、宇治拾遺物語の地の文中の「むず」の用例がわずか六例にすぎず、しかも、体言に続く連体形の用法のみであるという特殊性が認められることなどによる。[1]

㈠「むず」には、「終止系終止」の用例が少ない（全用例の八％）。それに対して、「む」は全用例の五七％を占める。

「むず」の「終止系終止」の用例は次の八例である。

㋐季通、いみじきわざかな、恥を見てんずと思へども（27）
㋑侍、「たそ。その童は」と、けしきどりて問へば、あらくいらへなんずと思ゐたるほどに（27）
㋒「……わづらはしきことになりなんず。たてゝ帰らん。……」といへば（50）
㋓「ゆゝしきこと出できたりなんず。あさましきわざかな。……」と申せども（91）

表2

| | むず | むとす | む |
|---|---|---|---|
| 〈終止形〉 | | | |
| ①終止形終止 | | | |
| 「終止」 | 8 | 18 | 489 |
| (助動詞承接) | | | |
| ②—らむ | 24 | 1 | 0 |
| 〈連体形〉 | | | |
| ①連体形終止 | | | |
| 「係り結び」 | 10 | 0 | 19 |
| 「終止」 | 5 | 1 | ／ |
| 「疑問詞」 | 4 | 0 | 107 |
| (助動詞承接) | | | |
| ②—なり | 3 | 2 | 0 |
| ③—なめり | 1 | 0 | 0 |
| ④—やらむ | 1 | 0 | 0 |
| (助詞承接) | | | |
| ⑤—ぞ | 18 | 0 | 4 |
| ⑥—に | 3 | 3 | 21 |
| ⑦—にこそ | 2 | 0 | 1 |
| 〈已然形〉 | | | |
| ①已然形終止 | | | |
| 「係り結び」 | 1 | 0 | 48 |
| (助詞承接) | | | |
| ○—や | 0 | 0 | 16 |
| ○—やは | 0 | 0 | 7 |
| ○—かし | 0 | 0 | 6 |
| ○—よ | 0 | 0 | 1 |
| ⑧—にか | 1 | 0 | 0 |
| ⑨—か | 1 | 0 | 0 |
| ⑩—かな | 1 | 0 | 0 |
| ⑪—は(終) | 1 | 0 | 0 |
| ⑫—は(係) | 1 | 0 | 9 |
| ○その他 | 0 | 1 | 37 |
| (体言に続く) | | | |
| ⑬—事 | 2 | 1 | 22 |
| ⑭—物 | 2 | 0 | 10 |
| ⑮—人 | 1 | 0 | 7 |
| ⑯—うえに | 1 | 0 | 0 |
| ○その他 | 0 | 1 | 51 |
| (助詞承接) | | | |
| ②—ば | 3 | 0 | 0 |
| 合計 | 94 | 28 | 855 |

㋔「……たゞわかれきこえなんずと思ひ給ふるが、いと心ぼそく、あはれなる」などいへば（119）
㋕「われすでに攻められなんず。かやうにして奉らん」といひて（128）
㋖「このたびは、われはあやまたれなんず。神仏たすけ給へ」と念じて（132）
㋗今しばしあらば、うまのときになりなんず、いかなることにかとおもひゐたるほどに（136）

これらの用例の中、㋑㋓㋕㋖㋗の五例は、明らかに「むとす」の本義であるところの「今まさに……しようとする」の意（動作性）が含まれていると思われる。他の三例㋐㋒㋔も、「むとす」の持つ緊迫した「動作性」が存するものと解して、それぞれの場面を解釈してみると、より緊迫感が生じるように思われる。すなわち、「むず」の「終止形終止」の用法は、「む」に比べると用例が少なく、しかも、その意味は「むとす」の本義である「動作性」を含むという点で近似していることになる。

尚、これらの用例の全てが、完了の助動詞「つ」「ぬ」に接続した「てむず」（一例）、「なむず」（七例）の形式であることも注目される。ちなみに、「てむ」は三五例、「なむ」は七八例である。

ここであわせて、「むず」の連体形終止法についても考察しておく。

疑問詞や係助詞を伴なわずに連体形で文が終止する、いわゆる連体形終止法の用法は次の五例である。

㋐易のうらなひする男来て、やどらむずると勘へて（8）
㋑「……今はすでに蛇道におちなんずる。心うきことなり」といふ（60）
㋒「……ゆゝしきひがごと、いでき候はんずる」とまうして（91）

㊁「……いかでか参らでは侍らん。かならず参らんずる」といへば（136）
㊉この亀をば、「何の料ぞ」とゝへば、「ころして物にせんずる」といふ（164）

これらの「むず」の意味を考えてみると、㋑㋒㋔の三例は、先の終止形終止法の用例と同じく、「むず」に「動作性」が存すると見ることができる。それに対して、㋐㋓の二例には、そのような「動作性」はなく、話者の「確信ある推量」の意が認められる。

すなわち、「むず」の連体形終止法の特徴の一つは、終止形終止法にはなかったところの「推量」の意を表わす用法が存するということである。ただし、これらと「む」との意味的差異は微妙である。

ここであらためて、いわゆる終止形「むず」と「むずる」の関係が問題となるのであるが、これは、同じ「うず」と「うずる」の関係ともあわせて考えていくこととする。

(二)「むず」は、他の助動詞を下位承接することができる。特に、推量の助動詞「らむ」を承接する形式が多い。

それに対して、「む」には助動詞の下位承接の例はない。

「むず」が、他の助動詞を下位承接することがあるということは、「む」には全く見られない特徴であるが、その中、特に、用例数の多い「むずらむ」について考察する。

宇治拾遺物語諸本中、宮内庁書陵部蔵「無刊記古活字本」と同「写本二冊本」の間には、次に示すような共通の異同が認められる（用例は、「無刊記古活字本」の本文を示す。【　】内は「写本二冊本」のものである）。

㋐さ心得てば、さりとも、はばかる事あらんずらむ【あらむ】と（27）
㋑「……あす通らんにも、かならず、けふのやうにせんずらん【せん】。……」といへば（31）
㋒いまやよらんずらん【よらん】と見れども（57）

すなわち、これらは、「むず」と「む」の間にではなく、「むずらむ」と「む」が対応した異同であることが注目される。

次に、それぞれの用法の特徴を見ると、㋐は「さりとも」、㋑は「かならず」、㋒は「いまや」という副詞句が先にあって、それに呼応していることがわかる。すなわち、これら三例の「むずらむ」の意味は、話者が「ある確信をもって、事柄を推量している」意と解される。

その他の「むずらむ」の用例を見ると、例えば、

㋓このちご、定ておどろかさむずらんと、待ちゐたるに（12）
㋔衣をとりて来れば、さりとも、これは得させんずらむと思ふほどに（110）
㋕この事、さもあらんずらん、行てみんと思て（130）

のように、話者の確信のある推量であることを示す副詞とともに用いられた例が多いことがわかる。また、例え、そのような副詞句が表示されていなくても、そのように解釈することができる「むずらむ」の例が多いように思われる。

すなわち、「むずらむ」の形式は、副詞「定て、必ず、さりとも、さも」等と呼応する用法が見られることから、その意味は、「確信のある推量」の意を表わすと考えてよい。ただし、その意が「むず」単独にあるのかどうかは疑問であるが、いずれにしても、このあたりに、「む」との意味的近似性が認められることは確かである。

㈢「むず」には、文末形式「連体形＋助詞」の中、特に、終助詞「ぞ」に承接する形式が多い。この形式は、「む」には用例が少ない。

「むず」が連体形接続の助詞に付く例の中で、用例数が最も多い形式は「むずるぞ」である。「むずるぞ」と「むぞ」の差異について考察する。

「むぞ」の用例は、次の四例のみである。

㋐「……かならず大位にはいたるとも、事いできて、つみをかぶらんぞ」といふ（4）
㋑「……仏師知らずは、たが知らんぞ」といへば（110）
㋒「……なにごとにて、わぶばかりは笑はんぞ」など、いひあたりけるに（185）
㋓家主、この人のやうたい見るに、この家もこぼちたきなんぞと思て（189）

しかも、この中、㋓は「無刊記古活字本」以外の諸本では、「（こぼちたきな）んず（と思て）」となっており、「むぞ」の用例としては存疑のものである。

すなわち、終助詞「ぞ」に承接する形式は、「むず」の特徴の一つであると考えてよい。

ところで、終助詞「ぞ」は、「中古以後、終止部の「ぞ」は疑問詞とともに用いることが多くなる。相手にもちかける気持ちが強い」（『日本文法大辞典』）と説かれているが、「むずるぞ」構文を疑問語を伴うか否かということで分類してみると、結果は次のようになり、

疑問語を伴うもの　　……六例
疑問語を伴わないもの……十二例

疑問語を伴わない文の結びとしての用例の方が多いという特徴が見られる。

疑問語を伴わない用例は、次の十二例である。

㋐「……もしけふのうちに行きつきていはずば、からきめ見せむずるぞ」と仰られつるなり（18）
㋑「またせ給へと申せ。ときのほどぞあらんずる。やがて帰こんずるぞ」とて（37）
㋒「さる事ありとおぼゆ。しばしさぶらへ。御対面あらむずるぞ」といひいだしたりければ（77）
㋓「……何事も申せ。又ひとへにたのみてあらむずるぞ。……」とて（77）
㋔「……京のおはしまし所は、そこそこになん。かならず参れ。この柑子の喜をばせんずるぞ」といひて（96）
㋕「……せめられむに随て、かなしく、わびしきめを見んずるぞかし。……」といふ（102）
㋖「……その仏を供養せんずるぞとこそ、得うけたまはらね。……」といへば（110）
㋗「……晴明は何の故に、人の供ならん者をば、とらんずるぞ」といへり（126）
㋘「……ひとへに罪重くいひなして、悲しきめを見せしかば、其答に、あぶりころさんずるぞ」とて（157）
㋙「……殿帰りおはしての後に、案内申て、ゆるさんずるぞ」といふに（167）
㋚「いま迎へんずるぞ。其程しばしかくしてゐたれとて、……」といひけれども（169）
㋛「……見参にはかならずいれんずるぞ。……」とこそやりけれ（181）

これらの例の中、㋑㋖㋗以外は全て、話者が「自己の意志を前に押し出して、相手にせまる感じ」の場面であると解される。そして、その感情がもっと強くなると、例えば、㋐㋘のように、「相手を威嚇する」場面で用いられることになるのである。

このような例から、「むず」の意味を「相手に対して、自己の意志をはっきりと表明する」意の助動詞であると考える。「む」よりも、語気・語勢が強いと言われる所以である。

㈣「むず」には、接続助詞「ば」に続く順接確定条件表現の例がある。「む」には例がない。

接続助詞「ば」を伴って、順接確定条件を表わす「むずれば」の形式は、次の三例である。

㋐「……あす、ここへ帰りつかんずれば、その程にとて、……」といへば（108）

㋑「……あすは知らねども、したがひなんずれば、かたみともし給へ」とて（108）

㋒「けふより後はつかうまつらんずれば、参らせ候なり」とて（109）

㋐は「確信のある推量」に基づく場合、㋑㋒は「自己の意志」に基づく場合である。

すなわち、「むず」が確定条件法に用いられうるのは、「むず」の意味が単なる推量ではなく、右のような意であるためであろうと考えられる。「む」との意味上の差異が認められる。

(五)「むず」には、文末形式「終止形＋助詞」の例がない。「む」には、この形式が多く見られ、特に、終助詞「や」に承接したものが多い。

「むず」終止形の用法には、先に見たように「終止」（八例）および助動詞「らむ」承接（二四例）しかなく、終止形接続の助詞にも付く用法を持つ「む」との相違が見られる。

このことは、「むず」の終止形（連体形）終止法の未発達と関わりがあるように思われる。ただし、この問題は、「むず」と「む」の文法的差異よりも、文末形式としては、「むず」単独終止より、むしろ、「むずらむ」の方が多いということと関係があるのであろう。

## 三

宇治拾遺物語の助動詞「むず」の特徴をまとめると次のようになる。

(1)助動詞「むず」の用法

①終止形用法の特徴としては、「終止形終止」用法があまり見られず、推量の助動詞「らむ」に承接した「むずらむ」終止の用例が多い。

②連体形用法の特徴としては、「係り結び」の他に、〈もちかけ〉の終助詞「ぞ」に承接した「むずるぞ」終止の用例が多い。

③已然形用法の特徴としては、接続助詞「ば」に承接して、順接確定条件法になる用例が見られる。

⑵助動詞「むず」の意味

①「むとす」の本義と同じ動作性を持つ「今まさに……しようとする」意を表わす。ただし、用法としては下接語を伴わない単独終止の場合に多い。

②自己の確信に基づく推量を表わす。ただし、用法としては助動詞「らむ」・接続助詞「ば」を伴って現われることが多い。

③はっきりとした自己の意志を表わす。ただし、用法としては終助詞「ぞ」・接続助詞「ば」を伴って現われることが多い。

これらの宇治拾遺物語の「むず」の意味用法は、今昔物語集の意味用法とほとんど同じである。

註

（1）用例は次の通りである。

①高名せんずる人は（58）
②九条わたりなる人の家に、物へいかむずるやうにて（96）
③轅の中に、おりんずるやうに置きけり（99）
④我も又、ものとりて来んずるやうにて（109）
⑤この講師に請ぜられんずる僧のいふやう（110）

⑥桂川に身なげんずる聖とて（133）

参考文献

塚原鉄雄「推量の助動詞——その国語史的考察」（「国語国文」一九五七年七月）
吉田金彦「今昔物語集における推量語「むず」「むとす」の用法」（「訓点語と訓点資料」一九六一年十一月）
同「中古・近古における推量語「むず」「むとす」の用法」（「国語と国文学」一九六二年三月）
同「「むず」（んず）の成立」（「国語国文」一九六二年八月）
関　一雄『平安時代和文語の研究』（一九九三年）

# 第六章　説話の話末形式句

## ――「トゾ」「トナム」「トカ（ヤ）」

### 一

説話の冒頭形式句と言えば、今昔物語集の「今昔」がよく知られている。しかも、一〇〇〇話を超えるほとんど全ての説話が「今昔」で統一されているのである。それからおよそ一〇〇年後に編纂された宇治拾遺物語の説話全一九七話を冒頭形式句で分けてみると、その内訳は、「今は昔」八三話、「これも今は昔」六五話、「昔」三三話、「これも昔」三話、その他十三話となる。

また、結びの形式句も、今昔物語集が「トナム語リ伝タルトヤ」にほぼ統一されているのに対して、宇治拾遺物語は、特別な形式を持たない説話群（一三〇話）の中に、「とぞ」（二〇話）、「となむ」（十八話）、「とか」（二四話）、「とかや」（五話）などのように、引用の格助詞「と」に係助詞「ぞ・なむ・や・か」が付いた形式（以下、これらを「話末形式句」と呼ぶ）で締め括る説話が混在しているという特色が見られる。因みに、宇治拾遺物語の場合、冒頭形式句と話末形式句の間の固定的な呼応関係については、今後検討しなければならない。

今昔物語集と宇治拾遺物語の間には、およそ七〇話程の共通説話が存するのであるが、今昔物語集の一話一話の説話が、あたかも額縁で縁取りされたかのように整然と整えられているのに対して、宇治拾遺物語のそれは、冒頭形式句・話末形式句が全くなかったり、冒頭形式句・話末形式句があっても多様であったりと一編の説話集としては不完全とも思える姿をしている。

このように多様な冒頭形式句・話末形式句を持つ宇治拾遺物語の編者の意図はどこにあるのだろうか。もし、この冒頭形式句・話末形式句の違いが説話集の編者の、説話内容に対する態度の相違であったり、あるいは読み手に対する姿勢の相違の反映であるとするならば、これらを分析することは、宇治拾遺物語の説話蒐集の方法や編纂方法に迫ることにもなると考えられる。

本集は、宇治拾遺物語の話末形式句と話末評語の関係を中心に、宇治拾遺物語の説話編集の方法などについて考察するものであるとともに、今昔物語集以降の冒頭形式句・話末形式句の変遷について考察するものである。更に、今昔物語集の話末形式句「トナム語リ伝ヘタルトヤ」は、「トナム」で説話を締め括り、「(語リ伝ヘタル)トヤ」で、この説話の伝承性を強調したものであることも述べる。

## 二

今昔物語集と宇治拾遺物語の関係について、かつて、春日和男氏は、「説話構文について――「今は昔」を中心に――」(『説話の語文　古代説話文の研究』一九七五年)の中で、今昔物語集の説話の文頭と文末の呼応関係という視点から、宇治拾遺物語の話末形式句の成立を、係り結び文の結びの省略・簡略化などによるものであると捉えて、次のように述べておられる。

「今昔物語集」の千有余の物語群を調査しても、殆ど総べて文頭・文末が同じやうな形を示し、その例外は極めて少ない。更に「語り伝へたる」のごとき文末形式のとれた形（AB型）の多い説話集にあっても、まま、文の頭尾を完全に備えた形（ABC型）のものが散見することは、例えば「宇治拾遺物語」の例（二ノ三・二ノ四・十三ノ十二・十三ノ三）などが示す通りである。（略）しばしば末尾が脱落した形（AB型）の存することは、呼応関係がなかった為ではないかといふ疑念を挿むこともできようが、文末の脱落した形跡は、「落窪物語」や「宇治拾遺物語」の各説話の末尾が、「格助詞ト止め」になってゐること、あるいは「トカヤ・トナム・トゾ」等で止める形式が非常に多い（「宇治拾遺物語」の場合約三分の一の六十七話がこの形で止められる）ことをもってしても、その呼応関係を存した痕跡は伺へるのであって、省略された場合があったから呼応関係がなかったと否定するわけにはゆかない。（一九六頁）

すなわち、宇治拾遺物語の話末形式句を今昔物語集の文末の形式「トナム語リ伝ヘタルトヤ」・「カク語リ伝ヘタルトヤ」などの省略・簡略化であると捉えておられる。

確かに、今昔物語集の冒頭形式句「今昔」と宇治拾遺物語の冒頭形式句「今は昔」、「これも今は昔」、「昔」、「これも昔」の間には、かなりの類似性が認められることを考えると、宇治拾遺物語の話末形式句「とぞ」、「となむ」、「とか」、「とかや」と今昔物語集の話末形式句「（トナム語リ伝ヘタル・カク語リ伝ヘタル）トヤ」との継承関係は十分に考えられる。つまり、両形式の関係は、係り結び文の省略・簡略化や「語リ伝ヘタル」の省略などではなく、今昔物語集の話末形式句「トヤ」の継承であると考えられる。話末形式句「とかや」の存在はそれを裏付けるものであろう。

　ここで、宇治拾遺物語および同時期に編纂された古本説話集、打聞集、古事談、続古事談、十訓抄、沙石集の話末形式句「とぞ」、「となむ」、「とか」、「とかや」について用例数をまとめてみると、次のようになる。

表1

| | 古本説話集 | 打聞集 | 古事談 | 続古事談 | 宇治拾遺物語 | 十訓抄 | 沙石集 |
|---|---|---|---|---|---|---|---|
| とぞ | 7 | 0 | 0 | 14 | 20 | 7 | 1 |
| となむ | 1 | 0 | 0 | 1 | 18 | 2 | 0 |
| とか | 1 | 0 | 0 | 0 | 24 | 0 | 0 |
| とかや | 2 | 0 | 0 | 0 | 5 | 4 | 0 |

　宇治拾遺物語の話末形式句と同じ形式が、今昔物語集とほぼ同時期に編纂されたと考えられる古本説話集に、既に見られることは注目される。ただし、話末形式句の多様さ、豊富さにおいては、宇治拾遺物語のそれが際だっている。

　宇治拾遺物語と古本説話集には、「同文的な同話」（『日本古典文学大系　宇治拾遺物語』説話目録の解説による）が二〇話存することが知られている。ところが、この中、宇治拾遺物語のこれらの話末形式句と一致する説話は、次の一話（「とぞ」）のみである。

用例1　「とぞ」

○東人のやうによまんとて、まことは貫之がよみたりけるとぞ（宇治150話　十二―十四）

○あづま人の様によまむとて、まことは貫之がよみたりけるとぞ（古本22話）

つまり、ほぼ同文的同話の共通説話が多く存する宇治拾遺物語と古本説話集の間には、説話集編纂にとって重要な常套構文の一つと考えられる話末形式句に直接的な継承関係が認められないということになる。また、宇治拾遺物語と共通説話を持ち、編纂時期もほぼ同じ頃と考えられる古事談とは、文体の相違などから話末形式句の直接的な継承関係は考えにくい。続古事談とは共通説話もなく、話末形式句のみの直接的な継承関係は考えられない。

説話集の話末形式句は、院政期編纂の説話集、例えば今昔物語集の話末形式句「トヤ」や古本説話集の話末形式句「とぞ」、「となむ」、「とか」、「とかや」にはじまり、中世説話集の編著者たちに継承され、宇治拾遺物語で花開いたと考えられる。尚、宇治拾遺物語の話末形式句の中、最も特徴的な話末形式句は「となむ」であると考えている。というのは、「とぞ」は先行説話に既に多く見られるということ、および「とか」、「とかや」は今昔物語集の「とや」と同じ系統の結びの形式句と考えられるからである。

## 三

藤井俊博氏は、「『宇治拾遺物語』説話の文章構造――話末評語を手がかりに――」（「同志社国文学」第六六号　二〇〇七年三月）の中で、宇治拾遺物語の話末形式句（藤井論文で用いる「と」が、おおよそ本稿の話末形式句に該当する）の機能を分析して、宇治拾遺物語説話を「入れ子構造」と捉えることができるというユニークな見解を提示し、次のような図式を提示された。

［［（冒頭句）説話本体］けり］［話末評語］］と

この図式の説明は、藤井氏によると次の通りである。

> 宇治拾遺物語において、最後にこれらの説話内容・話末評語をさらに外側から受け止めるのが「と」であると考える。「と」が話末評語の外にあるというのは、話末評語が宇治拾遺物語で付加されたものではなく、出典から伝承されたものと考えるからである。

宇治拾遺物語の話末評語の有無、あるいは話末形式句を有する説話と話末評語の関係を考える上で、藤井氏の分析は興味深い。

ここで、宇治拾遺物語の話末形式句を有する説話（六七話）と話末評語の関係について用例をあげながら考えてみたい。

次の説話は、話末形式句と同じ「となむ」、「とぞ」、「とか」、「とかや」が話末にきて、更に、話末評語らしき一文が付加された型の説話（七話）である。併せて、それぞれの共通説話（今昔物語集、古本説話集、打聞集）の話末部分をあげておく。

用例2「となむ」

○このよしを申に、帝、いみじく、おじおそり給けりとなん。其時に渡らんとしける仏法、世くだりての漢には渡りけるなり（宇治195話）

○驚キナガラ其由ヲ王ニ申ケレバ王畏怖サハキ給ケリ。其時ニ渡トシケル仏法絶テ不渡ナリヌ。サテクタリテ後漢ニハ渡也ケリ（打聞2話）

用例3「とぞ」

○さて、斧かへしとらせてければ、うれしと思けりとぞ。人は唯、歌をかまへてよむべしとみえたり（宇治40話）

○さて、よきかへしとらせてければ、うれしとおもひけりとぞ。人はただ、うたをかまへてよむべしと見えたり（古本上巻18話）

用例4「とぞ」

○常陸の守の、…と語られけるとぞ。この伊勢の大輔の子孫は、…かく、田舎人になられたりけり、哀に心うくこそ（宇治41話）

○常陸の守の、…と語られけるとぞ。この伊勢大輔のしそんは、…かく、ゐ中人になられたりける、あはれに、こころうくこそ（古本上巻22話）

用例5「とぞ」

○さて、其のろいごとせさせし人も、いくほどなくて、わざはひにあひて、しにけりとぞ。「身に負ひけるにや。あさましき事なり」となん人のかたりし（宇治122話）

○其夜ヨリ頭痛ク成テ悩ミテ三日ト云ニ死ニケリ。此ヲ思フニ、物忌ニハ、音ヲ高クシテ人ニ不可令聞カ、亦外ヨリ来ラム人ニハ努努不可会。此ノ様ノ態為ル人ノ為ニハ、其ニ付テノロフ事ナレバ、極テ怖キ也。宿報トハ云乍ラ吉ク可慎シトナム語リ伝ヘタルトヤ（今昔二四・19）

用例6「とぞ」

○聖人は何事いふぞとも思はぬげにてありけりとぞ。下の聖、…まさる聖をまうけて、あはせられけるとぞかたり伝たる（宇治173話）

○此ノ僧ヲ何ニモ思タル気色モ无ク有ケル。下ノ僧ハ、…此ル増ル聖人ニ値ハセ給也（ケリト）悔ヒ悲ビテ本庵ニ返ケリ。…トナム語リ伝ヘタルトヤ（今昔二〇・40）

用例7「とか」

○いといとふびんなりけりとか。すきぬるものは、すこしをこにもありけるにや（宇治190話）

用例8　「とかや」

○中中ゆゆしき興にて有けるとかや。さきに行綱に謀られたるあたりとぞいひける（宇治74話）

以上七例は、宇治拾遺物語には数少ない話末評語（話末形式句の外にある）を有する説話である。話末形式句で説話（説話内容）を結んだ後に、話末評語と思われる一文が付けられた型の説話である。付加された一文の内容を分析してみると正しく話末評語にふさわしいものと言える。評語の内容としては、簡潔な「後日談」（第41話）、「教訓」（第40話・第122話）、「批評」（第74話・第190話）、「伝承」（第173話・第195話）、「解説」（なし）などである。

次に、用例2、用例3、用例4の本文とそれぞれ打聞集、古本説話集の本文を比べてみると、これらの説話はほぼ同文的同話で、話末評語まで一致している。相違する点は、用例3の打聞集にはない「となむ」が、宇治拾遺物語にはあるということだけである。古本説話集の話末形式句「とぞ」との関係（用例1）は、前に述べた通りである。用例5、用例6の今昔物語集との関係を見ると、今昔物語集の話末評語を簡潔にしたものが宇治拾遺物語の話末評語ということになる。また、用例7、用例8の話末評語の例は、宇治拾遺物語に先行する文献との間に共通説話がないので、はっきりとはいえないが、宇治拾遺物語独自のものではない可能性もあるが、ともあれ、話末評語にあたると思われる。

このように、話末形式句を有する説話の中には、宇治拾遺物語の編者が独自に付加したと思われる確実な話末評語は少ない、あるいは、ないかも知れないが、この型の説話、すなわち説話内容の後に話末評語を付加するというのは説話の常套構文とも言える。そこに、話末形式句が関わっていることに注目しておきたい。

次に、宇治拾遺物語と今昔物語集の共通説話を資料にして、宇治拾遺物語の話末形式句と話末評語の関係について考えてみる。次の用例（六例）は、話末形式句を有する宇治拾遺物語の説話とそれに該当する今昔物語集の話末部分を比べたものである。

用例９「とぞ」

○それが子どもにいたるまで、みないのちながくて、下野氏の子孫は、舎人のなかにもおぼえあるとぞ（宇治24話）

○其ノ子孫皆命長ガク、福有テ、于今其ノ下毛ノ氏、舎人ノ中ニ繁昌セリ。

〈然レバ、此見聞ク人、此ヲ知テ、人為ニ情可有也トナム語リ伝ヘタリトヤ〉（今昔二〇・45）

用例10「となむ」

○法師になりて後、横川にのぼりて、かてう僧都の弟子になりて、横川に住けり。その後は、土佐国にいにけりとなん（宇治89話）

○出家シテ後、比叡ノ山ノ横川ニ登テ、覚朝僧都ト云人ノ弟子ニ成有ケルガ、五年許横川ニ有テ、其ノ後ハ土佐ノ国ニゾ行ニケル。（其ノ有様ヲ伝ヘ聞タル人无シ。此レ希有ノ事也。実ノ観音ノ御ケルニヤ。）

〈此ク出家スル、仏ノ極テ貴キ也トナム語リ伝ヘタルトヤ〉（今昔十九・11）

用例11「となむ」

○則、瓶水を写ごとく、法文をならひ伝給て、中天竺に帰給けんとなん（宇治138話）

○聖人入テ大師ニ会ヒ奉ル、瓶ノ水ヲ写ガ如トシ法ヲ習ヒ伝ヘテ、本国ニ還テ弘メケリ。

〈智恵有ルト无キト、心利ト遅キト、顕ハニ騒キ物也ケリトナム語リ伝ヘタルトヤ〉（今昔四・25）

用例12「となむ」

○其後は行方もしらず、長うせにけりとなん（宇治145話）

○其ノ後、行ケム方ヲ人不知ズシテ止ニケリ。

〈早ウ、人ノ謀テ被貴ムトテ思テ蜜ニ米ヲ隠シテ持リケルヲ不知シテ、穀断ト知テ、天皇モ帰依セサセ給ヒ、人モ貴ビケル也ケリトナム語リ伝ヘタルト也〉（今昔二八・24）

用例13「とか」

○その家あるじも、音せずなりにければ、その家も我ものにして、子孫などいできて、ことの外に栄えたりけるとか（宇治96話）

○其レヲ便トシテ世ヲ過スニ、便リ只付キニ付テ、家ナド儲テ楽シクゾ有ケル。（其ノ後ハ、長谷ノ観音ノ御助ケ也ト知テ、常ニ参ケリ。）

〈観音ノ霊験ハ此ク難有キ事ヲゾ示シ給ケルトナム語リ伝ヘタルトヤ〉（今昔十六・28）

用例14「とかや」

○其後、左京の大夫の家にも、え行かず成にけるとかや（宇治23話）

○茂経、其ノ後恥テ、左京ノ大夫ノ許ヘ否不行ズ成ニケリ。

〈現ニ否不向ジカシトナム語リ伝タルト也〉（今昔二八・30）

右の六説話に共通している点は、説話の常套表現である主人公の後日譚で説話が結ばれていることである。宇治拾遺物語の編者にとっては、後日譚を含めたものが説話内容ということになり、それに話末形式句を付加して一つの説話が完成するのである。また、用例10および用例13のように今昔物語集ではそれぞれ王藤観音の霊験譚、長谷観音の霊験譚である説話が、話末形式句「となむ」、「とかや」によって、すなわち今昔物語集の話末評語の一部が削除されることによって、全く別の説話に生まれかわることもある。これも話末形式句の機能の一つと考えられる。

宇治拾遺物語には、話末評語を付けるという説話編集の方針はない。宇治拾遺物語の編者の興味は、あくまでも説話内容にあって、例え原典・原話に話末評語があったとしても、その一部を改編したり、削除している跡がうかがえる。それに対して、今昔物語集の編者は、話末形式「トナム語リ伝ヘタルトヤ」・「カク語リ伝ヘタルトヤ」文によって簡潔な話末評語を必ず付加するのである。

## 四

話末形式句「とぞ」、「となむ」、「とか」、「とかや」のそれぞれの用法の違いについて、考察してみたい。

大野晋氏は、「古典語の助動詞と助詞」（『時代別作品別・解釈文法』一九九五年）で、係助詞「なむ」の用法について、次のような卓見を述べておられる。

「なむ」は原則として、会話や語りの部分に現れ、直接体言について文を終止することがほとんどなく、形容詞の連用形や「に」「と」などについて文を終止する。それらの場合の「なむ」は平安朝では多くの場合「侍り」という丁寧語に置きかえて理解出来る。「侍り」は会話や語りに現れ、直接体言について文を終止することが少い。また、形容詞連用形や「に」「と」について文を終止するものとしても理解出来る。（もっとも、「なむ侍る」という形で用いられている例もあるが、それは後世の類推によるものであろう）してみると、「なむ」は「侍り」と同じ役割をする語であり、恐らく「侍り」が現れる前の丁寧な指定を表わす語だったのではなかろうか。（五〇頁）

係助詞「なむ」を丁寧語「侍り」と「同じ役割をする語」であり、「丁寧な指定を表わす語」と規定している。多くの説話集に「侍り」（「候ふ」）文体を用いる理由もここにあると思われる。このような係助詞「なむ」の意味用法は、説話の話末形式句「となむ」にも受け継がれていると考えられる。宇治拾遺物語の編者は、この係助詞「なむ」の機能を説話編集にあたって、話末形式句「となむ」として有効に活用したのではないかということを、以下検証してみたい。

次の説話は、話末に話末形式句「とぞ」と「となむ」が二つ重なった型、つまり、「―とぞ。―となむ」型の説話（二話）である。併せて、用例16には、今昔物語集との共通説話があるのであげておく。

用例15「とぞ。―となむ」

○其後、妻のために仏教を書き供養してけりとぞ。日本の法華験記に見えたるとなん（宇治83話）

用例16「とぞ。―となむ」

○後に、…その中に大なるすず、かがみ、かねのすだれ、今にありとぞ。かの観音念じたてまつるれば、他国の人もしるしを蒙らずといふことなしとなん（宇治179話）

○其ノ後、…其ノ中ニ、大キナル鈴・鏡・金ノ簾有リ。于今彼ノ山ニ納メ置タリ。実ニ長谷ノ観音ノ霊験不思議也。念ジ奉ル人、他国マデ其ノ利益ヲ不蒙ズト云フ事无。

〈人専ニ歩ヲ運ビ、首ヲ傾テ礼拝シ可奉シトナム語リ伝ヘタルトヤ〉（今昔十六・19）

話末形式句「となむ」で結ばれた一文の内容を見ると、用例15が「解説（新見の披露）」であり、用例16も同じく「解説（長谷観音霊験の事実）」ということは、これらは話末評語として付け加えられたものかとも考えられる。しかしながら、これらの話末形式「となむ」の用法を丁寧語「侍り」と同じ役割をする語（「謙譲的敬意表現の用法」（1））ではないかと考えてみると、右のように話末形式句「とぞ」と「となむ」が二つ重なるという特殊な話型になった理由が理解できる。つまり、宇治拾遺物語の編者は、話末形式句「となむ」で説話を結ぶことで、あたかもその場で語っているかのように、その説話の時間を現在に位置づけ、現実感・臨場感を与えるという効果をねらったのではないかと考えられるのである。

用例15の「日本の法華験記」の明示（『日本古典文学大系』の頭注によると、「日本霊異記」が正しい）は、宇治拾遺物語の編者による新見であることを示している。また、今昔物語集との共通説話を有する用例16は、今昔物語集の後日譚までを説話内容として「とぞ」で締め括り、更に「となむ」結び文を付加することによって、宇治拾遺物語の編者は、この説話を現在に引きつけ、読者に現実感・臨場感を与える仕組みになっているのである。

次の二話は、話末形式句「となむ」で結ぶ型の説話の一つであるが、他の説話と異なるのは、「…云々。―となむ」型、つまり説話内容が一度「云々」で終了した後、更に「となむ」文が付加されているのである。併せて、二話それぞれ今昔物語集および古事談との共通説話があるのであげておく。

用例17「となむ」

○…云々。則、瓶水を写ごとく、法文をならひ伝給て、中天竺に帰給けんとなん（宇治138話）

○聖人入テ大師ニ会ヒ奉ル、瓶ノ水ヲ写ガ如トシ法ヲ習ヒ伝ヘテ、本国ニ還テ弘メケリ。〈智恵有ルト无キト、心利ト遅キト、顕ハニ騒キ物也ケリトナム語リ伝ヘタルトヤ〉（今昔四・25）

用例18「となむ」

○本国播磨へ追ひ下されにけり。

この顕光公は死語に怨霊となりて、御堂殿辺へは祟をなされけり。悪左府と名づく云々。犬はいよいよ不便にせさせ給けるとなん（宇治184話）

○本国播磨に追ひ遣られ終んぬ。

但し永く此くの如き呪詛を致すべからざる由、誓状を書くかる、と云々（古事6巻62話）

用例17の「となむ」結び文は、今昔物語集の話末部分とほぼ同文であり、後日談（提婆菩薩の帰国・布教）にあたる内容である。ところが、これを話末形式句「となむ」で結ぶことによって、この説話は、忽ち、用例15・16と同じように、現実感・臨場感に溢れた説話へと変貌するのである。用例18は、共通説話の古事談にはない部分であり、宇治拾遺物語の編者によって独自に付加されたものという可能性がある。説話内容は、陰陽師を中心にした話であり、確かにこの話のきっかけを作ったのは白犬ではあるが、話の締め括りとしては幾分唐突な感じが残る。しかしながら、この話末形式句「となむ」によって、説話の時間が現在に設定されることになり、現実感・臨場感が生まれるのである。

次に、話末形式句「となむ」説話の中から、今昔物語集を出典とする説話であるが話末評語らしきものが全くなく、そのためにかえって臨場感溢れる終わり方をしている説話を二話、次にあげてみる。話末部分だけを掲載する。

用例19　「となむ」

○京童部ども、谷を見おろして、あさましがり、たち並みて見けれども、すべきやうもなくて、やみにけりとなん（宇治95話）

○京童部ハ谷ヲ見下シテ奇異ガリテナム立並テ見ケル。

〈忠明、京童部ノ刀ヲ抜テ立向ケル時、御堂ノ方ニ向テ、「観音助ケ給ヘ」ト申ケレバ、「偏ニ此レ其ノ故也」トナム思ヒケル。忠明ガ語ケルヲ聞キ接テ此ク語リ伝タルトヤ〉（今昔十九・40）

用例20「となむ」

○妻はゆゆしがりて、鱠をば食うはずなりにけりとなん（宇治168話）

○然レバ、妻、心踈ガリテ、此ノ鱠ヲ不食ザリケリ。

〈此レ、他ニ非ズ、夢ノ告ヲ不信ズシテ、日ノ内ニ現報ヲ感ゼル也。思ニ、何ナル悪趣ニ堕テ、量无キ苦ヲ受クラム。此ヲ聞ク人、皆浄覚ヲ謗憎ケリトナム語リ伝ヘタリトヤ〉（今昔二〇・34）

用例19、用例20ともに、宇治拾遺物語の編者は、今昔物語集の話末評語にあたる部分を全て削除し、話末形式句「となむ」で説話を結ぶことによって生まれる効果を有効に活用しているのである。

話末形式句「となむ」は、一話一話の説話に気品とともに現実感・臨場感を与える働きがあり、宇治拾遺物語の話末形式句の中で、もっとも特徴的な形式と言える。

次は、話末形式句「とぞ」説話と話末形式句「とか」説話の特色を考えるために、それぞれの説話の終わり方に注目してみた。

次に示す説話は、話末形式句「とぞ」および話末形式句「とか」で締め括られた説話の中、共通した結び形式「語りけるとぞ」（四話）、「笑いけるとか」（四話）を持つ説話である。尚、「とかや」は、その語構成から「とか」との関係が認められるので「とか」と併せて考察した。

用例21「とぞ」

○…とぞ京に来てかたりけるとぞ（宇治17話）

○…と語られけるとぞ。（宇治41話）
○人にしのびてかたりけるとぞ（宇治50話）
○能登国の者どもかたりけるとぞ（宇治54話）

用例22「とか」・「とかや」
○一度に「はつ」と笑ひけるとか（宇治15話）
○此六、のちに聞て笑ひけるとか（宇治181話）
○一度に「はつ」ととよみ笑ひけりとか（宇治182話）
○此府生とりて、笑てゐたりけるとか（宇治189話）

用例21は「語りけるとぞ」結び文の四説話である。宇治拾遺物語の説話集としての性格を示すと考えられる「伝承（語り手の明示）」性を、話末形式句「とぞ」によって強調しているものと思われる。他の説話集（古本説話、続古事談、十訓抄）にも多く用例があることからも中世説話の常套形式句といえる。

用例22は「笑ひけるとか」結び文の四説話である。宇治拾遺物語と「笑い」の関係を考えると話末形式句「とか」には、宇治拾遺物語の編者の強い思い入れがあるかも知れない。今昔物語集に用いられた話末形式句「トヤ」の継承形式句と言える。話末形式句「とかや」は「とか」の強調形式と見ておく。

## 五

宇治拾遺物語の話末形式句「とぞ」、「となむ」、「とか」、「とかや」の特色を、話末評語との関係から考えてみた。以下、簡単なまとめをしておく。

①話末形式句は、説話集としての宇治拾遺物語を特色づける特異な形式である。

②話末形式句「とぞ」、「となむ」、「とか」、「とかや」のそれぞれの特徴的な用法は、「とぞ――伝承性の強調」、「となむ――現実性・臨場感の強調」、「とか・とかや――「笑い」の強調」などである。

③話末形式句を有する説話の分析から見ると、宇治拾遺物語の編者の話末評語を付けるという編集意識は感じられない。

④特に、いわゆる話末評語の一つとされる「後日譚」の扱いは評語というより、説話内容の一部という意識が強いように思う。

尚、今昔物語集の話末形式句「トナム語リ伝ヘタルトヤ」の場合は、「トナム」で説話を締め括り、「語リ伝ヘタルトヤ」で、この説話の伝承性を強調したものである。

註

（1）大野晋『係り結びの研究』（一九九三年）に『宇治拾遺物語』の「係り結び」について、次のような記述がある。

宇治拾遺物語では、ナンの用例は文末が終止形か連体形か区別しがたいものを含めて百四例である。地の文に六十一、会話文に四十三。地の文には「ナン…ケル」という呼応五十三が数えられ、約九割が「ナン…ケル」の型に属する。ところが、会話文においては「ナン…ケル」の型は四十三例中七例しかない。多くはナンの下が「侍る」「候ひつる」「思ひ給ふる」「聞こゆる」「見る」「奉る」「参る」などのいわゆる謙譲的敬意表現で終わっている。宇治拾遺物語の作者は地の文では語り物の形式として「ナン…ケル」を多く使っている。会話文ではナンを礼儀のわきまえの表明として尊敬・謙譲の動詞と共に使っている。つまりナンの平安時代の用法をよく理解していた。（二五六頁）

参考文献
春日和男「説話構文について――「今は昔」を中心に――」（『説話の語文　古代説話文の研究』一九七五年）
松尾　拾『今昔物語集注文の研究』（一八九二年）
菅原利晃「『宇治拾遺物語』の教訓の独自性――評語から見る教訓的要素の可能性」（「札幌国語研究」一九九七年五月）
藤井俊博「『宇治拾遺物語』説話の文章構造――話末評語を手がかりに」（「同志社国文学」二〇〇七年三月）

使用したテキスト・索引類の主なものは次の通りである。

『古本説話集総索引』、『打聞集本文と漢字索引』、『古事談』（以上、新古典文学大系本）、『続古事談』（新日本古典大系本）、『十訓抄――本文と索引』、『沙石集総索引――慶長十年古活字本』

# 第三部　用語・文体研究

# 第一章　今昔物語集の漢語サ変動詞

一

今昔物語集巻十五に収載されている全五四説話の中には、『日本往生極楽記』に基づいて説話が構成されていると認められるものが三一話、『大日本国法華験記』と認められるものが十三話、その他が十話ある（『日本古典文学大系』解説による）。

すなわち、今昔物語集巻十五の生成に両書が何らかの形で関係していると考えられる。そして、その関係は既に各方面から論じられている。筆者の立場も、両書を重要な出典と認め論を展開していくものである。

ここでは、漢文から漢字仮名交り文への文章様式の展開の過程を漢語サ変動詞を通して観察し、今昔物語集の漢語サ変動詞の生成・定着などについて考えてみたい。

尚、漢語サ変動詞の認定は、『今昔物語集自立語索引』によった。

# 二

今昔物語集巻十五の漢語サ変動詞の総数は、一字漢語サ変動詞三二語、二字漢語サ変動詞四六語、四字漢語サ変動詞三語である。次の表1～表3は、今昔物語集巻十五の漢語サ変動詞全八一語が、他の巻でどのように用いられているかを一覧できるようにするために作成したものである。表中の○印は各巻に五話以下、◎印は各巻に六話以上存することを示す。また、各語頭に付した印の中、○印は『日本往生極楽記』と一致するもの、◎印は『大日本国法華験記』と一致するもの、◎印は両書と一致するものであることを示す。尚、表中の空白は用例が0例であることを示す（以下同じ）。

表1　一字漢語

| | △具ス | ◎請ズ | ○住ス | 信ズ | 死ス | ○念ズ | ○食ス | ○修ス | ○現ズ | 礼ス | 葬ス |
|---|---|---|---|---|---|---|---|---|---|---|---|
| ① | ◎ | ○ | ○ | ◎ | ○ | ○ | ○ | ◎ | ◎ | ◎ | |
| ② | ◎ | ◎ | ○ | ○ | ◎ | | ◎ | ◎ | ○ | ○ | |
| ③ | ◎ | ○ | ○ | ○ | ○ | ○ | ◎ | ◎ | ◎ | ○ | ○ |
| ④ | ◎ | ○ | ○ | ◎ | ○ | ○ | ○ | ○ | ○ | ○ | |
| ⑤ | ◎ | ○ | ○ | ◎ | | ○ | ◎ | ○ | ○ | | |
| ⑥ | ○ | ○ | ○ | ◎ | ◎ | ◎ | | ◎ | ◎ | ○ | ○ |
| ⑦ | | ◎ | ◎ | ◎ | ◎ | ○ | ○ | ◎ | ◎ | ○ | ○ |
| ⑨ | ○ | ○ | ○ | ◎ | ◎ | ○ | ◎ | ◎ | | ○ | ○ |
| ⑩ | ○ | ○ | ○ | ○ | ○ | | ◎ | | ○ | ○ | ○ |
| ⑪ | ○ | ○ | ◎ | ○ | ○ | ○ | ○ | ○ | ○ | ○ | ○ |
| ⑫ | ◎ | ◎ | ◎ | ◎ | ○ | ○ | ○ | ◎ | ○ | ○ | ○ |
| ⑬ | ○ | ◎ | ◎ | ○ | | ○ | ◎ | ◎ | | ○ | ○ |
| ⑭ | ◎ | ◎ | ◎ | ◎ | ○ | ◎ | ○ | ◎ | ○ | ○ | |
| ⑮ | ◎ | ◎ | ◎ | ◎ | ○ | ○ | ○ | ◎ | ◎ | ○ | ○ |
| ⑯ | ◎ | ○ | ○ | ◎ | | ◎ | ◎ | ○ | ○ | ○ | |
| ⑰ | ○ | ○ | ◎ | ◎ | ○ | ◎ | ○ | ◎ | ○ | ○ | |
| ⑲ | ◎ | ○ | ○ | ○ | ○ | ◎ | ○ | ○ | ○ | ○ | ○ |
| ⑳ | ◎ | ○ | ○ | ◎ | ○ | ○ | ◎ | ◎ | ○ | ○ | ○ |
| ㉒ | ○ | | ○ | | | | | | | | |
| ㉓ | ○ | | | | | | | | | | |
| ㉔ | ◎ | ○ | | | ○ | ○ | ○ | | | | ○ |
| ㉕ | ○ | | ○ | ○ | | | | | | ○ | ○ |
| ㉖ | ◎ | ○ | | ○ | ○ | ◎ | ○ | | | | |
| ㉗ | ◎ | | ○ | | ○ | ○ | | | ○ | | ○ |
| ㉘ | ◎ | ○ | | ○ | ○ | ○ | | ○ | ○ | | ○ |
| ㉙ | ◎ | | | | ○ | | | ○ | | | |
| ㉚ | ◎ | | | | | | | | | | |
| ㉛ | ◎ | ○ | ○ | ○ | ○ | ○ | ○ | ○ | ○ | | ○ |
| 計 | 27 | 22 | 22 | 22 | 21 | 21 | 20 | 20 | 19 | 18 | 16 |

| ○<br>減ズ | 覚ス | ○<br>図ス | 禁ズ | 相ス | 談ズ | ◎<br>期ス | ○<br>観ズ | 任ズ | 持ス | 講ズ | △<br>着ス | 産ス | 議ス | 滅ス | 帯ス | 制ス | ○<br>施ス | ◎<br>誦ス | 行ズ | 生ズ |
|---|---|---|---|---|---|---|---|---|---|---|---|---|---|---|---|---|---|---|---|---|
|  |  |  |  | ○ |  |  | ○ |  | ○ |  | ○ |  | ○ | ○ |  |  | ○ | ○ | ○ | ○ |
|  |  |  |  |  |  |  | ○ |  | ○ |  | ○ | ○ | ○ | ○ | ○ | ○ | ◎ |  | ◎ | ◎ |
|  |  |  |  |  | ○ |  |  |  |  |  | ○ |  | ○ | ◎ |  |  | ○ | ○ | ○ | ◎ |
|  |  |  | ○ |  |  | ○ | ○ |  | ○ | ○ | ○ | ○ | ○ | ○ | ○ | ○ | ○ | ◎ | ○ | ○ |
|  |  |  |  |  |  |  | ○ |  | ○ |  |  | ○ |  |  | ○ |  | ○ |  | ○ | ○ |
|  |  | ○ |  | ○ |  | ○ | ○ | ○ | ○ | ○ |  | ○ |  |  |  |  | ○ | ◎ | ○ | ○ |
|  |  |  |  |  |  |  |  |  | ○ | ○ | ○ | ○ |  | ○ | ○ |  | ○ | ◎ | ○ | ◎ |
|  |  |  |  |  |  | ○ |  | ○ | ○ | ○ |  | ○ |  | ○ |  |  |  |  | ○ | ◎ |
|  |  |  |  |  | ○ |  |  | ○ |  |  |  | ○ | ○ |  | ○ |  | ○ | ○ | ○ |  |
|  |  |  |  |  |  |  |  |  |  |  |  |  |  |  |  |  |  |  |  |  |
|  |  | ○ |  |  | ○ |  |  |  | ○ | ○ | ○ | ○ | ○ | ○ | ○ |  | ○ | ○ | ○ | ○ |
|  |  | ○ | ○ |  | ○ |  |  | ○ | ○ | ◎ | ○ | ○ | ○ | ○ | ○ |  | ○ | ◎ | ○ | ○ |
|  |  |  |  |  | ○ | ○ | ○ |  | ○ | ○ | ○ |  | ○ | ○ | ○ |  | ○ | ◎ |  | ○ |
|  |  |  |  | ○ |  | ○ | ○ | ○ | ◎ | ○ | ○ |  | ○ | ○ |  | ○ | ○ | ◎ |  | ○ |
| ○ | ○ | ○ | ○ | ○ | ○ | ○ | ○ | ○ | ○ | ○ | ○ | ○ | ○ | ○ | ○ | ○ | ○ | ◎ | ○ | ○ |
|  |  |  | ○ |  |  | ○ |  | ○ |  |  |  |  |  |  | ○ | ○ |  | ○ |  |  |
|  |  |  |  | ○ |  | ○ | ○ |  |  |  | ○ | ○ |  |  |  |  | ○ | ○ | ○ |  |
|  |  |  |  |  |  |  |  |  |  | ○ |  | ○ |  | ○ |  | ○ |  |  |  | ○ |
|  |  |  |  |  |  |  |  |  |  | ○ |  |  |  |  |  |  | ○ | ○ | ◎ | ○ |
|  |  |  |  |  |  |  |  |  |  |  |  |  |  |  |  |  |  |  |  |  |
|  |  |  |  |  |  |  |  |  |  |  |  |  |  |  |  | ○ |  |  |  |  |
|  |  |  |  |  |  |  |  |  |  |  |  |  | ○ |  | ○ | ○ |  |  |  |  |
|  |  |  |  | ○ | ○ |  |  | ○ |  | ○ | ○ |  |  | ○ | ○ | ○ |  | ○ |  |  |
|  |  |  |  |  |  | ○ |  | ○ |  |  |  |  |  |  | ○ | ○ |  |  |  |  |
|  |  |  |  |  |  |  |  |  |  |  |  |  |  |  |  | ○ |  |  |  | ○ |
|  |  |  |  |  |  |  |  |  |  |  |  |  |  |  | ○ | ○ |  |  |  |  |
|  |  |  |  |  |  |  |  | ○ |  |  | ○ | ○ |  |  |  | ○ |  |  |  |  |
|  |  |  | ○ |  |  |  |  |  |  |  |  |  | ○ |  |  | ○ |  |  | ○ |  |
|  |  |  |  |  |  | ○ |  |  |  |  |  |  |  |  |  | ○ |  |  |  |  |
|  |  |  |  |  |  |  |  | ○ |  |  |  |  |  |  | ○ | ○ |  |  |  |  |
| 1 | 1 | 4 | 5 | 6 | 7 | 9 | 9 | 12 | 12 | 12 | 13 | 13 | 13 | 14 | 14 | 15 | 15 | 15 | 15 | 16 |

表2　二字漢語

| | ○出家ス | ○供養ス | 懐妊ス | △礼拝ス | △修行ス | △帰依ス | △懺悔ス | 利益ス | 安置ス | △読誦ス | 対面ス | ○祈念ス | ◎沐浴ス | 制止ス | ◎囲繞ス | ○飲食ス | △結縁ス | △讃歎ス | 長大ス | ○養育ス | 流浪ス | 療治ス |
|---|---|---|---|---|---|---|---|---|---|---|---|---|---|---|---|---|---|---|---|---|---|---|
| ① | ◎ | ◎ | ○ | ◎ | ○ | ○ | ○ | ○ | | ○ | | | | ○ | ○ | ○ | | ○ | | ○ | | |
| ② | ◎ | ◎ | ◎ | ◎ | ○ | ○ | ○ | ○ | ○ | ○ | | | ○ | | ○ | | | | ◎ | ○ | | |
| ③ | ○ | ◎ | | ◎ | ○ | | ○ | ○ | ○ | | | | | ○ | | ○ | | | | ○ | ○ | |
| ④ | ○ | ◎ | ○ | ○ | ○ | ○ | ○ | ○ | ○ | ○ | ○ | ○ | | ○ | ○ | | | ○ | | ○ | ○ | ○ |
| ⑤ | ○ | ○ | ○ | ○ | ○ | ○ | | ○ | | | ○ | | | | ○ | | | | | ○ | | |
| ⑥ | ◎ | ◎ | ○ | ◎ | ○ | ◎ | ○ | ◎ | ○ | | | ○ | ○ | | ○ | | | ○ | ○ | ○ | | |
| ⑦ | ○ | ◎ | ○ | ○ | ○ | | ○ | ◎ | ○ | ◎ | | ○ | ○ | | | ○ | ○ | ○ | | | | |
| ⑨ | | | ○ | | ○ | | ○ | | | | | | | | | ○ | | ○ | ○ | | ○ | ○ |
| ⑩ | | | ○ | | ○ | | | | | | | | | ○ | | | | | | | | ○ |
| ⑪ | ○ | ○ | ◎ | ◎ | ○ | ◎ | ○ | ○ | ◎ | ○ | | ○ | ○ | | | ○ | | ○ | ○ | | | |
| ⑫ | ○ | ◎ | ○ | ◎ | ◎ | ○ | ○ | ○ | ◎ | ◎ | | ○ | ○ | ○ | | ○ | ○ | | ○ | | | ○ |
| ⑬ | ◎ | ◎ | ○ | ◎ | ◎ | ○ | ○ | ○ | ○ | ◎ | | | | | ○ | | ○ | | | | ○ | ○ |
| ⑭ | ○ | ◎ | | ◎ | ◎ | ○ | ◎ | ○ | | ◎ | | ○ | | | ○ | | ○ | | | | | ○ |
| ⑮ | ◎ | ◎ | ○ | ◎ | ◎ | ○ | ○ | ○ | ○ | ◎ | ○ | ○ | ◎ | ○ | ○ | ○ | ○ | ○ | ○ | ○ | ○ | ○ |
| ⑯ | ○ | ○ | ○ | ◎ | ○ | ○ | ○ | | ○ | ○ | ○ | ○ | ○ | | | ○ | | | | | | |
| ⑰ | ○ | ◎ | ○ | ◎ | ◎ | ◎ | ○ | ◎ | ◎ | ○ | ○ | ○ | ○ | | | | ○ | ○ | | | ○ | |
| ⑲ | ◎ | ○ | | ○ | ○ | ○ | ○ | ○ | | | ○ | | | | | | ○ | | | | ○ | |
| ⑳ | | ○ | | ○ | ○ | ○ | | | ○ | ○ | | | ○ | | ○ | | ○ | | ○ | | | ○ |
| ㉒ | | | ○ | | | | | | | | | | | | | | | | | | | |
| ㉓ | | | | | | | | | | | | | | | | | | | | | | |
| ㉔ | ○ | | | ○ | | | | | | | | | | | | | | | | | | |
| ㉕ | ○ | | | | | | | | | | | ○ | | ○ | | | | | | | | |
| ㉖ | | ○ | ○ | | ○ | | | | | | | | ○ | | | | | | | | ○ | |
| ㉗ | | | | | | | | | | | ○ | | | | | | | | | | | |
| ㉘ | ○ | ○ | ○ | ○ | | ○ | | | | | ○ | | | ○ | | | | | | | | |
| ㉙ | | | ○ | | | | | | | | ○ | | | | | | | | | | | |
| ㉚ | ○ | | ○ | | | | | | | | ○ | | | | | | | | | ○ | | |
| ㉛ | ○ | ○ | | ○ | ○ | | | ○ | ○ | | ○ | | | ○ | | | | | ○ | | | |
| 計 | 20 | 19 | 19 | 19 | 18 | 15 | 15 | 15 | 13 | 12 | 11 | 10 | 10 | 9 | 9 | 8 | 8 | 8 | 8 | 8 | 8 | 8 |

| 名僧ス | 念誦ス | 肉食ス | 内着ス | ○頭痛ス | ○染着ス | ○修学ス | 斎食ス | ○観念ス | 寄宿ス | 下向ス | ○決定ス | 行道ス | 学問ス | △引摂ス | △転読ス | 殺生ス | ◎回向ス | ◎入滅ス | ○持斎ス | 聴聞ス | 端座ス | △守護ス | ◎往生ス |
|---|---|---|---|---|---|---|---|---|---|---|---|---|---|---|---|---|---|---|---|---|---|---|---|
| | | | | | | | | | | | | | | | | | | | | | ○ | ○ | |
| | | | | | | | | | | | | | | | | | | | | | | | |
| | | | | | | | | | | | ○ | | | | | ○ | | | | | | | |
| | | | | | | | | | | | | | | ○ | | | | | | | | | ○ |
| | | | | | | | | | | | | | | | | | | | | | | | |
| | | | | | | | | | ○ | | ○ | | | | ○ | ○ | | | | | | ○ | |
| | | | | | | | | | | | | | | | ○ | | | | | | ○ | ○ | ○ |
| | | | | | | | | | | | | | | | | ○ | | | | | | | |
| | | | | | | | | | | | | | | | | ○ | | | | | | | |
| | | | | | | | | | | | | ○ | | | | | | | | | | | |
| | | | | | | | | ○ | | | | | | | | | | ○ | | | ○ | | |
| | | | | | | | | | | ○ | | | | | | | ○ | ○ | | ○ | | ○ | ○ |
| | | | | | | | | | | ○ | | | | | | | ○ | ○ | ○ | ○ | | ○ | ○ |
| | | | | | | | | | | | | | | | ○ | | | | | | ○ | | |
| ○ | ○ | ○ | ○ | ○ | ○ | ○ | ○ | ○ | ○ | ○ | ○ | ○ | ○ | ○ | ○ | ○ | ○ | ○ | ○ | ○ | ○ | ○ | ◎ |
| | | | | | | | | | | | | | | | | | ○ | | ○ | | | | |
| | | | | | | | | | | | | ○ | ○ | ○ | | | | ○ | ○ | ○ | ○ | | ○ |
| | | | | | | | | | | | | | | | | | | | | | | | ○ |
| | | | | | | | | | | | | | ○ | | | | ○ | | ○ | ○ | | | |
| | | | | | | | | | | | | | | | | | | | | | | | |
| | | | | | | | | | | | | | | | | | | | | | | | |
| | | | | | | | | | | | | | | | | | | | | | | | |
| | | | | | | | | | | | | | | | | | | | | | | | |
| | | | | | | | | | | | | | | | | | | | | | | | |
| | | | | | | | | | | | | | | | | | | | | | | | |
| | | | | | | | | | | | | | | | | | | | | | | | |
| | | | | | | | | | | | | | | | | | | | | | | | |
| | | | | | | | | | | | | | | | | | | | | | | | |
| | | | | | | | | | | | | | | | | | | | | | | | |
| | | | | | | | | | | | | | | | | | | | ○ | | | | |
| 1 | 1 | 1 | 1 | 1 | 1 | 1 | 1 | 2 | 2 | 3 | 3 | 3 | 3 | 3 | 4 | 4 | 5 | 5 | 5 | 6 | 6 | 6 | 7 |

表3　四字漢語

| | 礼拝恭敬ス | 端座合掌ス | 極楽往生ス |
|---|---|---|---|
| ① | ○ | | |
| ② | ○ | | |
| ③ | | | |
| ④ | | ○ | |
| ⑤ | | | |
| ⑥ | ○ | | |
| ⑦ | ○ | | |
| ⑨ | | | |
| ⑩ | | | |
| ⑪ | ○ | | |
| ⑫ | ○ | | |
| ⑬ | ○ | | |
| ⑭ | | | |
| ⑮ | ○ | ○ | ○ |
| ⑯ | ○ | | |
| ⑰ | ○ | ○ | ○ |
| ⑲ | | | |
| ⑳ | ○ | | |
| ㉒ | | | |
| ㉓ | | | |
| ㉔ | | | |
| ㉕ | | | |
| ㉖ | | | |
| ㉗ | | | |
| ㉘ | | | |
| ㉙ | | | |
| ㉚ | | | |
| ㉛ | | | |
| 計 | 11 | 3 | 2 |

以上、表1～表3からわかることは、漢語サ変動詞の各巻毎の出現状況に、いくつかの差異が認められることである。列挙してみると、次のようなことである。

(1)天竺震旦部、本朝仏法部の出現率が高く、本朝世俗部の出現率は低い。ただし、「具ス」のような本朝世俗部での使用率も高い語が存する。また、「制ス」、「対面ス」の二語は、巻十五以降に用例が集中し和文体の中で用いられる漢語サ変動詞という性格を有していることになる。

(2)本朝世俗部における使用状況を見ると、二字漢語サ変動詞に比して一字漢語サ変動詞の使用率が高い。因みに、本朝世俗部における二字漢語サ変動詞の異なり数が十六語であるのに対して、一字漢語サ変動詞は二六語である。

(3)今昔物語集巻十五のみで用いられている語、あるいは集中的に用いられている語が存する。例えば、「読誦ス」、「沐浴ス」、「往生ス」などのように往生説話に特徴的な概念を表わす二字漢語サ変動詞が集中的に出現する。

(4)出典との関連を見ると、一字漢語サ変動詞に比して二字漢語サ変動詞と一致する割合が高い。因みに、一字漢語サ変動詞の両書との一致率が四四％に対して、二字漢語サ変動詞の一致率は五七％である。

## 三

今昔物語集巻十五の漢語サ変動詞と出典（該当語を含む句を直訳的に翻訳した部分）との関連について考察してみたい。調査の結果は、次のようである。

一字漢語動詞三二語の中

○『日本極楽往生記』と一致するものは、次の十二語である。

請ズ・住ス・念ズ・食ス・修ス・現ズ・誦ス・施ス・観ズ・期ス・図ス・滅ズ

○『大日本国法華験記』と一致するものは、次の五語である。

具ス・請ズ・誦ス・着ス・期ス

二字漢語動詞四六語の中

○『日本往生極楽記』と一致するものは、次の十六語である。

出家ス・供養ス・祈念ス・沐浴ス・囲繞ス・飲食ス・養育ス・往生ス・守護ス・入滅ス・回向ス・観念ス・修学ス・染着ス・頭痛ス

○『大日本国法華験記』と一致するものは、次の十五語である。

礼拝ス・修行ス・帰依ス・懺悔ス・読誦ス・沐浴ス・囲繞ス・結縁ス・讃歎ス・往生ス・守護ス・入滅ス・回向ス・転読ス・引摂ス

四字漢語動詞三語の中
○『日本往生極楽記』、『大日本国法華験記』と一致するものはない。

次に、用例をあげる（上段が『日本往生極楽記』、『大日本国法華験記』、下段が今昔物語集である）。用例が複数のものは一例のみを示し他は略す（語頭の記号は、先の通り。また、それぞれの用例のあとの数字は説話番号である）。

［日本往生極楽記と一致する用例］

○修ス（八例）　偏修仏事（41）　→仏事ヲ修シテ（十五・51）
◎誦ス（四例）　誦無量寿経要文（5）　→諸経ノ要文ヲ誦シテ（十五・2）
観ズ（三例）　一生観之（11）　→一生ノ間此ヲ観ジテ（十五・1）
現ズ（二例）　掌中現小浄土（11）　→掌ノ中ニ小サキ浄土ヲ現ジ（十五・1）
食ス（二例）　今只随有食供米（10）　→只有ニ随テ食スル也（十五・5）
○施ス（二例）　欲…以施寺中（12）　→院ノ内ノ人ニ施セム（十五・6）
滅ズ　眼前之火漸滅（19）　→其ノ火既ニ滅ジテ（十五・10）
◎期ス　期弥勒下生之暁（18）　→弥勒ノ下生ノ暁ヲ期セム（十五・16）
住ス　建立一寺…住寺（24）　→一ノ寺ヲ起テ住ス（十五・17）
◎請ズ　即請僧侶（19）　→僧共ヲ請ジテ（十五・10）
図ス　奉図極楽浄土（32）　→極楽浄土ノ相ヲ図シ奉ラム（十五・38）

念ズ　常念弥陀（37）　→弥陀仏ヲ念ジ奉ケリ（十五・48）

◎往生ス（五例）　見往生極楽之人焉（12）　→極楽ニ往生スル人ヲ見ツル（十五・6）

出家ス（四例）　出家為尼（30）　→出家シテ尼ト成ヌ（十五・36）

◎入滅ス（三例）　尋祐入滅（29）　→尋祐入道…入滅シニケリ（十五・32）

◎沐浴ス（三例）　更加沐浴（14）　→更ニ沐浴シ清浄ニシテ（十五・8）

供養ス（二例）　供養弥陀仏（42）　→弥陀仏ヲ供養シ奉ラム（十五・52）

◎囲繞ス（二例）　囲繞輿之左右（12）　→輿ヲ囲繞シテ前後左右ニ有テ（十五・6）

飲食ス　飲食非例（25）　→飲食スル事例ニ不似ズ（十五・18）

観念ス　有防観念之故也（14）　→観念スルニ…防ト成ル故也（十五・8）

祈念ス　至心祈念（11）　→心ニ祈念スルニ（十五・1）

決定ス　何為決定（11）　→何ヲ以テカ決定シテ（十五・1）

修学ス　同室修学（11）　→同ジ房ニ住テ修学スルニ（十五・1）

持斎ス　名徳多為持斎（10）　→止事无キ僧多ク持斎ス（十五・5）

染着ス　無所染着（10）　→染着スル所无カリケリ（十五・5）

頭痛ス　自称頭痛（29）　→頭痛スト云テ（十五・32）

養育ス　晨昏養育（31）　→朝暮ニ此レヲ養育シケリ（十五・37）

◎回向ス　回向極楽（2七）　→極楽ニ皆回向ス（十五・31）

〔大日本国法華験記と一致する用例〕

◎誦ス（十例）　誦法華経一部（中73）　↓法華経一部ヲ誦シテ（十五・28）
◎請ズ（四例）　請結縁衆僧（中52）　↓他ノ僧ヲ請ジテ（十五・11）
△具ス　雖具妻子（下90）　↓妻子ヲ具シタリ（十五・29）
◎期ス　猶期菩提（下90）　↓偏ニ菩提ヲ期ス（十五・29）
△着ス　着大袈裟（中52）　↓法服ヲ着シテ（十五・11）

△読誦ス（四例）　読誦妙法華経（中52）　↓法華経ヲ読誦シ（十五・11）
◎沐浴ス（三例）　沐浴身体（中51）　↓沐浴シテ（十五・12）
◎往生ス（三例）　往生浄土（中51）　↓極楽ニ往生スル（十五・12）
△結縁ス（二例）　必可結縁（下94）　↓必ズ其ノ期ニ結縁シ給へ（十五・30）
△修行ス（二例）　或為修行（中52）　↓或ル時…修行セムガ為ニ（十五・11）
△礼拝ス（二例）　礼拝念仏（中73）　↓礼拝シテ…念仏ヲ唱フ（十五・28）
△引摂ス　為引摂汝（下99）　↓汝ヲ引摂セムト為ニ（十五・40）
△帰依ス　帰依仏法矣（下95）　↓仏法帰依シケリ（十五・35）
△懺悔ス　種々懺悔（下90）　↓罪障ヲ懺悔シテ（十五・29）
△讃歎ス　讃嘆一乗（下95）　↓仏ヲ讃歎シ奉ケリ（十五・35）
△守護ス　常来守護（40）　↓常ニ来テ守護ス（十五・40）

△転読ス　　転読法華（下97）　　↓法華経ヲ令転読テ（十五・46）
◎入滅ス　　向西入滅（下90）　　↓西ニ向テ端座シテ入滅シヌ（十五・29）
◎囲繞ス　　天童囲繞遥行（中51）　　↓天童ニ被囲繞テ遥ニ行ク（十五・12）
◎回向ス　　念仏回向（下90）　　↓弥陀ノ念仏ヲ唱ヘテ回向シテ（十五・29）

## 四

今昔物語集巻十五には、次のような「特有漢語サ変動詞」が十語存する。各語について、それぞれ出典との関連を確認しておく。

①『日本往生極楽記』との対応が　確認できるもの　↓修学ス・染着ス・頭痛ス（三例）
②　同　　確認できないもの↓覚ス・滅ズ・斎食ス・肉食ス（四例）
③『大日本国法華験記』との対応が確認できるもの　↓ナシ
④　同　　確認できないもの↓念誦ス（一例）
⑤出典未詳のもの　↓内着ス・名僧ス（二例）

出典（出典未詳を含む）との対応が確認できるものと確認できないものとがあることがわかる。このことは、今昔物語編者の語彙修得のレベルを推測させるものであるように思う。すなわち、対応が確認できない七語を作者の「使用語彙」と認め、それに対して、対応が確認できる三語を作者の「理解語彙」と認めておきたいと思うのである。

この作者の「使用語彙」、「理解語彙」という問題について、少し考察を加えておきたいと思う。

今昔物語集巻十五に存する漢語サ変動詞の中で、それに対応する漢語が出典の直訳的翻訳であるにも関わらず、該当する出典の漢語のみを別の漢語サ変動詞に翻訳しているものがある。用例を示すと、次のような語である。

〔日本往生極楽記の場合〕

彫克→現ズ　彫克極楽浄土之相（24）　→極楽浄土ノ相ヲ現ジテ（十五・17）

荼毘→葬ス　荼毘之間（5）　→葬スル時キモ（十五・2）

論談→談ズ　論談釈教義理（25）　→法文ノ義理ヲ談ジテ令聞メ（十五・18）

安座→端座ス　安座気絶（5）　→端座シテ失ニケリ（十五・2）

有娠→懐妊ス　終有娠（18）　→幾ノ程ヲ不経ズシテ懐妊シテ（十五・16）

洗浴→沐浴ス　洗浴身体（28）　→身体ニ沐浴セム（十五・20）

寄居→寄宿ス　寄居此樹下（23）　→木ノ下ニ…寄宿シテケル（十五・25）

脱俗→出家ス　脱俗之後（29）　→出家シテ後（十五・32）

［大日本国法華験記の場合］

帰依↓信ズ　帰依仏法（下111）↓仏法ヲ信ジ（十五・44）
読誦↓誦ス　読誦法華経（下94）↓法華経ヲ誦シ（十五・30）
修行↓修ス　修行教法（中52）↓真言ノ行法ヲ修シテ（十五・11）
値遇↓聴聞ス　値遇法華講（下104）↓法華講ヲ聴聞スル事（十五・45）

ここに取り出した十二語は、正しく今昔物語編者の「使用語彙」と認められる漢語サ変動詞ということになるのであるが、その中で、『大日本国法華験記』の場合の「帰依↓信ズ」「読誦↓誦ス」「修行↓修ス」「値遇↓聴聞ス」の四例は、それぞれの二字漢語サ変動詞が別に多数存することを考慮しなければならないので、このことは出典（『大日本国法華験記』）の翻訳態度の問題として、『日本往生極楽記』の場合（前記八例の中、二字漢語サ変動詞「洗浴ス」巻一・五話の一例が存する）とは別に考えなければならないかも知れない。

参考文献

佐藤武義「中古の物語における漢語サ変動詞」（「国語学研究」一九六三年三月）
桜井光昭『今昔物語集の語法の研究』（一九六六年）

使用したテキストの主なものは次の通りである。
『日本往生極楽記』、『大日本国法華験記』（以上、日本思想大系）

# 第二章　今昔物語集の漢語サ変動詞と和語動詞

## 一

今昔物語集における漢語サ変動詞と文体との関係について考えてみる。今昔物語集の漢語サ変動詞は、集全体を通して出現するのであるが、おおまかなとらえ方をすると、巻二〇以前の方がそれ以降に比べて使用頻度がはるかに高い。すなわち、漢語サ変動詞と漢文訓読文体とは強いつながりをもっている。

しかしながら、その一方で、巻二二以降にもかなりの頻度で漢語サ変動詞が出現するという状況も見逃がすことはできない。このことについては、まだ十分な調査はされていないが、中古和文資料に見られる漢語サ変動詞を調査された佐藤武義氏は、漢語サ変動詞の中でも、特に、「一字漢語サ変動詞」は、漢語とサ変動詞との熟合度が高く、「国語化」の傾向が一層強いと指摘されている。

ところで、漢語サ変動詞の中には、例えば、「具す」と「率る」、「念ず」と「思ふ」などのように、語義上の対応関係を持つ和語動詞が存する場合がある。今昔物語集を資料にして、このような語彙の意味用法について論じられたものもあるが、文体との関わりについてはあまりふれられることはなかったように思う。本章で取り上げる死亡表現動詞の一つ、一字漢語サ変動詞「死ス」も、同じように和語動詞「死ヌ」「失ス」などと語義上の対応している。

そこで本章では、今昔物語集の文体を和漢混交文体ということを念頭において、管見によれば、中古和文資料ではほとんど用いられることのなかった漢語サ変動詞「死ス」の意味用法を「死ヌ」と比較しながら考察する。

考察は次のように行なうこととする。[1]

まず、「死ス」と「死ヌ」の両語は、文法上、どのような関係にあるのかということを、両語に承接する語（承接語）の相違という面から分析し明らかにする。

次に、「死ス」と「死ヌ」の両語は、語義上、どのような関係にあるのかということを、「死ス」の意味用法を中心に分析し明らかにする。

尚、テキストは、「紅梅文庫旧蔵本」を用いる。「死ス」と「死ヌ」両語の「日本古典文学大系」本との主な異同は次の通りである。

〈死ヌ（大系本）↓死ス（紅梅文庫旧蔵本）〉

巻二第5話、巻三第23話、巻六第15話第15話、巻九第21話第34話、巻十七第17話第28話第29話、

巻二〇第15話第16話第20話第21話、巻二八第17話（以上14例）

〈死ス（大系本）↓死ヌ（紅梅文庫旧蔵本）〉

巻二八第18話（以上1例）

## 二

今昔物語集を天竺震旦部・本朝仏法部・本朝世俗部の三部に分けると、各部ごとの「死ス」と「死ヌ」の出現状況は次の通りである。

表1

| | 天竺震旦部 | 本朝仏法部 | 本朝世俗部 | 計 |
|---|---|---|---|---|
| 死ス | 70 | 19 | 4 | 93 |
| 死ヌ | 208 | 191 | 106 | 505 |

この数字は、「死ス」と「死ヌ」の判定が活用語尾の表記によって明瞭なもののみの数であって、例えば、「死テ」「死タリ」など他に比べて用例が比較的多いものの数が含まれていない。ただし、「死ス」の場合は、かなりの精度で活用語尾を表記しているように思われるので、これら活用語尾無表記の例は多くは、「死ヌ」ではないかと思っている。

両語の各部ごとの使用頻度を見ると、本朝仏法部・本朝世俗部の頻度の低さに比べて、天竺震旦部の頻度の高さが際立っている。これは、漢語サ変動詞「死ス」が、今昔物語集においても、和文的性格の強い文体では用いられにくいが、漢文訓読的性格の強い文体ではかなり自由に用いられているらしいということになる。

それでは、「死ス」と「死ヌ」の両語には、どのような意味用法の分担がなされていて、両語が併存しえているのか考えてみたい。そして、「死ス」が和文体の文章に出現しにくい理由は、そのこととどのように関わるのか考えてみたい。

次に示す表2、表3は、それぞれ「死ス」、「死ヌ」の用例を下接語によって分類したものである。尚、用例の上に○印を付したものは、両語で承接語が共通するものである。

この表をもとにして、承接語から見た「死ス」と「死ヌ」の文法上の相違点を明らかにしてみたい。

未然形の用法

〈その1〉完了の助動詞「リ」が「死ヌ」に承接した例はないが、「死ス」に承接した例は多い。

これは、「死ス」と「死ヌ」両語の語性の相違によるものと考えられる。すなわち、「死ス」と「死ヌ」両語は、推量の助動詞「ム」を両語ともに承接させて、推量という未来表現を可能にしているという点では共通性を持つが、完了という過去表現に対しては、「死ス」は完了の助動詞「リ」を承接することによって、はじめて「死ヌ」と同価値の表現性を確保していることになる。つまり、「死ス」には、過去（完了）という時間性が欠如しているということになる。


〈その2〉過去の助動詞「キ」が「死ヌ」に承接した例は多いが、「死ス」に承接した例は少ない。

「死ス」が過去の助動詞「キ」に承接した七例中六例までが、蘇生譚（冥土往還）中にあって、自己の蘇生（往

表2

| 部・巻 | 用例 | 未然形 ○死セ＋「ム」 | 未然形 死セ＋「リ」 | 未然形 ○死セ＋「キ」 | 連用形 死シ＋「テ」 | 連用形 死シ＋「給フ」 | 終止形 死ス(終止) | 終止形 ○死ス＋「ト」 | 終止形 死ス＋「ベシ」 | 連体形 死スル＋(体言) | 連体形 ○死スル＋「ト」 | 連体形 ○死スル＋「ヲ」 | 連体形 死スル＋「ゾ」 | 連体形 死スル＋「ナリ」 | 已然形 ○死スル＋「バ」 | 計 | 計 |
|---|---|---|---|---|---|---|---|---|---|---|---|---|---|---|---|---|---|
| 天竺震旦部 | ① | 0 | 0 | 0 | 0 | 0 | 1 | 0 | 0 | 0 | 0 | 0 | 0 | 0 | 0 | 1 | 70 |
| | ② | 0 | 2 | 0 | 2 | 0 | 0 | 0 | 1 | 1 | 0 | 1 | 0 | 0 | 0 | 7 | |
| | ③ | 2 | 0 | 0 | 0 | 0 | 0 | 0 | 0 | 1 | 1 | 0 | 0 | 0 | 0 | 4 | |
| | ④ | 0 | 0 | 0 | 0 | 0 | 1 | 0 | 0 | 0 | 0 | 0 | 0 | 0 | 0 | 1 | |
| | ⑤ | 0 | 0 | 0 | 0 | 0 | 0 | 0 | 0 | 0 | 0 | 0 | 0 | 0 | 0 | 0 | |
| | ⑥ | 1 | 2 | 3 | 4 | 0 | 2 | 1 | 0 | 1 | 0 | 0 | 0 | 0 | 0 | 14 | |
| | ⑦ | 2 | 3 | 2 | 2 | 0 | 0 | 1 | 0 | 1 | 0 | 0 | 0 | 2 | 0 | 13 | |
| | ⑨ | 3 | 9 | 1 | 10 | 0 | 2 | 0 | 0 | 4 | 0 | 0 | 0 | 0 | 0 | 29 | |
| | ⑩ | 0 | 1 | 0 | 0 | 0 | 0 | 0 | 0 | 0 | 0 | 0 | 0 | 0 | 0 | 1 | |
| 本朝仏法部 | ⑪ | 0 | 0 | 0 | 0 | 0 | 2 | 0 | 0 | 0 | 0 | 0 | 0 | 0 | 0 | 2 | 19 |
| | ⑫ | 1 | 0 | 0 | 0 | 0 | 0 | 0 | 0 | 1 | 0 | 0 | 0 | 0 | 0 | 2 | |
| | ⑬ | 0 | 0 | 0 | 0 | 0 | 0 | 0 | 0 | 0 | 0 | 0 | 0 | 0 | 0 | 0 | |
| | ⑭ | 0 | 0 | 0 | 0 | 0 | 0 | 0 | 0 | 0 | 0 | 0 | 1 | 0 | 0 | 1 | |
| | ⑮ | 1 | 0 | 0 | 0 | 0 | 0 | 0 | 0 | 0 | 0 | 0 | 0 | 0 | 1 | 2 | |
| | ⑯ | 0 | 0 | 0 | 0 | 0 | 0 | 0 | 0 | 0 | 0 | 0 | 0 | 0 | 0 | 0 | |
| | ⑰ | 0 | 0 | 0 | 0 | 0 | 3 | 0 | 0 | 0 | 0 | 0 | 0 | 0 | 0 | 3 | |
| | ⑲ | 0 | 0 | 0 | 0 | 0 | 0 | 0 | 0 | 1 | 0 | 0 | 0 | 1 | 0 | 2 | |
| | ⑳ | 0 | 1 | 1 | 0 | 0 | 5 | 0 | 0 | 0 | 0 | 0 | 0 | 0 | 0 | 7 | |
| 本朝世俗部 | ㉒ | 0 | 0 | 0 | 0 | 0 | 0 | 0 | 0 | 0 | 0 | 0 | 0 | 0 | 0 | 0 | 4 |
| | ㉓ | 0 | 0 | 0 | 0 | 0 | 0 | 0 | 0 | 0 | 0 | 0 | 0 | 0 | 0 | 0 | |
| | ㉔ | 0 | 0 | 0 | 0 | 0 | 0 | 0 | 0 | 1 | 0 | 0 | 0 | 0 | 0 | 1 | |
| | ㉕ | 0 | 0 | 0 | 0 | 0 | 0 | 0 | 0 | 0 | 0 | 0 | 0 | 0 | 0 | 0 | |
| | ㉖ | 0 | 0 | 0 | 0 | 1 | 0 | 0 | 0 | 0 | 0 | 0 | 0 | 0 | 0 | 1 | |
| | ㉗ | 0 | 0 | 0 | 0 | 0 | 0 | 0 | 0 | 0 | 0 | 0 | 0 | 0 | 0 | 0 | |
| | ㉘ | 0 | 0 | 0 | 0 | 0 | 1 | 0 | 0 | 0 | 0 | 0 | 0 | 0 | 0 | 1 | |
| | ㉙ | 0 | 0 | 0 | 0 | 0 | 1 | 0 | 0 | 0 | 0 | 0 | 0 | 0 | 0 | 1 | |
| | ㉚ | 0 | 0 | 0 | 0 | 0 | 0 | 0 | 0 | 0 | 0 | 0 | 0 | 0 | 0 | 0 | |
| | ㉛ | 0 | 0 | 0 | 0 | 0 | 0 | 0 | 0 | 0 | 0 | 0 | 0 | 0 | 0 | 0 | |
| 計 | | 10 | 18 | 7 | 18 | 1 | 18 | 0 | 1 | 11 | 1 | 1 | 1 | 1 | 3 | 93 | |

表3

| 部 | 巻（用例） | 未然形 | | | | | 連用形 | | | | | | 終止形 | | | | 連体形 | | | | |
|---|---|---|---|---|---|---|---|---|---|---|---|---|---|---|---|---|---|---|---|---|---|
| | | 死ナ＋「バ」 | 死ナ＋「バヤ」 | 死ナ＋「ム」 | 死ナ＋「ムズ」 | 死ナ＋「マシ」 | ○死ニ＋「キ」 | 死ニ＋「ケリ」 | 死ニ＋「タリ」 | 死ニ＋「ヌ」 | 死ニ＋「ケム」 | 死ニ＋「候フ」 | 死ヌ（終止） | ○死ヌ＋「ト」 | 死ヌ＋「バカリ」 | 死ヌ＋「ラム」 | 死ヌル＋（体言） | 死ヌル（終止） | 死ヌル＋「ト」 | ○死ヌル＋「ヲ」 | 死ヌル＋「ニ」 |
| 天竺震旦部 | ① | 1 | 0 | 4 | 0 | 0 | 0 | 0 | 0 | 0 | 0 | 0 | 2 | 0 | 0 | 0 | 2 | 0 | 0 | 0 | 1 |
| | ② | 3 | 0 | 7 | 0 | 0 | 2 | 0 | 0 | 1 | 0 | 0 | 16 | 0 | 0 | 0 | 4 | 0 | 0 | 0 | 0 |
| | ③ | 0 | 0 | 2 | 0 | 0 | 0 | 0 | 0 | 0 | 0 | 0 | 3 | 1 | 0 | 0 | 2 | 0 | 0 | 0 | 0 |
| | ④ | 1 | 0 | 5 | 0 | 0 | 0 | 0 | 0 | 0 | 0 | 0 | 4 | 0 | 0 | 1 | 4 | 0 | 1 | 4 | 0 |
| | ⑤ | 0 | 0 | 9 | 0 | 0 | 0 | 0 | 0 | 0 | 0 | 0 | 4 | 0 | 0 | 0 | 2 | 0 | 0 | 0 | 0 |
| | ⑥ | 0 | 0 | 3 | 1 | 0 | 0 | 1 | 0 | 0 | 0 | 0 | 15 | 0 | 0 | 0 | 0 | 0 | 0 | 0 | 0 |
| | ⑦ | 2 | 0 | 3 | 0 | 0 | 2 | 1 | 0 | 0 | 0 | 0 | 15 | 1 | 0 | 0 | 0 | 0 | 0 | 0 | 1 |
| | ⑨ | 2 | 0 | 6 | 1 | 0 | 4 | 5 | 0 | 0 | 0 | 0 | 19 | 2 | 0 | 0 | 3 | 0 | 0 | 0 | 0 |
| | ⑩ | 1 | 0 | 5 | 1 | 0 | 6 | 3 | 0 | 0 | 1 | 0 | 10 | 0 | 0 | 0 | 1 | 0 | 0 | 0 | 0 |
| 本朝仏法部 | ⑪ | 1 | 0 | 1 | 0 | 0 | 0 | 1 | 0 | 0 | 1 | 0 | 3 | 0 | 0 | 0 | 2 | 0 | 0 | 0 | 0 |
| | ⑫ | 0 | 0 | 1 | 0 | 0 | 0 | 1 | 0 | 0 | 0 | 0 | 6 | 0 | 0 | 0 | 3 | 0 | 0 | 0 | 0 |
| | ⑬ | 1 | 0 | 4 | 0 | 0 | 2 | 4 | 0 | 0 | 0 | 1 | 6 | 0 | 0 | 0 | 4 | 0 | 0 | 0 | 0 |
| | ⑭ | 1 | 0 | 5 | 0 | 0 | 6 | 1 | 0 | 0 | 0 | 0 | 8 | 0 | 0 | 0 | 1 | 0 | 0 | 0 | 0 |
| | ⑮ | 0 | 1 | 13 | 1 | 0 | 0 | 2 | 0 | 0 | 0 | 0 | 6 | 0 | 0 | 0 | 3 | 0 | 0 | 0 | 0 |
| | ⑯ | 0 | 0 | 13 | 1 | 0 | 2 | 10 | 0 | 0 | 0 | 0 | 6 | 0 | 0 | 0 | 2 | 0 | 0 | 1 | 0 |
| | ⑰ | 0 | 0 | 1 | 0 | 0 | 0 | 1 | 0 | 0 | 0 | 0 | 6 | 0 | 0 | 0 | 1 | 0 | 0 | 0 | 0 |
| | ⑲ | 1 | 0 | 6 | 3 | 0 | 0 | 1 | 0 | 0 | 0 | 0 | 2 | 0 | 0 | 1 | 1 | 0 | 0 | 0 | 0 |
| | ⑳ | 0 | 0 | 8 | 0 | 0 | 1 | 10 | 0 | 0 | 0 | 0 | 6 | 0 | 0 | 0 | 3 | 0 | 0 | 0 | 0 |
| 本朝世俗部 | ㉒ | 0 | 0 | 0 | 0 | 0 | 0 | 0 | 0 | 0 | 0 | 0 | 0 | 0 | 0 | 0 | 0 | 0 | 0 | 0 | 0 |
| | ㉓ | 0 | 0 | 1 | 0 | 0 | 0 | 2 | 0 | 0 | 0 | 0 | 0 | 0 | 0 | 0 | 1 | 0 | 0 | 0 | 0 |
| | ㉔ | 0 | 0 | 2 | 1 | 0 | 0 | 3 | 0 | 0 | 0 | 0 | 5 | 0 | 0 | 0 | 1 | 0 | 0 | 0 | 0 |
| | ㉕ | 0 | 0 | 4 | 0 | 0 | 0 | 2 | 1 | 0 | 0 | 0 | 0 | 0 | 1 | 0 | 3 | 0 | 0 | 0 | 0 |
| | ㉖ | 0 | 0 | 4 | 1 | 0 | 0 | 3 | 0 | 0 | 0 | 0 | 0 | 0 | 0 | 1 | 1 | 0 | 0 | 0 | 0 |
| | ㉗ | 1 | 1 | 1 | 0 | 0 | 1 | 6 | 2 | 0 | 0 | 0 | 0 | 0 | 0 | 0 | 6 | 0 | 0 | 0 | 0 |
| | ㉘ | 0 | 1 | 4 | 0 | 0 | 0 | 0 | 0 | 0 | 0 | 1 | 0 | 0 | 0 | 0 | 4 | 1 | 0 | 0 | 0 |
| | ㉙ | 0 | 0 | 4 | 1 | 1 | 1 | 6 | 0 | 0 | 0 | 0 | 0 | 1 | 0 | 1 | 3 | 0 | 0 | 0 | 0 |
| | ㉚ | 0 | 0 | 4 | 0 | 0 | 0 | 4 | 0 | 0 | 0 | 0 | 0 | 0 | 0 | 1 | 0 | 0 | 0 | 0 | 0 |
| | ㉛ | 0 | 0 | 2 | 0 | 1 | 0 | 3 | 0 | 0 | 0 | 0 | 0 | 0 | 0 | 0 | 2 | 0 | 0 | 0 | 0 |
| 計 | | 15 | 3 | 122 | 11 | 2 | 27 | 70 | 3 | 1 | 2 | 2 | 142 | 5 | 1 | 5 | 59 | 1 | 1 | 5 | 2 |

| 計 | | 連体形 ○死ヌル+「ゾ」 | 連体形 死ヌル+「カ」 | 連体形 死ヌル+「ナリ」 | 已然形 ○死ヌル+「バ」 | 命令形 死ネ+「トヤ」 | 命令形 死ネ+「カシ」 |
|---|---|---|---|---|---|---|---|
| 208 | 11 | 0 | 1 | 0 | 0 | 0 | 0 |
| | 35 | 0 | 0 | 0 | 2 | 0 | 0 |
| | 9 | 0 | 0 | 0 | 1 | 0 | 0 |
| | 21 | 0 | 0 | 1 | 0 | 0 | 0 |
| | 15 | 0 | 0 | 0 | 0 | 0 | 0 |
| | 20 | 0 | 0 | 0 | 0 | 0 | 0 |
| | 26 | 0 | 0 | 0 | 1 | 0 | 0 |
| | 42 | 0 | 0 | 0 | 0 | 0 | 0 |
| | 29 | 1 | 0 | 0 | 0 | 0 | 0 |
| 191 | 9 | 0 | 0 | 0 | 0 | 0 | 0 |
| | 13 | 0 | 0 | 0 | 2 | 0 | 0 |
| | 23 | 0 | 0 | 0 | 1 | 0 | 0 |
| | 24 | 0 | 0 | 1 | 1 | 0 | 0 |
| | 27 | 0 | 0 | 0 | 1 | 0 | 0 |
| | 37 | 1 | 0 | 0 | 1 | 0 | 0 |
| | 10 | 0 | 0 | 1 | 0 | 0 | 0 |
| | 16 | 0 | 0 | 0 | 1 | 0 | 0 |
| | 32 | 0 | 0 | 0 | 4 | 0 | 0 |
| 106 | 0 | 0 | 0 | 0 | 0 | 0 | 0 |
| | 4 | 0 | 0 | 0 | 0 | 0 | 0 |
| | 12 | 0 | 0 | 0 | 0 | 0 | 0 |
| | 11 | 0 | 0 | 0 | 0 | 0 | 0 |
| | 10 | 0 | 0 | 0 | 0 | 0 | 0 |
| | 19 | 0 | 0 | 0 | 0 | 1 | 0 |
| | 12 | 0 | 0 | 0 | 0 | 0 | 1 |
| | 19 | 0 | 0 | 1 | 0 | 0 | 0 |
| | 9 | 0 | 0 | 0 | 0 | 0 | 0 |
| | 10 | 0 | 0 | 1 | 1 | 0 | 0 |
| 505 | | 2 | 1 | 5 | 16 | 1 | 1 |

還）の様子を語る場面の語り始めの常套句として「死セシ時」という句が用いられている。これは、本来の時間とは異質のものであると考えられるので、「死ス」の時間性欠如という面に変わりはない。

〈その3〉接続助詞「バ」に承接して仮定条件句となる例が「死ヌ」には多いが「死ス」にはない。

これは、「死ス」に仮定表現という未来の事態を叙述する語性が備わっていないためであると思われる。

連用形の用法

〈その1〉回想の助動詞「ケリ」が「死ヌ」に承接した例は多いが、「死ス」に承接した例はない。

これは、「死ス」には前述の如く時間性が欠如しており、過去あるいは過去回想というような表現とは結びつきにくいためであると思われる。

巳然形の用法

〈その1〉接続助詞「バ」に承接して確定条件句となる例が「死ヌ」には多いが、「死ス」には少ない。

これは、「死ス」に確定表現という過去の事態を叙述する語性が備わっていないためであると思われる。

その他、「死ス」が本朝仏法部、本朝世俗部で用いられる場合は、「死ス」（終止法）が多い。

## 三

今昔物語集の「死ス」の意味用法について考えてみたい。

まず、次のような用例に注目したい。

(1)産武答テ云ク、「……我レ、産ニ依テ死セリシ也。」（七・26）

(2)七日有テ、遂ニ活テ、親キ族ニ語テ云ク、「我レ、死セシ時ニ、冥官ニ被補レテ、……」（七・30）

(3)今昔、震旦ニ北斉ノ時、一人ノ人有ケリ、……遂ニ死スル時ニ臨テ、……既ニ死セムト為ル時ニ至テ、……守衛ノ人ノ云ク、「此ノ人死シテ三日ニ、……」（七・31）

(4)思一既ニ死セルニ依テ、家ノ人有テ、……思一ガ没後ヲ訪フ。（七・42）

これらは、巻七における「死ス」の用例の中、主人公が蘇生する話の中で用いられているものである。

(5)客、見ツル有様ヲ語ル。家主、悲ミ泣ク事无限シ。其ノ女子死シテ既ニ二年也。（九・19）

(6)士瑜ガ父、此レヲ打ツ。作タル人、子ヲモ親ヲモ大ニ怨テ云ク、「……汝、当ニ死シテ我ガ家ト可成シ。」（九・39）

(5)は「震旦長安人女子、死成羊告客語」、(6)は「震旦卞士瑜父　不償功成牛語」と題目にあるように、これらは、それぞれ主人公が死んで動物として転生した話である。

(7)太子ノ宣ハク、「世間ノ法ハ、一人死ス、一人生レヌ。永ク副フ事有ラムヤ」ト宣テ、（一・4）

(8)太子ノ宣ハク、「初メ有ル者、必ズ終有リ、生ズルハ死ス。此レ、人ノ常ノ道也。……」（十一・1）

これらは、「生ある者は必ず滅ぶ」というような警句を述べたものである。

以上、「死ス」の意味用法の中で、特徴的な用法と思われるものを三つあげてみた。まとめると、一つは蘇生譚（冥土往還）、一つは動物転生譚、一つは対句的表現の警句ということになる。

ここで、「死ス」が、どのような場面・表現の中で用いられているかを、右の分類に従って、集全体について、用例ごとではなく、話ごとにまとめてみる。これは同一話中に複数用いられている場合があるのでそれを配慮するためである。「死ス」が用いられている話数は六二話（九三例）ある。尚、マル数字は説話番号を示す。

〈蘇生譚〉

巻二㉛・巻六⑫㉑㉙㉝㉞㉟㊴・巻七㉓㉖㉚㉛㊷㊽・巻九⑭㉚㊱・巻十⑱・巻十四㉙・巻十五⑲・巻十七⑰㉘

㉙・巻二〇⑮⑯（以上25話）

〈動物転生譚〉

巻九⑩⑲㊴・巻二〇⑳㉑（以上5話）

〈警句〉

巻一④・巻二㉚・巻四㉛・巻十一①・巻二八⑰（以上5話）

〈その他〉

巻二⑦㉑㊵・巻三⑳㉕・巻六⑳・巻七③⑲・巻九④⑦⑧⑫⑮㉝㉟㊸㊹㊺・巻十一⑥・巻十二⑱㉝・巻十五⑤・巻十九㉓㉘・巻二四⑳・巻二六⑱・巻二九㊵（以上27話）

ところで、「死ス」が用いられている六二話中三四話は、「死ヌ」との併用説話である（説話番号に〇の印があるもの）。しかも、〈その他〉とした二七話中十四話が「死ス」「死ヌ」併用説話ということはどのような理由によるのであろうか。

他の和文作品に比べて、特に、「死ス」の多用が目立つ今昔物語集ではあるが、蘇生譚、動物転生譚、警句以外での「死ス」の用法については、今のところ和語動詞「死ヌ」の補助的な役割と見ておく。

ここで、参考までに管見の和文資料の「死ス」の例をあげておく。これらと今昔物語集の「死ス」の用法を比べてみると、和文資料の方には、対句表現、動物の死表現など今昔物語集には見られない用法があることがわかる（◎が対句表現、△が動物の死表現）。

『源氏物語』（源氏物語大成）
○そのころの右大将やまゐしてしし給けるを（若菜上、諸本異同ナシ）
『枕草子』（能因本）
◎女はおのれをよろこぶ者のために顔づくりす。士はおのれを知る者のために死しぬ（一四三段）
『海道記』（海道記総索引）
◎彼は死して去る、これは生きて去る。
○死して後の山路は従はぬ習ひなれば、おくるる恨もいかがせん。
『宇治拾遺物語』（宮内庁書陵部蔵写本上下二冊本）
○せいとく聖と云聖のありけるが、母の死したりければ、ひつぎにうちいれて（19）
△（キジノ）死したるおろして、いりやきしたるには、これまさりたり（59）
○しかも、かれが子をうみそこなひて、死して地獄におちて（83）
△谷の底に、大なる狸、胸よりとがり矢を射通されて、死してふせりけり（104）
『平治物語』（平治物語総索引）
○やまほうしのししたりけるを、でし・どうじゆくあつまりてさうさうして（中）

○（呉王夫差ハ）「こんどはしすべからず」とこたへて、やがてやまふいへければ（下）

『平家物語』（平家物語総索引）

◎すなわち、しするものもあり、ほどへてしぬるものもあり（2）

○ほつきやうしてのち、ごけのにこう、そせうのためにきやうへのぼりたりけるに（9）

◎いきたりともししたりとも、そのゆくゑしらず（12）

◎そわうさいようをあひせしかば、きうちうにうへてしするをんなおほかりき（12）

『徒然草』（烏丸本）

◎はからざるに牛は死し、はからざるにぬしは存ぜり（93）

○身死して財残る事は、智者のせざるところなり（140）

# 四

紅梅文庫旧蔵本今昔物語集を資料にして、今昔物語集の漢語サ変動詞の用法について考えるために、一字漢語サ変動詞「死ス」を和語動詞「死ヌ」との比較を通して分析した。主な結果は次の通りである。

「死ス」と「死ヌ」のように漢語サ変動詞と和語動詞が対応関係にある場合、文法上でも相関関係をなす。すなわち、「死ス」（漢語サ変動詞）の「時間性の欠如」を「死ヌ」（和語動詞）が補っている。ただし「死ス」は完了の助動詞「リ」を承接して、「死ヌ」と文法上等しい関係になる場合もあるが、多くは、過去表現や未来表現等時間に関わる表現はほぼ「死ヌ」専用と言ってよい。

また、「死ス」と「死ヌ」は、意味上の対応関係にあるのではなく、用法上の役割分担をしている。ただし、その分担は「死ヌ」に対して、「死ス」が補助的に用いられている。今昔物語集において「死ス」が用いられる場面は、蘇生譚、動物転生譚、および警句表現の中に限られているように見えるのはそのためである。漢語サ変動詞「死ス」の用法は、他の作品においても作品ごとに特色を持つようにも思われる。

註

（1）日本古典文学大系『今昔物語集一』補注（四二六頁）に次のようにある。

本集における死亡表現の最も普通なるは、いうまでもなくシヌであるが、それに比してシスは漢語に基くが故に何程か生硬な感を禁じ得ない。（略）文脈上、どうしてもサ行三段（変格）でよむべきものはシス（その変化をも含む）とよむことを建前とすべきではあろうが、サ行変格の語感の余りすぐれないと考えた場合は、つとめてナ行変格でよむ原則に従った。

参考文献

佐藤武義「中古の物語における漢語サ変動詞」（『国語学研究』一九六三年三月）
桜井光昭『今昔物語集の語法の研究』（一九六六年）
佐々木峻「漢語動詞と和語動詞との語義上の対応・相関関係続考――三・四の語群について」（『鎌倉時代語研究』一九八〇年）
柚木靖史「平安・鎌倉時代に於ける「念ス」の意味・用法――「オモフ」と比較して」（『国文学攷』一九九九年五月）

# 附　宇治拾遺物語の「死ぬ」「失す」「死す」

## 一

今昔物語集の死亡表現の一つとして、漢語サ変動詞「死ス」は重要であった。それに対して、宇治拾遺物語の死亡表現の主たるものは、和語動詞「死ぬ」（八六例）および「失す」（二七例）であり、漢語サ変動詞「死す」（四例）の用例は少ない。

宇治拾遺物語において、これら三語「死ぬ」「失す」「死す」の動詞は、意味用法上に相違が認められ、明確に使い分けられているようである。そこで、本章では、それぞれの語が担う意味用法上の相違を明らかにしたいと思う。

宇治拾遺物語には、「死ぬ」と「失す」が同一説話中に併用されている説話が四話存する。それは次の通りである（用例の引用は、「古活字本」の本文で示す。以下同じ）。

①「をのれが親の(a)失侍しおりに、世中にあるべき程の物などえさせ置きて、（略）この女のおやの、（略）しかいひをしへ、(b)死ける後にも、この家をもうりうしなはずして」（第八話）

②「をのれが親は、百二十にてなん(a)うせ侍にし。祖父は、百三十ばかりにてぞ(b)うせ給へりし。（略）〈年八十斗なる女〉ふもとに侍る身なれば、山崩なば、うちおほはれて、(c)死もぞすると思へば、（略）これをあざけりわらひしものどもは、みな(d)死にけり（第三〇話）

③「敏行といふ歌よみは、（略）俄に(a)死けり。われは(b)しぬるぞとも思はぬに、（略）これをきくに、(c)しぬべき心ちす。（略）我は(d)死たりけるにこそありけれと心得て、（略）このうけたりける齢、かぎりにやなりにけん、つゐに(e)うせにけり。（略）其経をかゝずして、ついに(f)うせにし罪によりて」（第一〇二話）

④「唐に、なにとかやいふ司になりて、下らんとする者侍き。名をば、けいそくといふ。それがむすめ一人ありけり。（略）十余歳にして(a)うせにけり。（略）その母が夢にみる様、(b)うせにしむすめ、青き衣をきて、（略）〈けいそく〉病になりて(c)しにければ、ゐ中にもくだり侍らずなりにけり」（第一六七話）

これらの「失す」の用法を見ると、死亡者（文中に波線を引いた人物）が、説話の主人公に対して、①(a)・②(a)は「親」、②(b)は「祖父」であり、④(a)(b)は「娘」という関係にある。

それに対して、③(e)(f)の場合は、死亡者が説話の主人公敏行自身であって、「死ぬ」（あるいは「死す」の可能性もあることは、後述する）との使い分けはなされていないように見える。ところが、この説話（第一〇二話）を詳細に見ると、次のようなことがわかる。

すなわち、③(e)の場面は「蘇生」した敏行が「妻子」と語らい、改心を誓うが、結局は、自身の悪行によって再び死ぬという場面である。一方、③(f)の場面は、歌人紀友則の夢の中に現われた敏行が、歌の「師友」である友則に、自身の悪行を恥じて改心し、「蘇生」を願う場面である。つまり、③においては、主人公敏行の死を「死ぬ（死す）」と表現した(a)(b)(c)(d)が、敏行の死を語り手・主人公自身の視点で客観的にとらえた表現になっているのに対して、(e)(f)は、敏行の死を「妻」や「師友」の視点でとらえ、「失す」と表現していることになるのである。

　このような同一説話中における視点の移動という観点で見ると、右の①(a)(b)についても、つまり主人公の「親」の死表現にも関わらず、「死ぬ（死す）」と「失す」が用いられていることの理解ができる。

　ここで、宇治拾遺物語における、その他の「失す」の用例全てについて、同じように主人公と死亡者の関係でとらえ直してまとめてみると、表1のようになる（表中には、右の用例も含めて表示する）。

表1

| 死亡者 | | 説話番号 | 計 |
|---|---|---|---|
| 主人公の肉親 | 〈祖父〉 | 第30話 | 17例 |
| | 〈親〉 | 第8話・第30話・第77話二例・第108話四例・第186話 | |
| | 〈妻〉 | 第59話・第77話 | |
| | 〈子〉 | 第140話・第168話二例 | |
| | 〈兄弟〉 | 第41話・第47話 | |
| 主人公 | 〈殿〉 | 第84話二例・第102話二例・第146話・第187話・第191話 | 10例 |
| | 〈聖〉 | 第7話・第58話 | |
| | 〈僧〉 | 第82話 | |

表の中で、主人公〈殿〉の死亡表現の項の中に入れた第一八七話について、説明を付け加えておく。

この説話の題目は、「頼時が胡人みたる事」とあるように、主人公は頼時である。この説話の冒頭部分と結語部分を次に引用してみる。

今は昔、胡国といふは、唐よりもはるかに北ときくを、陸奥の地につゞきたるにやあらんとて、宗仁法師とて、筑紫にありしが、かたり侍けるなり。この宗仁が父は頼時とて、（略）

さていくばくもなくてぞ、よりときは失にける。それば胡国と日本の東のおく地とは、さしあひてぞあんなると申ける。（第一八七話）

このように、この説話は、他の説話の構成といく分趣きが異なっており、語り手が作中人物でもあり、しかも死亡した頼時の子、宗仁法師自身である。そのため、説話の主人公頼時の死を「失す」と表現したものであろう。同じく、主人公〈殿〉の死亡表現の項の中に入れた第一〇二話の二例の「失す」は、先に見たように、語り手の視点に移動が見られ、主人公自らの死でありながら、「失す」が使われている例である。あるいは、この例と同じように、主人公〈殿〉〈聖〉〈僧〉の項の中に入れた、第一九一話・第七話・第八二話のそれぞれの主人公の死に対して、「失す」が使われているのは、その主人公達に対する「師友」の情とも言うべき視点から、その死を哀惜する表現として選択されたのではないかと推測できる。その他二例についてはー応保留としておく。

次に、「死ぬ」の用法の中にも、右に見たような「失す」の主たる用法、すなわち、主人公の「両親」や「妻子」など、肉親の死に対する死亡表現として用いられる用法と同じものがあるのではないか、ということについて考察しておく。

「死ぬ」の全用例の中、主人公の肉親の死を扱ったものは次の四話である。

〈両親〉

①「この女のおやの、（略）しかいひをしへ、死ける後にも」（第八話）

〈妻〉

①「王のたまふやう、「汝が子をはらみて、産をしそこなひたる女死にたり」（第八三話）

〈子〉

①「あづまの人、「さて、その人は、いま(a)死たまひなんずる人にこそはおはすれ。（略）その女君を、みづからにあづけ給ふべし。(b)死給はんもおなじことにこそおはすれ。（略）「げにまの前に、ゆゝしきさまにて(c)しなんをみんよりは」とて、（略）父母のいふやうは、「身のためにこそ、神も仏もおそろしけれ。(d)しぬる事なれば、今はおそろしきこともなし」（第一一九話）

②「今は昔、遣唐使にて、もろこしにわたりける人の、（略）子をば(a)しなせたれども（略）子(b)しにければ、なにゝかはせん」（第一五六話）

〈両親〉①は、「失す」と併用された例として先に見たように、語り手の客観的表現と思われる。〈妻〉①は、閻魔大王（実は、地蔵菩薩）とその夫藤原広貴との会話中に現われており、大王による客観的表現と解される。

〈子〉①(a)(b)(c)(d)は、年祭の「生贄」として捧げなければならなくなった娘であるが、それを両親や東人が第三者的立場に立って表現しているものと解される。また〈子〉②(a)(b)は、虎のために「食い殺さ」れてしまった子のことを、父親の視点からではなく、語り手の視点で客観的に表現したものと思われる。

以上、分析の結果をまとめてみると、次のようになる。すなわち、宇治拾遺物語の「失す」の主たる用法が、主人公の肉親の死を主人公の視点からとらえた表現になっているのに対して、「死ぬ」は、語り手（あるいは作中人物の場合もある）の視点で、その死を客観的にとらえた表現であると言うことになる。

さて、このことは、今昔物語集との共通説話を比較して得られる、次のような結果からもわかる。すなわち、今昔物語集において、宇治拾遺物語と対応する箇所が「死ぬ」と表現されているのに、宇治拾遺物語の該当箇所では「失す」となっているものがある。用例を次にあげておく（今昔物語集の本文は、「大系本」による）。

①をのれが親は、百二十にてなんうせ侍にし。祖父は、百三十ばかりにてうせ給へりし（第三〇話）
己レガ父ハ百廿ニテナム死ニシ。祖父ハ百卅ニテナム死ニシ（十・36）

②供養したてまつりなどして、いくばくもへぬ程に、父うせにけり。それだに思ひなげくに、引つゞくやうに、母もうせにければ（第一〇八話）
供養シテ後チ、幾ク不経シテ父死ニケリ。娘、此レヲ思ヒ歎ケル間ニ、先无、亦、母モ死ニケリ（十六・7）

③十余歳にしてうせにけり。父母、泣きかなしむことかぎりなし。（略）その母が夢にみる様、うせにしむすめ、青き衣をきて（第一六七話）
而ルニ、幼クシテ死ヌ。父母、此ヲ惜ミ悲ム事无限シ。（略）其ノ母、前ノ夜ノ夢ニ、死ニシ娘、青キ衣ヲ

着テ（九・18）

④さていくばくもなくてぞ、よりときは失にける（第一八七話）

其ノ後、幾ノ程モ不経シテ、頼時ハ死ニケリ（三一・11）

これら①から④の用例は全て、祖父・父母・子と主人公の肉親（④については前述した）の死を述べた場面である。このように今昔物語集との共通説話の比較の結果からも、宇治拾遺物語の「失す」が、前述したような新しい意味用法を確保し、「死ぬ」と用法上、その役割を分担していることがわかる。

## 二

宇治拾遺物語には、「死ぬ・死す」の用例が全体で九〇例存する。「古活字本」における、これらの語を活用形ごとに整理（「死ぬ・死す」に承接する最初の助詞・助動詞によって分類する）すると次のようになる。ただし、以下の考察の都合上、〈連用形〉のみ別表にまとめる（表中の数字は、用例数を示す）。

表2、表3を見てわかるように、「死ぬ」と「死す」の認定で問題となるのは、表2に示した「死―けり」「死―たり」「死―ぬ」「死―て」「死―給ふ」「死―侍り」の六種類である。これらは、『宇治拾遺物語総索引』では全て和語動詞「死ぬ」の連用形「シニ」と読まれている。ところが、表からもわかるように、動詞「死ぬ・死す」が助動詞「たり」（全八例）および助詞「て」（全四例）に承接する場合には、「死す」が付いた例も存するのである。

助動詞「たり」および助詞「て」に承接した用例は次の通りである。尚、引用文中に波線を引いた人物（動物）が死亡者（動物を含む）である。

表2

| | | 未然形 | | 終止形 | | 連体形 | | 已然形 | |
|---|---|---|---|---|---|---|---|---|---|
| 漢字表記 | | 死なーむ | 6 | 死ぬーべし | 4 | 死ぬるー体言 | 1 | | |
| | | | | | | 死ぬるーに | 1 | | |
| 仮名表記 | | しなーむ | 7 | しぬ | 1 | しぬるー体言 | 4 | しぬれーば | 3 |
| | | しなーず | 1 | しぬーべし | 8 | しぬるーやらん | 1 | しぬれーども | 1 |
| | | しなーす | 1 | しぬーべかり | 3 | しぬるーぞ | 1 | | |
| | | しなーば | 2 | しぬーとも | 1 | | | | |

表3　連用形

| | | | | | | | |
|---|---|---|---|---|---|---|---|
| 死ぬ | 死にーけり | 6 | 死にーたり | 1 | | | | |
| | しにーけり | 3 | | | | | | |
| | 死ーけり | 7 | 死ーたり | 6 | 死ーぬ | 4 | 死ーて | 2 |
| 死す | | | ししーたり | 1 | | | ししーてー | 1 |
| | | | | | しに（中止法） | 1 | しにーに | 1 |
| | 死ー給ふ | 4 | 死ー侍り | 3 | | | | |

「死に—たり」

①「王のたまふやう、「汝が子をはらみて、産をしそこなひたる女死にたり」（第八三話）

「死—たり」

①「此厚行、とぶらひにゆきて、（略）「この(a)死たる親〈隣人〉を出さんに、（略）吾こどもに云やう、「隣のぬしの(b)死たる、いとほしければ」（第二四話）

②「妻子なきあひける二日といふに、（略）さは、我〈敏行朝臣〉は死たりけるにこそありけれと心得て」（第一〇二話）

③「その草の葉の、かへるの上にかゝりければ、かへる、まひらにひしげて、死たりけり」（第一二七話）

④「かたみにきり会て〈三人の盗人〉死たるかと見れば、おなじたちのつかひざま也」（第一三三話）

⑤「弟子の僧、いきたるにもあらず、死たるにもあらずおぼえけり」（第一七四話）

「しし—たり」

①「今は昔、せいとく聖と云聖のありけるが、母のしゝたりければ、ひつぎにうちいれて、たゞひとりあたごの山にもてゆきて」（第一九話）

②「人々心みさせたりければ、「ことの外に侍けり。〈雉子〉しゝたるおろして、いりやきしたるには、これはまさりたり」（第五九話）

「死—て」

①「此専当法師、やまひつきて、命おはりぬ。（略）死て六日といふ日の未の時ばかりに、にはかに、此くはんはたらく」（第四六話）

②「是も今は昔、藤原広貴といふ者ありけり。死て閻魔の庁にめされて、王の御前とおぼしき所に参りたるに」（第八三話）

「しし―て」

①「つまのうたへ申心は、「（略）かれが子を産そこなひて、死して地獄におちて、かゝるたへがたき苦をうけ候へども」（第八三話）

②「谷の底に、大なる狸、むねよりとがりやをいとをされて、しゝてふせりけり」（第一〇四話）

右の用例の中で、まず、漢語サ変動詞「死す」の用例（「しし―たり」①②、「しし―て」①②）から検討することにする。『宇治拾遺物語総索引』（底本は「古活字本」である）では、「死す」はこの四例のみである。ちなみに、「陽明文庫本」および「写本二冊本」では、この四例の中の一例のみ（右の引用例中の「死し―て」①のみ）は明らかにサ変動詞と解されるが、他の三例は、「死―たり」二例、「死―て」となっており、どちらかの判断がつかない。その他、漢語サ変動詞と解されるものはない。

「古活字本」の四例を検討してみると、これらには、次のような特徴が見られる。

「しし―たり」①の用例は、清徳聖が、死んだ母を棺に入れて供養していたが、三年たったある日、その母が「蘇生」して、自分自身が成仏できたことを息子の聖に知らせたことから始まる内容の説話。「しし―たり」②は、動物（雉子）の死。「しし―て」①は、地獄に落ちて苦しんでいる妻を見て、改心した夫が「蘇生」する話。「しし―て」②は、動物（狸）の死。

すなわち、宇治拾遺物語における「死す」の用法は、⑴蘇生譚の中で用いられる、⑵動物の死表現として用いられる、という二点にまとめることができる。

すると、「死ぬ」か「死す」か存疑とした右の諸例の中、第四六話（「死―て」①）、第八三話（「死―て」②）、第一〇二話（「死―たり」②）の三話は、それぞれ主人公専当法師、藤原広貴、敏行朝臣が蘇生する蘇生譚である。また、第一二七話（「死―たり」③）は、動物（蛙）の死を表現したものである。これらは、漢語サ変動詞「死す」と認定してよいと考える。

ところで、「死ぬ」の用例の中には、蘇生譚（第一〇二話）にも関わらず、「死ぬ」が用いられていると思われるもの、あるいは、動物の死（第九六話、第一五五話、第一九六話）にも関わらず、「死ぬ」が用いられているものが存する。これについて検討しておく。用例は次の通りである。

〈蘇生〉

①「是も今は昔、敏行といふ歌よみは、（略）かゝる程に、俄に(a)死けり。われは(b)しぬるぞとも思はぬに、俄にからめて引はりて、（略）身もきるやうに、心もしみこほりて、これをきくに、(c)しぬべき心ちす」（第一〇二話）

〈動物〉

①「このむま、にはかにたふれて、たゞしにゝしぬれば、（略）このおとこみて、この馬、わが馬にならんとて死ぬるにこそあんのめれ。（略）けふかくしぬれば、（略）いみじき御むまかなと見侍りつるに、はかなくしぬる事、命ある物はあさましきことなり」（第九六話）

②「この男の云やう、「あの虎にあひて、一矢を射てしなばや。虎かしこくば、共にこそしなめ。（略）つゐ

にはそのどくのゆへにしぬれども、（略）日本の人は、我命しなんをも露おしまず」（第一五五話）

③「鮒の云、「我は、（略）喉かはき、しなんとす。われをたすけよと思て、よびつる也」といふ」（第一九六話）

宇治拾遺物語における死亡表現を考える場合、第一〇二話〈蘇生〉①は面白い説話である。すなわち、この説話の中には、主人公敏行朝臣の死を場面・状況に応じて、「死ぬ」三例、「死す」一例（前述）、「失す」二例（前述）と使い分けているように思われるのである。すなわち右の用例の中、(a)「死けり」は、漢語サ変動詞で読むべきかどうかは判断が難しいが、「シシケリ」の接続が他に見あたらないので、一応従来通り「シニケリ」と読んでおく。(b)(c)は、主人公の心話表現中のもの（自身の死）であるので、「死ぬ」が用いられたものと解される。〈動物〉①②③の中で、②は、虎退治の方法を述べている箇所であるので、虎の死を客観的に表現したものと見ることができる。③は、鮒が擬人化されており、その鮒の発言部に用いられている。このように解すれば、この二箇所の場面で「死す」ではなく「死ぬ」が用いられていることは理解できる。①については、存疑としておく。

## 三

宇治拾遺物語の死亡表現動詞「死ぬ」「失す」「死す」の意味用法上の相違を明らかにすべく稿を起こした。その結果、これら三語の使い分けの基準は、用法上の使い分け（意味特徴の差異）基準によるのではないかということがわかった。

それは、次のような規準であった。

⑴「死ぬ」は、説話の語り手あるいは主人公自身（心話表現中の場合）が、人間・動物の死を問わず、その死を語り手の視点で客観的にとらえた表現にする場面に用いる。

⑵「失す」は、説話の主人公の肉親の死を主人公の視点でとらえた表現の場面に用いる。また、主人公自身の死の場合は、それとは反対の視点（肉親・師弟関係の場合など）でとらえなおされた表現となる。

⑶「死す」は、人間の場合は、蘇生説話（蘇生譚）の中だけで語り手の客観的な死亡表現として用いられる。あわせて動物の死表現としても用いられることがある。

尚、和語動詞「死ぬ」と漢語サ変動詞「死す」の使い分けは、文体の違いによるのではないかという推測も成り立つかと思うが、宇治拾遺物語においては、そのような傾向は見られなかった。今昔物語集の使い方と異なることは確かである。

参考文献

藤井俊博『今昔物語集の表現形成』（二〇〇三年）

# 第三章　今昔物語集の仏教用語の受容

## 一

今昔物語集の漢語について論じたものに、桜井光昭著『今昔物語集の語法の研究』（一九六六年）がある。その中で、氏は漢語サ変動詞を一字漢語（一四九語）・二字漢語（三七四語）・三字以上漢語（四一語）に分け、それらの漢語（二字漢語のみ）の意味・熟合度等について考察された。また、有賀嘉寿子氏は、「今昔物語集の語彙」（『講座日本語の語彙』第三巻　一九八二年）において、今昔物語集の漢語を名詞（六八三二語）、動詞（七九五語）、形容詞（九二語）、形容動詞（一三二語）、副詞（四五語）、その他（十三語）に分類し、各品詞の「漢語比」（各品詞ごとの異なり数に対する漢語の割合）なるものを出しておられる。他にも多くの今昔物語集の漢語研究の成果が公表されている。

これら先学諸氏の成果を踏まえて、新たに今昔物語集の漢語と文体との関係について、「仏教用語」の受容という面から、その特徴を明らかにしたいと思う。尚、「仏教用語」とは、峰岸明氏が「和漢混淆文の語彙」（『日本の説話』第七巻　一九七四年）で提唱された「仏典系漢語」（「漢籍系漢語」・「日常漢語」に対して用いられた用語で、その出自が仏典（に求められる漢語）とほぼ重なるものである。あるいは、単に「仏教語」とされているものとも近い関係にあるのであるが、今昔物語集における意味用法を考慮して、「仏教用語」という用語を用いることにした。

研究方法は、次の二通りの方法を用いる。まず、今昔物語集巻十五の全五四話中三一話の典拠と目され、今昔物語集仏法部の文体形成に深く関わっていると考えられる『日本往生極楽記』を資料にして、その中の「仏教用語」を含む句と今昔物語集の該当本文を比較対照し、今昔物語集がそれらの漢語をどのように受容しているか（翻訳態度）を考察する。次に、日本往生極楽記中の「死」（極楽往生）を意味する用語を抽出し、それらを今昔物語集がどのように受容しているかを検討し、その特色を明らかにしたい。

尚、本章を作成するにあたり、仏教語「命終」の今昔物語集における受容の実態（天竺震旦部は「命終ス」、本朝仏法部は「命終ル」を用いている）を明らかにされた小久保崇明氏「今昔物語集の語法「只今、命終リナムトス」「命終ル」の発生と、その位相について」（『日大理学部研究年報』二八　一九八〇年二月）を参考にさせていただいた。また、今昔物語集の複合動詞の中には、編者が典拠文献の漢語の「翻訳」によって産み出した語が多く含まれていることを指摘された藤井俊博氏の「今昔物語集の翻訳語について」（『国語語彙史の研究』第十一巻　一九九〇年）等の一連の論文も参考になった。

また、今昔物語集の漢語（字音語・字音語を語幹とする語等）の認定は、『今昔物語集自立語索引』（一九八二年）、『今昔物語集漢字索引』（一九八四年）等による。

## 二

『日本往生極楽記』中の「仏教用語」（二字漢語のみ）を今昔物語集がどのように受容しているかを調査し、分類した結果は次の通りである。ただし、以下には、『日本往生極楽記』の漢語を今昔物語集が別の用語、表現で受容しているもののみを掲載することとする。すなはち、典拠の用語をそのまま受け入れているものが除かれている。また、漢語に○印が付いているものは、中村元氏『佛教語大辞典』に掲載されている漢語（「仏教用語」）であり、△印が付いているものは、非「仏教用語」（『佛教語大辞典』には掲載されていないが、諸橋轍次著『大漢和辞典』には掲載されている語）であることを示す。今昔物語集の「仏教用語」受容の特色を明らかにするために併せて掲載する。

［動詞］

①—1和語動詞（単語）

○迎接　↓迎ふ、○建立　↓起つ、○罪報　↓罪、○遷化（二例）　↓失す、
○即世（六例）　↓死ぬ（二例）・失す（四例）、○入滅（八例）　↓死ぬ（三例）・失す（五例）、○平復　↓癒ゆ、
○爛壊　↓乱る、○思量　↓量らふ、○開示　↓教ふ　……十語
△帰来　↓返る、△居住　↓住む　……二語

①—2和語動詞（複合語）

○隠居　↓篭り居る、○浣濯　↓洗ひ浄む、○集会　↓集り来る、○招集　↓呼び集む、

○抄出　↓書き出す、○辛苦　↓苦しび煩ふ、○随喜（三例）　↓悲しび貴ぶ（二例）・貴び悲しぶ、

○覚知　↓学び知る　……八語

△哀哭　↓泣き悲しむ、△帰去　↓返り去る、△蟄居　↓篭り居る、△悲泣　↓泣き悲しむ、

△披見（二例）　↓披き見る・開き見る、△飛去　↓飛び行く、△飛来　↓飛び来る、△疲労　↓痩せ疲る

……八語

②―1漢語サ変動詞（語幹が同じ）

○囲繞（二例）　↓囲繞す、○廻向　↓廻向す、○往生（七例）　↓往生す、○観念　↓観念す、

○祈念　↓祈念す、○供養（二例）　↓供養す、○決定　↓決定す、○散乱　↓散乱す、○持斎　↓持斎す、

○出家（四例）　↓出家す、○修学　↓修学す、○染着　↓染着す、○入滅（二例）　↓入滅す、

○沐浴（三例）　↓沐浴す　……十四語

△頭痛　↓頭痛す、△養育　↓養育す　……二語

②―2漢語サ変動詞（語幹が異なる）

○安座　↓端座す、○行法　↓学問す、○荼毘　↓葬す、○現前　↓現ず　……四語

△移住　↓移り住す、△有娠　↓懐妊す、△洗浴　↓沐浴す、△寄居　↓寄宿す、△脱俗　↓出家す、

△彫剋　↓現ず、△論談　↓談ず　……七語

③動詞句

○合掌　↓掌を合す、○読経（二例）　↓経を読む・経を誦す、

○念仏（十例）　↓仏を念ず・念仏を唱ふ（七例）・念仏を修す（二例）、○発心　↓心を発す、

○高声　↓音を挙ぐ、○誓願　↓誓を発す、○念誦　↓行法を修す、○布施　↓物を与ふ、
○遷化　↓命終わる、○入滅　↓命終わる、○命終（九例）↓命終わる、○引摂　↓助けて迎ふ、
○狂言　↓狂ひて云ふ、○来迎　↓来りて迎ふ、○入道　↓髪を剃りて尼と成る　……十五語
△仮寝　↓仮りそめに寝る、△言語（二例）↓物云ふ、△翔舞　↓翔びて舞ひ遊ぶ、△適人　↓人に嫁す、
△読書（二例）↓書を読む・文書を学び読む、△晩年　↓老に臨む、△臥病（三例）↓病を受く、
△綿綴　↓命終わる　……八語

［名詞］
①和語名詞
○行年（三例）↓年、○光明（二例）↓光、○五戒　↓戒、○罪報　↓罪、○慈母　↓母、
○心意（二例）↓心、○世間　↓世、○童子　↓童、○閻浮（二例）↓此の土・此の界、
○自他　↓我（も）人（も）、○天上　↓空　……十一語
△羽翼　↓羽、△寡居　↓寡、△画工　↓絵師、△花片　↓花、△頃年　↓年頃、△失火　↓火事、
△床第　↓床、△春秋（二例）↓年、△数十（二例）↓数、△素性　↓心、△短慮　↓心、△停滞　↓滞り、
△都鄙　↓京・田舎、△暮年（三例）↓老い、△老嫗　↓嫗　……十五語
②漢語名詞
○伎楽　↓音楽、○群生　↓○衆生、○沙門　↓○入道、○書案　↓○法文、○聖僧　↓○聖人、
○上人（二例）↓○聖人、○少壮　↓幼、○少年　↓幼、○釈教　↓○法文、○信心　↓○道心、

○水獎（二例）　↓飲食、○童子　↓○天童、○微細　↓○微妙、○仏堂　↓堂、○房舎　↓房　……十五語

△飲食　↓飯食、△食飯　↓飲食、△雲気　↓○紫雲、△往年　↓先年、△晨昏（二例）　↓朝暮　……五語

③名詞句

○往年　↓若□時、○家族　↓親キ族、○苦痛　↓苦ブ所、○死期　↓死ナムト為ル事、○所行　↓勤ル所、

○白衣　↓白キ衣、○生前　↓生タリシ時、

○宝車（五例）　↓微妙ノ宝ヲ以テ飾レル車（四例）・宝ヲ以テ嚴レル輿、○問訊　↓問ヒ聞カス事……九語

△飲食　↓飲食スル事、△奇香　↓艶ズ馥シキ香、△香気　↓艶ズ馥シキ香、△□尺　↓狭キ所、

△掌中　↓掌ノ中、△悩気　↓悩ミ煩フ事、△明旦　↓明ル朝、△恪惜　↓物ヲ惜ミ貪ル事、

△伶倫　↓天人ノ如クナル人　……九語

［形容詞］

○少年（二例）　↓幼し・若し　……一語

△潔白　↓浄し　……一語

［形容動詞］

○鮮妍　↓鮮かなり、○分明　↓明かなり　……二語

［副詞］

○一心　↓諸共に、○決定　↓必ず、○忽然　↓忽に、○本性　↓本より　……四語

△響応　↓忽に、△忽焉　↓忽に、　↓△髣髴　↓髴に　……四語

以上によって、『日本往生極楽記』中の「仏教用語」の今昔物語集における受容方法の特徴を、非「仏教用語」の受容と比較しながらまとめてみると、次のようになる。

（1）漢語サ変動詞化

［動詞］の受容の特徴は、上記の分類では、①和語動詞（複合動詞を含む）十八例、②漢語サ変動詞十八例、③動詞句十五例となり、大きな差異は認められないが、非「仏教用語」の受容と比較してみると、「仏教用語」（動詞）は漢語サ変動詞の語幹として、そのまま受け入れられる場合が多いという傾向が認められる（②漢語サ変動詞中の例、「仏教用語」十四例に対して、非「仏教用語」二例）。しかも、非「仏教用語」を漢語サ変動詞として受け入れる場合においても、語幹を「仏教用語」に換えている例（②漢語サ変動詞中の例、沐浴ス・出家ス等）が存するように、「仏教用語」（動詞）の受容方法の一つとして、漢語サ変動詞化という方法がとられたものと考えられる。ただし、仏教説話（往生譚）のキーワードの一つである「念仏」を、今昔物語集では漢語サ変動詞「念仏ス」（今昔物語集全体で巻十九第37話の一例のみ）で受容せず、「念仏ヲ唱フ」「念仏ヲ修ス」「仏ヲ念ズ」（③動詞句）と翻訳し、今昔物語集の特色ある固有の表現を形成していることは注目される。その他、①和語動詞（複合語）に見られるような複合動詞化の現象も特色の一つとしてあげることができる。

（2）他の仏教用語への置換

［名詞］の受容の特徴は、上記の分類では、①和語名詞十一例、②漢語名詞十五例、③名詞句九例となり、大きな差異は認められないが、今昔物語集が依拠した漢字文献の「仏教用語」をそのまま受け入れるのではなく、

「他の仏教用語」に換えて受け入れるという傾向が認められる（②漢語名詞中の例、衆生・聖人・天童・道心・入道・法文・微妙等一五例中九例）。しかも、非「仏教用語」を受け入れる場合においても、「仏教用語」に換えている例（②漢語名詞中の例、紫雲等）が存するように、「仏教用語」（名詞）の受容態度は、出典の用語をそのまま受容するのではなく、編者の用語に変換して受け入れたものと考えられる。ただし、今回の報告では、出典の用語をそのまま受け入れた「仏教用語」については掲載していないのであるが、それらの諸語も編者の使用語彙と認めてよいと考えられる。

（3）和語への変換

［形容詞］［形容動詞］［副詞］の受容の特徴は、［動詞］［名詞］の場合にも言えるのであるが、特に、和語への変換という傾向が強いように思われる。

## 三

『日本往生極楽記』中の「死」（極楽往生）を意味する用語を今昔物語集がどのように受容しているのかということについて、検討してみたい。上段に、『日本往生極楽記』の用例（「意味」とあるものは、『佛教語大辞典』、『大漢和辞典』等を参考にした）および往生者名（数字は、『日本往生極楽記』の説話番号を示す）をあげ、下段に、それぞれに対応する今昔物語集本文をあげる。尚、各用語に付した○印および△印は前述の通り。

○往生（意味：この世で死んで、極楽浄土などに往き生まれること）

往生（極楽）　加賀国一婦女（42）　極楽ニ往生セムト
　法広寺住僧平珍（24）　極楽ニ往生セムト
　石山寺真頼法師妹女（32）　往生シニケリ
　加賀国一婦女（42）　極楽ニ可往生キ機縁有ケリ
往生（極楽之人）　延暦寺東塔住僧某甲（12）　極楽ニ往生スル人
往生（者）　石山寺真頼法師一族（32）　往生ノ人
往生（之相）　大日寺僧広道（21）　極楽ニ可往生キ相
往生（之瑞）　女弟子藤原氏（39）　可往生キ相
往生（之時）　尼某甲（31）　往生ノ時
　女弟子藤原氏（39）　往生ノ時

○入滅（意味：聖者・高僧が死ぬこと。死ぬこと）

入滅　延暦寺定心院十禅師成意（10）　（西ニ向テ）掌ヲ合テ居乍ラ失
　元興寺僧頼光（11）　既ニ死ヌ
　延暦寺東塔住僧某甲（12）　既ニ死ニケリト
　凡釈寺十禅師兼算（13）　西ニ向テ（其ノ印不乱ズシテ）失ニケリ
　石山寺僧真頼（20）　死ナムトス

| | | |
|---|---|---|
| | 大日寺僧広道（21） | 失ケリ |
| | 尼某甲（31） | 念仏唱ヘテ失ニケリ |
| | 伊勢国一老婦（41） | 居乍ラ失ニケリ |
| 入滅（之時） | 法広寺住僧平珍（24） | 命終ラム時 |
| 入滅（之日） | 延暦寺沙門真覚（27） | 入滅スル日 |
| 入滅（之夜） | 延暦寺沙門真覚（27） | 入滅シニケリ（其ノ夜） |
| 入滅（之瑞） | 沙弥尋祐（29） | 極楽往生ノ瑞相 |

○命終（意味：命の終わること。死ぬこと）

| | | |
|---|---|---|
| 命終 | 律師隆海（5） | 命終ラムト為ル時ニ臨テ |
| | 東大寺戒壇和尚律師明祐（8） | 命終ラム期 |
| | 法広寺住僧平珍（24） | 命終ラムト為ル時ニ臨テ |
| 命終（之日） | 僧都済源（9） | 命終ラムト為ル時 |
| | 延暦寺僧明靖（19） | 命終ラムト為ル時 |
| | 石山寺僧真頼（20） | 命終ラムト為ル日 |
| 命終（之時） | 尼某甲（32） | 命終ル時ニ臨テ |
| | 近江国女人（40） | 命終ル時 |
| 命終（之後） | 延暦寺阿闍梨伝燈大法師位千観（18） | 命終リテ後 |

○即世（意味：死ぬこと）

即世　東大寺戒壇和尚律師明祐（8）　念仏ヲ唱ヘテ失ニケリ

大日寺僧広道母（21）　遂ニ死ヌ

沙門増祐（25）　念仏ヲ唱ヘテ失ニケリ

女弟子小野氏（38）　遂ニ死ヌ

女弟子藤原氏（39）　終リ貴クシテ失ニケリ

加賀国一婦女（42）　終リ貴クシテ失ニケリ

○遷化（意味：高僧が死ぬこと）

遷化　延暦寺定心院十禅師春素（15）　西ニ向テ端座シテ掌ヲ合セテ失ニケリ

延暦寺沙門増祐（26）　失ニケリ

遷化（之時）　延暦寺阿闍梨伝燈大法師位千観（18）　命終ラムト為ル時

○臨終（意味：命の終わる時。死ぬ間際）

臨終　土人越智益躬（36）　命終ラムト為ル時ニ臨テ

臨終（之時）　延暦寺沙門真覚（27）　命終ラムト為ル時ニ臨テ

○死（意味：死ぬこと）

死　小松寺住僧玄海（26）　死ニタリト

死（期）　沙門増祐（25）　死ナムト為ル事

○終（意味：死後に存在しないこと）

終　凡釈寺十禅師兼算（13）　既ニ命終リナムト為ルニ

延暦寺　厳院十禅師尋静（14）　（西ニ向テ掌ヲ合テ）失ニケリ

女弟子伴氏（37）　（西ニ向テ）念仏ヲ唱ヘテ失ニケリ

△気絶（意味：息が絶えること。死ぬこと）

気絶　律師隆海（5）　西ニ向テ（端座シテ）失ニケリ

延暦寺僧明靖（19）　（西ニ向テ）端座シテ掌ヲ合セテ失ニケリ

石山寺僧真頼（20）　（西ニ向テ）端座シテ掌ヲ合セテ（念佛ヲ唱テ）失ニケリ

法広寺住僧平珍（24）　西ニ向テ端座シテ掌ヲ合テ（念佛ヲ唱テ）失ニケリ

尼某甲（30）　西ニ向テ失ニケリ

源憩（35）　（西ニ向テ）端座シテ掌ヲ合セテ失ニケリ

△逝去（意味：死ぬこと）
逝去　元興寺僧頼光（11）　死ニテ
△卒（意味：貴人が死ぬこと）
卒　宮内卿従四位下高階真人良臣（33）　失ニケリ

以上のように、『日本往生極楽記』には、「死」（極楽往生）を意味する用語で、今昔物語集本文との対応があるものだけでも、「往生」、「入滅」、「命終」、「即世」、「遷化」、「臨終」、「死」、「終」（以上、「仏教用語」）、「気絶」、「逝去」、「卒」（以上、非「仏教用語」）十一語あり[1]、その他、辞典類に記載がないので、ここでは取り上げなかったもの（「気止」、「就命」、「得往生」、「詣極楽」、「楽極楽」、「期極楽」、「慕極楽」）[2]、あるいは今昔物語集本文との対応がないもの（「薨」、「唱滅」）を含めるとその数は非常に多い。これら諸語（句）の『日本往生極楽記』における意味用法については、今後の研究課題としなければならないのであるが、それに対応する今昔物語集の表現について、以下、考察する。

『日本往生極楽記』と今昔物語集の用語の対応関係（前掲資料の他に、対応関係が認められるがここでは取り上げなかった上記七語（句）を含む）を、今昔物語集の表現を中心にまとめてみると、次のようになる。尚、カッコの中の数字は、『日本往生極楽記』中の用例数を示す。

①「失ス」　気絶（六例）・入滅（五例）・即世（四例）・遷化（二例）・終（二例）・卒（一例）・気止（一例）

②「命終ル」　命終（九例）・臨終（二例）・遷化（一例）・終（一例）・就命（一例）
③「死ヌ」　入滅（三例）・即世（二例）・死（二例）・逝去（一例）
④「往生ス」　往生（七例）・詣極楽（四例）・楽極楽（一例）・期極楽（一例）
＊「往生」　往生（三例）・得往生（一例
⑤「入滅ス」　入滅（二例）

このように、『日本往生極楽記』中の「死」（極楽往生）を意味する用語（十九語）に対して、今昔物語集の編者は、「往生」を名詞として受容した例（「往生」、「往生極楽ノ事」、「往生ノ人」、「往生ノ時」）を除くと、「失す」（二〇例）、「命終る」（十三例）、「死ぬ」（八例）、「往生す」（七例）、「入滅す」（二例）のわずか五種類の動詞（句）で対応していることがわかる。しかも、これらの用語の使い分けは、往生者の貴賤・身分差に応じたものではなく、また、「往生極楽　極楽ニ往生ス」、「入滅　居乍ラニ失ス」、「命終　命終ラムト為ル時ニ臨テ」、「即世　終リ貴クテ失ス」、「臨終　命終ラムト為ル時ニ臨テ」、「気絶　西ニ向テ端座シテ掌ヲ合セテ念佛ヲ唱テ失ス」のように、用語の対応関係が固定的なものも含まれている。これらのことは、今昔物語集と出典（漢文）の用語との関係を考えるのに示唆的である。すなはち、今昔物語集の編者は、はじめから典拠文献の用語に依るのではなく、「死」（極楽往生）を意味する編者の表現をいくつか既に用意しており、あとはそれらの表現形式をそれぞれの場面に応じて使い分けるという作業を繰り返したのではないかと考えられるのである。すなわち、今昔物語集における極楽往生を遂げるまでの表現は、

①「極楽ニ往生セムトス」（「極楽ニ往生セムト願フ」）

②「命終ラムト為ル時ニ臨テ」

③「西ニ向テ…念仏ヲ唱テ失ス」（「死ヌ」）

④「極楽ニ往生ス」（「入滅ス」）

という①〜④の過程を経て完成するという表現上のパターン化がなされていると言うことである。今後の課題は、これらの表現が国語表現史上どのように位置付けられるのかを解明していくことである。

## 四

今昔物語集における『日本往生極楽記』中の「仏教用語」の受容の実態を報告し、今昔物語集の表現、用語の選択と出典（漢字文献）との関わりを考察した。ここで、結論をまとめてみると次のようになる。

①今昔物語集における出典文献の「仏教用語」の受容方法には、「和文語」による翻訳、「他の漢語（漢語サ変動詞を含む）」による翻訳、「類似表現（訓読表現を含む）」による翻訳等がある。ただし、これは「仏教用語」受容にだけ見られる方法というわけではなく、非「仏教用語」受容にも見られる方法である。その中で、「仏教用語」受容の特色としては、漢語サ変動詞化と他の仏教用語への置換という二つの方法をあげておきたい。このことは、いち早く和文への定着を果たした一字漢語サ変動詞に対して、二字漢語サ変動詞の和文（特に、和漢混交文）への定着を考えるのに示唆的である。

②今昔物語集における「極楽往生」表現と出典文献（往生伝類）のキーワードの一つであるこれらの用語（漢語）に捉われることなく、今昔物語集固有（出典文献に対して）の翻訳・表現化が試みられていることがわかる。このことは、今昔物語集の表現・文体の成立、あるいは今昔物語集の編纂目的等をあらためて問いなおすのに示唆的である。

註

（1）『日本往生極楽記』の用例（上段）と今昔物語集の用例（下段）の対応関係と用例数をまとめると次のようになる。尚、各用語に付した○印および△印は前述の通り。

○往生　①（極楽ニ）往生ス　……七例
　　　　②往生　……三例
○入滅　（西ニ向テ・掌ヲ合セテ・居乍ラ）失ス　……五例
　　　　（既ニ）死ヌ　……三例
　　　　入滅ス　……二例
○命終　①命終ル　……九例
○即世　①（掌ヲ合セテ・終リ貴クテ）失ス　……四例
　　　　②（既ニ）死ヌ　……二例
○遷化　①（西ニ向テ・端座シテ・掌ヲ合セテ）失ス　……二例
　　　　②命終ル　……一例
○臨終　①命終ル　……二例
○死　①死ヌ　……二例
○終　①（西ニ向テ・掌ヲ合セテ・念仏ヲ唱テ）失ス　……二例

　　②命終ル……一例
△気絶　①(西ニ向テ・端座シテ・掌ヲ合セテ・念仏ヲ唱テ）失ス……六例
△逝去　①死ヌ……一例
△卒　①失ス……一例

（2）『日本往生極楽記』の用例および往生者名（上段）と今昔物語集の用例（下段）の対応関係をまとめると次のようになる。

| | | |
|---|---|---|
| 気止 | 土人越智益躬（36） | （西ニ向テ）端座シテ（手ニ定印ヲ結ビロニ念佛ヲ唱テ）失ニケリ |
| 就命 | 律師隆海（5） | 命終ラムト為ル時ニ臨テ |
| 得往生 | 元興寺僧智光（11） | 往生ヲ（得タリケリ） |
| 詣極楽 | 延暦寺定心院十禅師成意（10） | 極楽ニ可参シ |
| | 沙弥薬蓮（28） | 極楽ニ往生セムトス |
| | 尼某甲（31） | 極楽ニ往生セムトス |
| 楽極楽 | 女弟子伴氏（37） | 極楽ニ往生セムト為ル |
| | 大日寺僧広道（21） | 極楽ニ往生セムト願フ |
| | 延暦寺　厳院十禅師尋静（14） | 極楽ニ往生セム事ヲ願ヒケリ |
| 慕極楽 | 女弟子藤原氏（39） | 極楽ニ心ヲ懸テ |

参考文献

桜井光昭『今昔物語集の語法の研究』（一九六六年）
峰岸　明「和漢混淆文の語彙」（『日本の説話』第七巻　一九七四年）
小久保崇明「今昔物語集の語法「只今、命終リナムトス」「命終ル」の発生と、その位相について」（「日大理学部研究年報」一九八〇年二月）
有賀嘉寿子「今昔物語集の語彙」（『講座日本語の語彙』第三巻　一九八二年）
藤井俊博「今昔物語集の翻訳語について」（『国語語彙史の研究』第十一巻　一九九〇年）

# 第四章　今昔物語集の副詞

## 一

東寺本『注好選』の出現によって、『注好選』と今昔物語集との関係が、従来考えられていた以上に緊密なものであることがわかった。

それは、具体的には、『注好選』を今昔物語集天竺震旦部の有力な出典の一つと認定できるということ、および『注好選』を直接典拠とする今昔物語集の各話が、『注好選』の直訳的訓読文を骨子にして形成されているということなどである。

このような両書の関係を手がかりにして、今昔物語集の文体の形成、特に、天竺部の文体の形成を考えてみたいと思う。

考察の順序および方法としては、まず、東寺本『注好選』の本文の位置づけをし、次に、両書の副詞の比較を通して、今昔物語集の構文について考えることにする。

# 二

『注好選』の資料性ということから一考しておく。

東寺本『注好選』の中巻と下巻には、次のような注目すべき事象がある。

それは、下巻収載の第二六話から第三二話までの七話が、何らかの事情によって、中巻に重出収載（第四一話から第四七話まで）されているということである。しかも、この重出七話の本文を詳細に比較検討してみると、明らかに両者の直接書写関係を疑わせるような異同が存する。

この点については、以下詳しく検討することとするが、もし、『注好選』中巻と下巻が別系統の本文を有しているとするならば問題は大きい。なぜなら、今昔物語集天竺部は、『注好選』中巻・下巻を典拠としていて、しかも、『注好選』の訓読文を骨子とした文体が形成されていると考えられるからである。

以下、両巻の重出七話を手がかりに、東寺本中巻・下巻の本文の性格について考えてみることにする。

まず、両者の異同を次のように分類する。

㈠表題の異同

㈡本文の異同

一、脱文　二、脱字　(a)中巻脱字　(b)下巻脱字　三、漢字に関する異同　四、その他

次に、この分類に従って、異同例をあげながら考察する。

㈠表題の異同

①飛鳥絲、一目第四一（中41）

　飛鳥係網、一目第二六（下26）

②巨、亀負蓬莱第四四（中44）

　聶、亀負蓬莱第二九（下29）

③古、馬嘶北風第四五（中45）

　胡、馬嘶北風第三〇（下30）

④口、蝗虫遷海第四七（中47）

　蝗虫遷海第三二（下32）

わずか七表題のうちに、これほど多くの異同が見られることは注目に値する。両者の直接書写関係を疑わせるものである。これらの例は、どちらかと言えば全て下巻の方がすぐれているように思われる。

㈡本文の異同

一、脱文

①雖行多従一道究竟并諸行力也（中41）

　雖行多従一道成佛従一道究竟并諸行力也（下26）

②有四禽獣各相語云（中42）

有四禽獣依付左右常得安穏一者鴿二者烏三毒蛇四鹿也此四獣各相語云（下27）

この二例については、依拠本が下巻のようであったのを、中巻の書写者が意識的にこのように省略したとは考えにくく、おそらく中巻書写者の不注意によるものだと推定される。下巻の方が本来の本文の姿であろう。

二、脱字

(a)中巻脱字

①彼網但以一目如不得鳥（中41）

彼網但以一目如不可、淮鳥（下26）

②烏云吾飢渇苦第一（中42）

烏云吾飢渇苦、為第一（下2）

③毒蛇吾瞋恚苦為第一（中42）

毒蛇云、吾瞋恚苦為第一（下27）

④何躭色者仮実二色（中43）

仍躭色者依、仮実二色（下28）

⑤穴賢狂不可価也（中43）

穴賢狂不可価者、也（下28）

⑥依有恐献謹皇（中45）
　依有後恐献漢皇（下30）
⑦一入水滋羽哈泥踏混其泥（中46）
　一入水滋羽洽泥一踏混其泥（下31）
⑧以其稲皮為佛之葩（中46）
　以其稲皮為小佛之葩（下31）

中巻が脱字しているもののうちでは、動詞（三例　②③④）の脱字が多いのが注目される。ただし、その他の例も含めて考えてみると、右の八例は全て、依拠本は下巻のようであったのを、中巻が書写段階で脱字した可能性が高いように思われる。

(b)下巻脱字
①是在多目鳥所得也（中41）
　在多目鳥所得也（下26）
②在山中樹下寂求仏道（中42）
　在山中寂求道（下27）
③静所或歌或悲歎啼（中43）
　静所或歌歎悲啼（下28）

④其山上多生、不死薬（中44）
　其山上多不死薬（下29）
⑤是知仙与不仙間有山有尤也、（中44）
　是知仙与不仙間有山有尤（下29）
⑥臣奏云恋己生土必、有心（中45）
　臣奏云恋己生土有心（下30）
⑦是云、吾方風芳也（中45）
　是吾方風芳也（下30）
⑧況人倫尤可有、懐土之心（中45）
　況人倫尤可懐土之心（下30）
⑨為人尤、不可忘生土者也（中45）
　為人不可忘生土者也（下30）
⑩此五羽泥、鳥常守此所至秋（中46）
　此五羽鳥常守此所至秋（下31）
⑪以一茎穂積車一両而太重矣、（中46）
　以一茎穂積車一両而太重（下31）

下巻が脱字しているもののうちでは、動詞（三例　④⑦⑧）の脱字も目立つが、更に注目されるのは、副詞（三例（③⑥⑨）の脱字が、まとまって存することである。副詞の有無は、動詞その他と違って、表現者によりその使用が左右される可能性があるので、単なる脱字として扱えないかも知れない。

三、漢字に関する異同

①即鳥来而只繋一目（中41）↓懸（下26）
②達一葉不可期仏道（中42）↓井（下27）
③化為婦人（中43）↓夫（下28）
④何躭色者（中43）↓仍（下28）
⑤生々世々尤登所（中43）↓證（下28）
⑥穴賢狂不可偭也（中43）↓湎（下28）
⑦爰此上論有尤（中44）↓於此（下29）
⑧即彼朝馬（中45）↓胡（下30）
⑨献謹皇（中45）↓漢（下30）
⑩未鳴王寿（中45）↓奇（下30）
⑪一入水滋羽哈泥（中46）↓洽（下31）
⑫或不足指之（中46）↓結（下31）

中巻の方に圧倒的に誤字が多いことと、用字法の違いがあるという点が注目される（①③⑦は用字法の違い、それ以外は全て中巻の誤字である）。ただし、この中巻の誤字は、転写過程で生じたものである可能性が大きい。というのは、中巻における誤字が全て、ほぼ正字と字形が近似した漢字に誤まっているという事実があるからである。

四、その他

①鹿云吾驚怖苦為第一毒虵吾嗔恚苦為第一（中42）
　毒虵云吾嗔恚苦為第一鹿云吾驚怖苦為第一（下27）

②静所或歌或悲歎啼（中43）
　静所或歌歎悲啼（下28）

③即時出厩令食庭（中45）
　即時厩出令食庭（下30）

④五羽紫鶱帝庭来（中46）
　五羽鶱紫帝庭来（下31）

これらは、両書で句や語の順序が上下で入れ替った形になっているものである。①については、両者の優劣の判断はできないが、②と④については、明らかに中巻の方が正しい。また、③については、動詞「出」の位置を調べてみると、他の三例も中巻と同じように「出―」型をとっており、下巻のような表記法は他に見ることができない。

以上のような結果から、東寺本『注好選』中巻・下巻それぞれの性格や関係等について、簡略にまとめると次のようになる。

①東寺本中巻・下巻の重出七話のそれぞれの本文は、動詞その他多くの脱字が両巻で別々に存することなどから、互いに直接書写関係はないと判断される。

②東寺本中巻・下巻の重出七話のそれぞれの本文に、漢字の用字法の違いや副詞の有無などがあるのは、両者の依拠本の性格を反映したものと判断される。

③結局、東寺本中巻・下巻の関係は、東寺本『注好選』として、一冊にまとめられてはいるが、その本文関係は、いわば異本関係にあると位置づけておくのがよいと判断される。

# 三

今昔物語集が漢文（変体漢文）文献を直接典拠として説話を生成する場合、その文体は、原漢文の訓読を基調にして形成されたと考えられる。しかしながら、その形成過程は、まだ十分に解明されているわけではない。そこで、この問題を考える一つの手がかりとして、『注好選』から今昔物語集へ、すなわち副詞を含む構文の変換ということを考えてみたいと思う。

副詞を比較の対象とする理由は、これらの語が、その性格から編者の恣意によって、使用が大きく左右される可能性をもっており、文体の形成ということを考える場合、有効であると認められるからである。

両書の比較に用いた同文同話的説話は、次の通りである。ただし、説話の冒頭・結話部分については、両書で表現が著しく異なるため調査の対象からは除いた。その他、直接的本文関係のないと思われる部分（注好選中巻第四話前半、下巻第六話後半、下巻第十六話一部等）についても適宜同様の処置をした。

巻一　第16話（中巻4話）・第31話（中巻12 14話）
巻二　第39話（中巻19話）
巻三　第4話（中巻17話）・第5話（中巻23話）・第6話（中巻20話）・第9話（下巻16話）・第10話（下巻14話）・第12話（下巻7話）・第14話（中巻29話）・第23話（中巻25話）
巻四　第1話（中巻40話）・第18話（下巻8話）・第19話（下巻6話）・第30話（中巻30話）
巻五　第21話（下巻33話）・第23話（下巻11話）・第30話（中巻5話）

調査の結果は、次の通りである。ただし、分類中、Ⅰ直訳的訳出およびⅡ意訳的訳出とは、およそ次のような場合である。また、Ⅲその他とは、両書にそれぞれ対応本文が見られない、つまり、今昔物語集が独自に付加した場合か、あるいは原漢文を略した場合および別の副詞が対応する場合である。

（直訳的訳出）
其ノ鉢、忽ニ女ノ鼻ノ上ニ付キヌ。取テ去ト為ルニ更ニ不落ズ（三・23）〔時鉢到着女鼻上更不落（中25）〕
（意訳的訳出）
其ノ時ニ、其ノ所ニ六十ノ狸出来テ此ノ五百ノ老鼠ヲ皆喰ツ（四・19）〔時為六十狸一夜悉所食也（下6）〕

Ⅰ直訳的訳出

㈠対応関係のあるもの

(1)用字法（漢字）が同じもの（二三語四五例）

①相互ニ（三・23）②敢テ（一・31、三・4、三・10）③何況ヤ（四・19）④未ダ（一・31、三・5、三・14、五・30）⑤弥ヨ（三・23）⑥必ズ（三・9、四・1、五・30）⑦定テ（五・30）⑧更ニ（二・39、三・10、三・14⑵、三・23、四・19）⑨暫ク（四・18、五・23）⑩速ニ（五・23）⑪只（五・23）⑫忽ニ（三23⑵、五・30）⑬常ニ（三・6、五・30）⑭俄ニ（二・39）⑮甚ダ（三・14）⑯実ニ（五・30）⑰当ニ（二・39⑵、三・6）⑱先ヅ（一・16、一・31、三・12、五・21）⑲全ク（一・31）⑳自ラ（一・31）㉑若シ（四・18、五・21）㉒尤モ（三・10）㉓僅ニ（二・39）

(2)用字法（漢字）が異なるもの（四語十例）

①既ニ〈已〉一・31、二・39）②譬ヒ〈設〉三・9、三・14、三・23）③終ニ〈遂〉二・39、三・5、四・19）④蜜ニ〈竊〉三・14〈密〉五・30）

㈡対応関係のないもの

(1)『注好選』になくて、今昔物語集にあるもの（十一語二一例）

①敢テ（四・18）②強ニ（二・39）③更ニ（三・9）④速ニ（三・5⑵、三・6⑵、三・23）⑤忽ニ（三・14⑷、三・23、五・21）⑥常ニ（四・18）⑦俄ニ（二・39）⑧懃ニ（三・14）⑨蜜ニ（三・14）⑩全ク（三・14、五・23）⑪先ヅ（三・23）

(2)『注好選』にあって、今昔物語集にないもの（五語五例）

①〈敢〉（下16）　②〈故〉（中4）　③〈更〉（中19）　④〈互〉（中25）　⑤〈忽〉（中20）

Ⅱ意訳的訳出

(一)『注好選』になくて、今昔物語集にあるもの（二語二例）

①更ニ（三・23）　②終ニ（三・9）

(二)『注好選』にあって、今昔物語集にないもの（五語六例）

①〈必〉（中20(2)）　②〈悉〉（下6）　③〈更〉（中25）　④〈忽〉（下33）　⑤〈若〉（中25）

Ⅲその他

(一)今昔物語集による付加（九語十例）

①弥ヨ（三・6）　②必ズ（三・6）　③既ニ（二・31）　④惣テ（三・14）　⑤速ニ（三・14）　⑥忽ニ（一・31、五・21）　⑦猶（三・9）　⑧竊ニ（一・16）　⑨実ニ（三・14）

(二)今昔物語集による省略（三語五例）

①〈只〉（下11）　②〈忽〉（下11）　③〈常〉（下11(2)、下14）

(三)別の副詞が対応するもの（六語十例）

①譬ヒ立死給トモ、我、更ニ不供養ジ（三・23）〔設和上雖立死吾遂不供養（中25）〕

②然バ、七日不食ズシテ既ニ餓死ナム事不久ズ（二・39）〔全七日飢渇将死不久（中19）〕

③速ニ王位ヲ得テ、天下ヲ治メ冨貴ヲ得ヨ（一・16）〔早得王位治天下跨冨貴（中4）〕
④汝、速ニ人ノ請ヲ受テ佛法ノ為ニ師ト成レ（三・5）〔早受入請為佛法成師（中17）〕
⑤速ニ別ノ所ニ可居シ（三・14）〔早令別居（中29）〕
⑥速ニ我レ行テ父ノ法会ニ会ハム（三・14）〔早来吾出法会（中29）〕
⑦速ニ屠ノ辺ニ遣テ一夜ヲ経テ可試シ（四・18）〔復遣屠辺経一夜可試（下8）〕
⑧比丘ト成ナレリト云ヘドモ、猶、衣食難得シ（二・39）〔成比丘又難得（中19）〕
⑨帝只、夫人ノ蜜ニ来レルヲ見給テ（五・30）〔夫人忽来（中5）〕
⑩前世ニ法ヲ謗タル罪ミニ依テ、六根ヲ全ク不具ズシテ（五・23）〔先世依謗法罪未具六根（下11）〕

以上のような調査結果に基づいて、今昔物語集天竺部の文体形式ということを考えてみたいと思う。

Ⅰ直訳的訳出

これは、今昔物語集が、原漢文をほぼ直訳的に訓読したと思われる例である。そして、ここにあげられた用例数を、Ⅱ意訳的訳出と比べてみるとその数が圧倒的に多いことがわかる。あるいは、調査全体の中で占める割合を見ても、約七割（114例中81例）がこの部分に集中している。

これらのことから、次のようなことが考えられる。一つは、今昔物語集の一資料として『注好選』を認めることができるということ。二つは、今昔物語集天竺部の文体形成の基調に、典拠とした漢文の直訳的訓読があるということなどである。

次に、この直訳的訓読というものの、今昔物語集的性格について考えてみたいと思う。

すなわち、直訳的訓読というだけでは、ただ単に原漢文を忠実に訓み下し、それが今昔物語集の文体として定着したというように考えられそうであるが、実は、そのように単純なものではないと思われる事例がいくつかあるのである。

資料I㈠⑵は、原漢文の副詞の漢字表記と今昔物語集のそれとが異なるものをまとめたものである。用例は次の通りである。

①汝ガ云フ事ニ至テハ既ニ佛ノ御為ニ伽藍ヲ建立セムト也（一・31）〔於君事已為佛法也（中14）〕
既ニ十日ヲ経テ未ダ不食ズ（二・39）〔已経十日未食（中19）〕
②譬ヒ立死給トモ、我、更ニ不供養ジ（三・23）〔設和上雖立死吾遂不供養（中25）〕
譬ヒ破戒也ト云トモ軽メ慢ヅル事尤カレ（三・9）〔設雖破戒敬之如仏敢不軽罵（下16）〕
③比丘ノ口、俄ニ閉テ開ク事ヲ不得ズ。然レバ終ニ食スル事尤シ（二・39）〔即口堅閉不開仍遂不食（中19）〕
須弥ハ振ヒ、大地ハ動ケドモ終ニ此ノ帯、不動ズシテ（三・5）〔須弥動大地遂帯不動（中23）〕
阿羅漢果ヲ證シテ終ニ悪道ニ不墜ズ（四・19）〔證阿羅漢果遂不墜悪道苦（下6）〕
④蜜ニ夫人、帝釋ノ後ロニ隠テ尋ネ行テ（五・30）〔帝尺後夫人隠密尋行（中5）〕
此ノ下官ノ人蜜ニ来テ物ノ隟ヨリ見ルニ（三・14）〔下官竊来従物隟見之（中29）〕

このように、これらの語は、原漢文の直訳的訳出であって、しかもそれぞれ複数の用例をもっている。よって、

「既ニ」、「譬ヒ」、「終ニ」、「蜜ニ」の表記は、原典の用字に影響されていない今昔物語集独自の用字法といえる。

このことを次のような方法で確認する。

すなわち、今昔物語集天竺部における「スデニ」、「タトヒ」、「ツヒニ」、「ヒソカニ」のそれぞれの漢字表記の実態について調査したものと、『注好選』の用字法とを比較してみる。ただし、『注好選』の用例数は、先に見た中巻重出説話中のものを除いたものである。

このように、両書の副詞の漢字表記には、明らかな相違が認められる。このことから、今昔物語集の用字法が出典の用字に直接影響されたものではなく、独自のものであることがわかる。

表1

| | 巻＼語 | スデニ 既 | スデニ 已 | タトヒ 譬 | タトヒ 縦 | タトヒ 設 | ツヒニ 終 | ツヒニ 遂 | ヒソカニ 蜜 | ヒソカニ 竊 | ヒソカニ 密 |
|---|---|---|---|---|---|---|---|---|---|---|---|
| 天竺部 | ① | 32 | 3 | 4 | | | 10 | 5 | 1 | 1 | |
| | ② | 25 | | 4 | | | 10 | 9 | 14 | 1 | |
| | ③ | 37 | | 3 | | | 4 | 3 | 8 | 2 | |
| | ④ | 20 | | 2 | 1 | | 10 | 3 | 5 | 1 | |
| | ⑤ | 30 | | 2 | | | 6 | | 7 | 2 | |
| | | 144 | 3 | 17 | 1 | | 40 | 20 | 35 | 7 | |
| 注好選 | 上 | 1 | 5 | | 1 | | 2 | 17 | 1 | 1 | 1 |
| | 中 | | 10 | | | 2 | 1 | 7 | | 3 | 1 |
| | 下 | | 3 | | | 2 | 2 | 6 | | | |
| | | 1 | 18 | | 1 | 4 | 5 | 30 | 1 | 4 | 2 |

次に、資料I(二)(1)は、出典資料では副詞を用いていない部分を、今昔物語集が新たに副詞を添加して訳出した例である（表1）。

このような訳出法を直訳的訳出に含めたのは、次に示す用例からもわかるように、出典資料と字面はほとんど同じであって、ただ単に副詞が添加されているだけのように思われるからである。それらの用例を示す。ただし、用例が複数の、「忽ニ」（6例）、「速ニ」（5例）、「全ク」（2例）については一例だけ示す。

①象、這ヒ臥テ罪人ノ踵ヲ舐テ敢テ一人ヲ不害ズ（四・18）

〔象伏昆揺尾舐犯人踵一人不害（下8）〕

②子、強ニ財ヲ惜ムガ故ニ（二・39）〔汝当昔母見施僧惜財（中19）〕
③龍王ノ子ヲ求ムルニ更ニ不見ズ（三・9）〔求龍子不見（下16）〕
④汝、速ニ舎利弗ノ所ニ行テ呼テ可将来シ（三・5）〔汝往身子所可将来（中23）〕
⑤一人ノ人ヲ以テ忽ニ大臣ニ成シテ（三・14）〔大臣召一陰孫位成大臣（中29）〕
⑥其ノ房主常ニ法花経ヲ誦シ奉ル（四・18）〔房主誦法花経（下8）〕
⑦比丘ノ口俄ニ閉テ開ク事不得（二・39）〔比丘取欲食即口堅閉不開（中19）〕
⑧一生ノ大願トシテ法会ヲ懃ニ修シ給リ（三・14）〔大王為一生大願修法会（中29）〕
⑨大臣ノ腰ニ指タル匙ヲ蜜ニ取テ（三・14）〔大臣取腰指匙（中29）〕
⑩三人許知テ余ノ人ヲ全ク不令知ズ（三・14）〔三人知余人不令知（中29）〕
⑪女人ヲ催テ曳捨ムト思テ先ヅ三人ヲ以テ曳スルニ不動ズ（三・23）〔時女催人欲曳捨之三人寄曳之不動（中25）〕

これらの例から、今昔物語集における表現様式の一つの特色を認めることができるように思う。すなわち、典拠資料が平板な表現である場合に、今昔物語集が独自に副詞を添加して訳出し、その部分の表現を強調表現や誇張表現に変換するということである。そして、このような表現に適した副詞として、「忽ニ」、「速ニ」などが多用されたらしい。

=意訳的訳出

これらの例からは、今昔物語集の訳出法の特色の一つとして認めてよいと思うが、副詞を含む句は意訳的訓読されることが非常に少ないということが言える。

ところで、これらの語のうち、注目される例として資料Ⅱ㈠①「更ニ」について、一言ふれておく。

今昔物語集における陳述副詞「更ニ」は、ほとんどが否定的表現の用法である（否定表現五二四例、それに対して肯定表現の用法は、わずか十七例にすぎない）。これは、漢文本来の用法ではないが、変体漢文には頻繁に見られ、『注好選』においてもほとんどが否定の陳述副詞として用いられている。

そこで、この語を含む句を今昔物語集が如何に訳出しているかを見ると、八例中六例（資料Ⅰ㈠⑴⑧）がそのまま直訳的訓読されている。残る二例のうち一例（資料Ⅰ㈡⑵③）は、典拠資料にはあるが今昔物語集で省略されたというもの、他の一例がここに取りあげるものである。用例を示す。

百千人ヲ以テ曳スルニ弥ヨ重ク成テ不動ズ。臭キ香弥ヨ難堪シ（三・23）〔百千余人雖曳弥不重不動、更香臭（中25）〕

すなわち、この例は、『注好選』でもあまり多くない、「更ニ」が肯定表現に用いられている場合である。今昔物語集は、この部分を、全く別の副詞「弥ヨ」を用いてしかも否定表現に意訳している。これは、おそらく今昔物語集編者に、陳述副詞「更ニ」の用法が、否定表現として確立していたためであろうと思われる。

Ⅲその他

資料Ⅲ1㈠にあげた語は、先に見た典拠資料に副詞を添加し訳出する方法の場合に見られた語（資料Ⅰ㈡⑴）と同じように、今昔物語集の独自性が認められる副詞ということになる。とともに、独自の付加表現の中に、このように多くの副詞を用いた表現が存するということが、今昔物語集の表現様式の一つの特色になっているように思われる。

次に、資料Ⅲ㈢は、両書の該当部分で互いに別々の副詞が対応するというものをまとめたものである。

この関係は、訳出法としては、まさしく意訳的訓読ということになろうが、用例を見ると、典拠資料の字面がそのまま生かされた訓読がなされた上で、副詞のみを変換しているように思われるので、ここにまとめた。これも今昔物語集の訳出法の特色のひとつと見てよい。

ところで、これらの例のうち、特に注目されるのは、『注好選』における副詞用法の「早」に対して、今昔物語集が全て「速ニ」で統一していることである（③④⑤⑥）。これも、今昔物語集における訳出法の特色の一つと見てよい。

## 四

『注好選』の資料性ということを念頭に置きつつ、副詞を含む句における『注好選』から今昔物語集への表現の変換、すなわち、変体漢文資料を典拠とする場合の今昔物語集の訳出法を通して、今昔物語集天竺部の文体の形成過程を見てきた。

その結果、方法そのものに不十分な点があることを認めながらも、およそ次のような特色があることを見い出し得た。以下、その主な点を示す。

①依拠資料の副詞を含む句を訳出する場合、ほとんど直訳的訓読がなされ、意訳的なものは数少ないという結

果から、今昔物語集のとる訳出法は、基本的には直訳的訓読ということができる。そして、これが、天竺部の文体基調になっていると思われる。

②直訳的訳出法と分類した方法の中には、依拠資料に副詞が存しない場合でも、今昔物語集が独自に、副詞を添加しながら直訳的に訳出するという方法がある。そして、これに多く使用された副詞として、「忽ニ」、「速ニ」などが認められ、強調表現などの表現効果をねらったものと考えられる。

③依拠資料の副詞を含む句を訳出する場合、依拠資料を直訳的に訳出しながら、副詞のみを別の副詞で置き換えるという方法がある。ただし、その場合、今昔物語集が特に独自の副詞を使用しているとは認められない。

④副詞の漢字表記には、依拠資料の用字に直接影響されない今昔物語集独自の用字法が認められることや固定的な副詞の置き換えが認められることなどから、今昔物語集の訳出法の一つの特色として、類型性ということが考えられる。

⑤依拠資料に対して今昔物語集が付加したもののうちには、副詞を多用する傾向が認められ、今昔物語集の構文上の特色となっていると思われる。

参考文献

原　栄一「今昔物語集における副詞の呼応」(『金沢大学教養部論集人文科学篇』一九六九年二月)
今野　達「東寺観智院本「注好選」管見――今昔研究の視覚から――」(『国語国文』一九八三年二月)
馬淵和夫『古代説話集　注好選』(一九八三年)
宮田　尚『今昔物語集震旦部考』(一九九二年)

# 第四部　『今昔物語抄』の本文研究

# 第一章　今昔物語集諸本との関係

一

九州大学萩野文庫蔵『今昔物語抄』は、いつ、誰の手によって、どのような意図のもとに編まれた説話集であるのかなど、どれをとってみてもほとんどわからないことばかりであるが、これを今昔物語集との関係で見ると、次のような特色を持つことがわかる。

①『今昔物語抄』第一話から第十二話までは、今昔物語集巻十五からの抄出であり、第十三話から第二五話までは、巻二〇からの抄出（ただし、第二〇話のみは巻十九からの抄出）である。第二六話から第二九話までは、今昔物語集とは直接対応しない。

②今昔物語集の冒頭および結びの常套語「今昔」「……トナム語リ傳ヘタルトヤ」が、『今昔物語抄』では「昔」「……トナム語伝申」となっている（ただし、第二六話から第二九話までの結びは「……トナム語伝申」の定型も

持たない)。

③題目の叙述法が今昔物語集では「……語」とあるのに対して、『今昔物語抄』では「……事」となっている。

④今昔物語集の意図的欠文と思われるものが、『今昔物語抄』では片仮名大書(仮名書自立語)で補なわれている。

このように『今昔物語抄』は、その書名が示すように収録説話二九話中二五話が、今昔物語集から直接抄出された話で、これに別の四話を付け加えて編まれた説話集である。そして、その抄出された話自体には、右に見たような点で抄出者の手がある程度加わっていると思われる。

本章では、この今昔物語集諸本の中から直接抄出されたと考えられる二五話(以下、『今昔物語抄』の本文という場合これをさす)について、その本文が現存の今昔物語集諸本とどのような関係にあるのかということをいくつかの点から考察したいと思う。

『今昔物語抄』の二五話に対応する今昔物語集の説話は次の通りである。

①巻十五第39話　②巻十五第46話　③巻十五第16話　④巻十五第23話　⑤巻十五第26話　⑥巻十五第19話

⑦巻十五第24話　⑧巻十五第45話　⑨巻十五第15話　⑩巻十五第52話　⑪巻十五第43話　⑫巻十五第4話

⑬巻二〇第19話　⑭巻二〇第23話　⑮巻二〇第45話　⑯巻二〇第46話　⑰巻二〇第35話　⑱巻二〇第41話

⑲巻二〇第21話　⑳巻十九第26話　㉑巻二〇第18話　㉒巻二〇第12話　㉓巻二〇第11話　㉔巻二〇第34話

㉕巻二〇第3話

また、今昔物語集巻十五・巻十九・巻二〇の諸本について、まとめて示すと次のようになる。

〈巻十五〉古本系統　①東大本甲（底本）　②東北大本　③実践女子大本　④國學院大本　⑤野村本
　流布本系統　⑥東大本乙　⑦内閣文庫本A　⑧内閣文庫本B　⑨内閣文庫本C（以上校本）

〈巻十九〉古本系統　①東大本甲（底本）　③実践女子大本　④國學院大本
　流布本系統　⑥東大本乙　⑦内閣文庫本A　⑧内閣文庫本B　⑨内閣文庫本C（以上校本）

〈巻二〇〉古本系統　③実践女子大本（底本）　④國學院大本
　流布本系統　⑥東大本乙　⑦内閣文庫本A　⑧内閣文庫本B　⑨内閣文庫本C（以上校本）

## 二

（考察一―1）『今昔物語抄』の本文と今昔物語集諸本の本文を比較してみると、『今昔物語抄』にだけ見られる脱文（六か所）および自立語脱落（二六か所）が存する。（　）内は『今昔物語抄』の丁数を示す。尚、用例中の【　】内は脱落部分であることを示す。

〈脱文〉

○講ヲ始メテ行フ間【其ノ聖人有テ】人ニ普ク云ヒケル（15オ）

○掌ヲ合セテ失ニケリ【其ノ時ニ家ノ内ニ艶ス艶ハシキ香匂ヒ満テ微妙キ音楽ノ音空ニ聞エケリ】此レヲ聞ク

人（18オ）
○此ノ事【弥ヨ恐テ】人ニ不可被仰ス（34ウ）
○二家ノ財ヲ【領シテソ有ケル此】以テ此ノ女獨リニ（46ウ）
○此ノ寺倒レナハ【而ルニ寺倒ナハ】我レ地ニ落テ這行カムニ（53ウ）
○詣集ル事無限シ【車モ不立敢ス】歩人ハタラ云ヒ不可盡ス（55ウ）

〈自立語脱落〉

名詞　房ニ（19オ）、妻（22オ）、音（24ウ）、人（31オ）、瓶ノ（32オ）、帯ヲ（36ウ）、谷ニ（49オ）、池ノ（50オ）、所ヲハ（53オ）
代名詞　此ノ（14ウ）、其（16ウ）、我レモ（16ウ）、我カ（46ウ）
数詞　獨（28ウ）
動詞　云（5ウ）、恠ヒテ（11ウ）、返リ（18ウ）、出テ（21オ）、犯シ（27オ）、云ヒ（31ウ）
形容詞　少ク（53ウ）
副詞　遂ニ（7ウ）、委ク（13ウ）、既ニ（26ウ）、必ス（39オ）、猶（41オ）

（考察一―2）今昔物語集の古本系統と流布本系統の本文を比較すると、流布本系統本に共通の自立語脱落（三〇か所）がある。これを『今昔物語抄』の本文と比較してみると、『今昔物語抄』においてはこれらは全て欠脱がなく、今昔物語集古本系統の本文と全く一致する。参考として流布本共通の脱落語を以下にあげておく。

（　）内の数字は、『日本古典文学大系』の校異番号を示す。

〈巻十五〉云ヒ(86)、亦(92)、云ヒ(150)、極テ(230)、此ノ(235)、云ハ(239)、仏ノ(284)、尼(295)、在リ(303)

〈巻十九〉我カ(759)、行(764)、前ノ(766)、後ニ(768)、有(771)、此レ(775)、然ハ(778)

〈巻二〇〉云テ(95)、潦テ(317)、僧(340)、此ヲ(342)、隠ス(498)、副テ(512)、行テ(516)、朝(531)、鬼(539)、棟(767)、守ノ(791)、色々ノ(806)、更ニ(1097)、只(1098)、石(1118)

『今昔物語抄』の本文は、現存の今昔物語集諸本と著しく相違している。特に、六か所の脱文の存在は、『今昔物語抄』の本文の粗悪さを示しているようにも思われる。しかしこれは、次のように解釈をすることも可能である。つまり、右に見た六か所の脱文は、本来説明的な挿入句であり、もし省略されたとしても全体の文意を損うことはないから、抄出者が独自に省略したのではなかろうかと。あるいは、自立語の脱落も脱文の場合と同じように、文意を損うことがなかったから、あるいは『今昔物語抄』の脱落語の中に副詞や代名詞、主語にあたる名詞が多く見出されることなどから、抄出者による意識的な省略もあったのではないかとも解釈される。

ところで、『今昔物語抄』の本文は、現存のいわゆる流布本系統の本文とは性格が異なると考えてよいが、両者を古本系統の本文と比較した場合、右に示したように共通の脱落語の中に副詞が多いとか、共通の語彙（云フ、此ノ、我カ）が見られることなどから、今昔物語集における諸本の関係、つまり古本から流布本へという転写の過程と『今昔物語抄』の本文と今昔物語集古本系統諸本との関係には共通した面があることを指摘しておく。

（考察二）今昔物語集の古本系統の本文と流布本系統の本文との相違点を、主として表記面から考察してみると、次のような点で両者には顕著な差異があることが酒井憲二氏によって指摘されている。すなわち、古本と比較した場合の流布本の特徴は次の四点である。

①一般に流布本において「捨て仮名」を欠脱する傾向が強い。
②一般に流布本において「送り仮名」を欠脱する傾向が強い。
③一般に流布本では否定反読において「否定辞」を送らない傾向が強い。
④一般に流布本においては、格助詞ヲ・ノ・ニ、係助詞ハを欠脱する傾向が強い。

そこで、この四つの表記（「捨て仮名」、「送り仮名」、「否定辞」、「助詞」）の方法が、『今昔物語抄』ではどのようになっているのかということを今昔物語集古本系統本と比較し、その特徴を明らかにしてみたいと思う。

⑴捨て仮名
（今昔古本）になくて（今昔抄）にある……　八五例
（今昔古本）にあって（今昔抄）にない……　ナシ
⑵送り仮名
（今昔古本）になくて（今昔抄）にある……一八九例
（今昔古本）にあって（今昔抄）にない……　六例

⑶否定辞
（今昔古本）になくて（今昔抄）にある……　十例
（今昔古本）にあって（今昔抄）にない……　ナシ

⑷助詞
（今昔古本）（今昔抄）
ナシ → ヲ　……　九例
ナシ → ノ　……五九例
ナシ → ニ　……　十例
ナシ → ハ　……　五例

※その他助詞テ・トなども（今昔古本）よりも（今昔抄）の方が付加される傾向が強い。
※ただし、助詞ノの場合は（今昔抄）において欠脱することがある（五〇例）。

このように、『今昔物語抄』の本文の表記上の特徴は、今昔物語集古本系統本より更に一層厳密に「捨て仮名」、「送り仮名」、「否定辞」、「助詞」等を表記するという方針がとられているということである。そして、この表記面の相違が実は『今昔物語抄』の本文と現存の今昔物語集諸本との関係が実際より以上に大きな相違となって現われ、両者間の異質性を助長する結果となっているように思われる。

それでは、この『今昔物語抄』の表記の独自性については、どのような解釈が可能であろうか。一つは、『今昔物語抄』の抄出者が依拠したと考えられる今昔物語集の本文の姿をそのまま伝えているが、その本文がこのように現存諸本と異なっていたためであるという解釈。もう一つは、『今昔物語抄』の抄出者がこれらの表記を独自に改変した結果であると見る解釈。ここでは、後でそのほんの一端だけを示すが、このような表記の方法は、今昔物語集鈴鹿本と他の古本系統本を比べた場合にも、今昔物語集鈴鹿本に見られる特徴であり、それと合致するという理由で前者のように解釈しておく。

あるいは、この『今昔物語抄』の表記から次のようなことも考えられる。すなわち、右に見た今昔物語集の「古本」から「流布本」へという表記の流れ（筆者は、これを表記の簡略化あるいは省略化と考え、これは更に「鈴鹿本」から「古本」への転写の過程でも行なわれたと考えている）とは、全く逆であるから、『今昔物語抄』の本文は、今昔物語集古本系統の本文より、更に古い姿を伝えているのではないかと。しかしながら、『今昔物語抄』の場合、これらの表記法は徹底しており、独自の表記原理に従っているようにも見受けられるし、あるいは表記というのは、書写者にとってはある面では一番自由に改変しやすいものであるというようなこととか、あるいは、（考察二）の(4)で示したように格助詞ノだけであるが多くの例外があるということなどから、後者のような解釈の方が妥当かも知れない。

（考察三―1）『今昔物語抄』の本文と今昔物語集諸本の本文を比較してみると、『今昔物語抄』には他の諸本にはない文・句（四か所）および自立語（十六か所）が存する。

〈文・句〉

○僧都涙ヲ流シテ【泣キケル其ノ後七〻日ノ法事慇ニ修シ畢テ弟子引具シテ】横川ニハ返タリケル（6オ～6ウ）

○何テ的ハハツシタルソト【被問ケレハ目□ノ亦何ニ□ノ】打ツ（43ウ～44オ）

○田畠タニ多ク作タラハ国ノ人ノ為ニモ【守ノ為ニモ】可賢シ（35ウ）
○他ノ鯰ヨリモ【此ノ鯰】殊ニ味ノ（54ウ）

〈自立語〉
名詞　聖人（11ウ）、勢至（11ウ）、仏ニ（25ウ）、使ノ（29オ）、将（44オ）、龍（51ウ）、男女ノ（55ウ）
代名詞　此（32オ）
動詞　云ヘト（10ウ）、過ル（25オ）、云テ（29ウ）、哀カリテ（44オ）
副詞　忽ニ（14ウ）、必ス（17ウ）、猶（14ウ）
接続詞　然レハ（48ウ）

（考察三―2）ここで『今昔物語抄』の本文と今昔物語集鈴鹿本との関係を考えておく。ただし、巻十五、巻十九、巻二〇は鈴鹿本の存しない巻々であるので、巻十七（収録説話五〇話）を例にして、鈴鹿本と古本系統本（東大本甲、実践女子大本、國學院大本）を比較し、鈴鹿本から古本系統本への転写の過程で生じたと思われる異同を整理して、右の考察の参考資料としたいと思う。比較の結果およびそれから考えられる特色は次のようである。

⑴自立語
（鈴鹿本）にあって（古本）にない…二〇例
（鈴鹿本）になくて（古本）にある……ナシ

(2)捨て仮名
（鈴鹿本）にあって（古本）にない……六例
（鈴鹿本）になくて（古本）にある……ナシ
(3)送り仮名
（鈴鹿本）にあって（古本）にない……二一例
（鈴鹿本）になくて（古本）にある……ナシ
(4)助詞
（鈴鹿本）（古本）
ヲ　↓　ナシ……二〇例
ノ　↓　ナシ……二七例
ニ　↓　ナシ……　十例
ハ　↓　ナシ……　三例
テ　↓　ナシ……二〇例
ト　↓　ナシ……　三例
(5)その他の異同……七二例
併せて、(1)自立語、「(鈴鹿本）にあって（古本）にないもの…二〇例」を示すと次のようになる（用例は（　）内の語句。数字は校異番号）。

年来（殊）ニ（7）、現身（ニハ生身）ノ（9）、行カムニ（値ハム）（22）、（戦ニ）勝ヌル（30）、（此ノ）火ヲ（58）、（其ノ）辺ニ（60）、然レハ（世ニ此ノ）沙弥（69）、其ノ前（ニシテ其ノ）功徳ヲ（87）、此レ（我レ）（92）、（此ノ）地蔵（95）、（此ヲ）聞ク人（145）、此（ノ寺ニ）別当ナル僧（215）、（此ノ）男（241）、（浮）得テ（333）、（江ヲ）堀リ（383）、将（行）キヌ（405）、弓ヲ取（トテ射）ルニ（408）、出（テ去）ニケリ（418）、三四（十）部ヲ（422）、（其ノ）香（436）

今昔物語集鈴鹿本との関係から見た『今昔物語抄』の特色をまとめると次のようになる。

(1)鈴鹿本にある自立語（特に代名詞）は省略されることはあるが、独自に付加されることはない。
(2)鈴鹿本にある「捨て仮名」あるいは「送り仮名」は省略されることはあるが、独自に付加されることはない。
(3)鈴鹿本にある助詞類は省略されることはあるが、独自に付加されることはない。

ここで、『今昔物語抄』本文の特色をまとめてみる。

まず、『今昔物語抄』にだけ存する二つの長文が注目される（考察三―1）。これらは現存の今昔物語集諸本では、どの段階で落ちたかわからないが全て欠脱した形になっている。ところが『今昔物語抄』で補なってみると、文章は明確になるし、しかも後で独自に補塡できそうな内容の文でもないことなどからして、もとから原文にあったと考えた方がよさそうである。とすると、『今昔物語抄』の本文は、現存の今昔物語集古本系統の本文より更にすぐれた本文を有する本から抄出されたということになり、古本系統の本文より古い姿を伝えているのではないかということになる。

また、今昔物語集諸本にはなく、『今昔物語抄』で補われたような形に見えるその他の句や自立語の存在についても同じように考えておいた方がよさそうである。ただし、自立語の中には、特に書写者の判断により補入されやすいと考えられる副詞や接続詞、あるいは主語（聖人、使、将、龍）等が多く含まれていることから、これらは文章をより明確にするために抄出者が独自に付加したものではないかと考えられないこともない。しかし、右に見たように「鈴鹿本」から「古本」への転写の過程で自立語類が一部欠脱することはあっても新しく付加されることはなかったことを考え合わせてみると、これらは、もともと原文にあったもので、それがそのまま『今昔物語抄』に伝えられていると考えた方がよさそうである。『今昔物語抄』は、今昔物語集鈴鹿本に近い本文を有している可能性があることを示している。

（考察四）『今昔物語抄』の本文と今昔物語集諸本の本文を比較してみると、今昔物語集諸本間では全く異同がないのに、『今昔物語抄』にだけ存する自立語の異同（六六か所）がある。その主なものは正誤に関するもの、用字法に関するもの、語の省略・非省略（例えば、弥陀―阿弥陀のような関係にあるもの）に関するものなのである。次にそれらの用例をあげておく。用例は上段が『今昔物語抄』、下段が今昔物語集である。

(1)正誤に関するもの

①（抄）が正しく（諸本）が誤っている

八事（9オ）―八車、其ノ（27ウ）―真ノ、噉ム（50ウ）―散ム、訴へ（44オ）―許へ、堂（53オ）―當……五例

②（抄）が誤っており（諸本）が正しい

六十返（7オ）―六七返、斯セム（9オ）―期セム、及ニ（14ウ）―失ニ、能ト（31ウ）―態ト、

念ヘリ（49ウ）―合ヘリ……五例

(2)用字法（異体字関係を含む）に関するもの

賛（11ウ）―替、少（13オ）―小、遶（20オ）―澆、計（20オ）―許、許（31ウ・31ウ）―計、虵（32ウ・50オ）―蛇、

房（31ウ・48ウ・51オ・52オ）―坊、有（29オ）―在、知（30オ）―智、喰（31オ）―食、陣（34オ）―陳、

此（49オ）―是、延（51オ）―挺、峒（51ウ）―洞、鑽（56ウ）―讃……二〇例

(3)語の省略・非省略に関するもの

日暮方（5ウ）―日暮、観世音寺（15オ）―観音寺、只今（18オ）―今、阿弥陀（31オ）―弥陀、花瓶（38ウ）―瓶、

外道ノ術（56オ）―外術……六例

(4)その他の異同……三〇例

(1)①②（十例）の全ての異同部分が、漢字の字体が非常によく似ており、転写の過程でともに原文に忠実であろうとした態度がうかがえるわけであるが、更に(1)①の例は『今昔物語抄』の本文の優秀さを示していると言うことができる。

(2)の例を見ると、その中に「許（二例）―計」、「虵（二例）―蛇」、「房（四例）―坊」のように、現存の今昔物語集諸本とは複数箇所にわたって用字法が異なるものが含まれている。これは明らかに『今昔物語抄』の抄出者の独自の用字法と考えられる。とすると『今昔物語抄』の抄出者の抄出態度の中には、原文に忠実であろうとした基本的態度とともに、一部独自の用字法による書写も含まれていると言うことである。

(3)の例からは、「今昔物語抄」の本文は、これが抄出者の手によるものであるのか、原文の姿をそのまま伝えているのかという判断は簡単にできそうにない。しかしながら先に見た鈴鹿本から古本への転写の過程では全く見られなかったところからすると、原文の姿をとどめているのかとも考えられる。

## 三

『今昔物語抄』の本文と現存の今昔物語集諸本の本文とを比較しながら、両者の関係について考察してみた。それらを一応まとめておく。

(1)『今昔物語抄』の本文のすぐれている点
○今昔物語集諸本にない文や自立語が存する（考察三―1）。
○今昔物語集諸本より更に「捨て仮名」「送り仮名」「否定辞」「助詞」が厳密に表記されている（考察二）。
○正しい本文を有する（考察四(1)①）。

(2)『今昔物語抄』の本文の劣っている点
○脱文、自立語脱落がある（考察一―1）。
○本文に誤りがある（考察四(1)②）。

(3)今昔物語集古本系統本との類似性
○流布本共通に見られる脱落がない（考察一―2）。

○「捨て仮名」「送り仮名」「否定辞」「助詞」等の表記傾向（考察二）
○自立語の脱落や付加傾向（考察一―1、考察三―1）

(4)『今昔物語抄』の本文の特異性
○今昔物語集諸本とは異なる用字法が見られる（考察四(2)）。
○非省略語形が多い（考察四(3)）

この他にも、『今昔物語抄』には、先に見たように各説話の冒頭および結びに独自性があり、今昔物語集の欠文が補われているなどの特異な面がある。これらを考え合わせると、『今昔物語抄』の本文は、抄出者の手により今昔物語集の改変が一部行なわれており、原文そのままではないと思われる。しかしながら、『今昔物語抄』の出現は、今昔物語集の本文の古態を知る手がかりを与えてくれるものと考えられる。

参考文献
迫野虔徳「九州大学萩野文庫蔵『今昔物語抄』について」（『国語国文』一九八二年四月）
酒井憲二「今昔物語集の資料性」（『山梨県立女子短大紀要』二〇〇五年三月）

使用したテキストは次の通りである。
『今昔物語抄』（一九九二年）

# 第二章　今昔物語集異本との関係

## 一

今昔物語集には、いくつかの異本が存在していたようである。『今昔物語抄』もその一つである。更に、迫野虔徳氏が、『今昔物語抄』を発見、報告された際に指摘された『今昔物語巻二十別本』（以下、「今昔別本」と略す）がある。この本は、収載説話数（二九話）、表記法（片仮名小書体）、題名表示（「――事」）は勿論、他の今昔物語集にない「金峯山金給事」「浄蔵親生事」の二話を含んでいたことなど、内容的には『今昔物語抄』と全く同じであったと思われる。そこで、氏は両者の関係を「東大本（「今昔別本」）の失われた今日、彼此対照して直接たしかめるすべはないが、両者は極めて近い書写関係にある同内容の本であったのではないかと思われる」と指摘された。

そこで、『今昔物語抄』異本の追跡を試見た結果、以下に示す二本（ここでは、それらを仮に「丹鶴校合本」および「攷證校合本」と呼称する）を確認することができた。本章はその報告である。

## 二　丹鶴校合本

「丹鶴校合本」とは、『丹鶴叢書』（弘化四年に版本、大正元年に活字本として出版された）中に収められている今昔物語集の校合に用いられた諸本をいうのであるが、本章では、特にそのうちの『今昔物語抄』と異本関係にあると思われる一本の見についていう場合もある。

丹鶴叢書本「今昔物語集」および校合本についても、もう少し説明を加えると次のようになる。以下は、『丹鶴叢書』および『新訂増補国史大系』（以下、『新国大系』と略す）の解説部分の引用である。

○本書従来丹鶴叢書中に収めて、本朝部に属せる巻十一より巻三一までの三十本を刊行せられしも、其の十七・十八・十九・二十・二十一の五巻は欠脱したり。今本会は丹鶴本を以て底本とし……略……原本行間の傍注は一々（ ）圏を加へて、之を行文中に挿見……

（『丹鶴叢書二』例言　大正元年刊）

○本書巻十一より巻十六まで、及び巻二二より巻三一まで合せて十六巻は、旧輯国史大系と同じく、丹鶴叢書本を以て底本とし……略……鼇頭に挙げたる異本は、便宜その名称を簡略にせること左の如し。（丹一本）丹鶴叢書本所引一本、（丹又一本）丹鶴叢書本所引又一本、（丹古本）丹鶴叢書本所引古抄本、（丹イ本）丹鶴叢書本所引イ本……

（『新国大系17』凡例　昭和七年刊）

このように、丹鶴叢書本「今昔物語集」というのは、本朝部のうちの五巻が欠脱しており、その校合は四本でなされ、行間に傍注されていた（以下、校合四本の呼び方は、右の略称（丹一本）（丹又一本）（丹古本）（丹イ本）に従う）。

それでは、この「丹鶴校合本」の中の一本が、『今昔物語抄』と異本関係にあるのではないかということを考察する。

ただし、『今昔物語抄』は、先に述べたように今昔物語集三巻（巻十五・十九・二〇）から抄出されているのであるが、丹鶴叢書本「今昔物語集」は、あいにく巻十九と巻二〇を欠いている。ゆえに、実際対照できるのは、巻十五の十二話（第4・15・16・19・23・24・26・39・43・45・46・52話）にすぎない。また、『丹鶴叢書』は校合本をすべて「イ注記」で示している（校合箇所は、四八箇所ある。以下、これらの校合をまとめて（丹叢イ）と略す）ので、ここでは、『新国大系』の頭注をもとに異同を確かめることにする。それによると、校合本四本のそれぞれの校合数は、（丹古本）↓六五、（丹一本）↓十三、（丹又一本）・（丹イ本）↓0である（この数字は『新国大系』における、三本までの異同はそれぞれ書名をあげるが、四本以上になると諸本として名をあげない方針のもとでの、「丹古本」あるいは「丹一本」と明示されているものの数である）。

『今昔物語抄』本文との異同表をつくると次のようになる〈資料1〉。

〈資料1〉

|  | 丹古本 | 丹一本 | 丹叢イ |
|---|---|---|---|
| 「抄」と一致 | 62（39） | 0 | 23 |
| 「抄」と不一致 | 3（3） | 13 | 25 |
| 計 | 65（42） | 13 | 48 |

※1　表中の（丹古本）における（　）内の数字は、題名「語↓事」（十一例）および結語「語リ伝ヘタルトヤ↓語リ伝申タルトヤ」（十二例）を除いた数である。

※2　参考として、下段に（丹叢イ）の数を示した。ただし、（丹叢イ）においては、題名「語↓事」の校合は一例、結語部分の校合はない。

次に、（丹古本）と『今昔物語抄』の関係についてまとめると次のようになる〈資料2〉。

〈資料2〉

㈠（丹古本）と『今昔物語抄』とが一致するもののうちの自立語に関する主な異同

⑴（丹古本）と『今昔物語抄』にだけあって、諸本にないもの（数字は、『今昔物語抄』の丁数を示す。以下同じ）

①涙ヲ流シテ泣キケル其ノ七七日ノ法事（ヲ）慇ニ修シ畢テ弟子引具シテ横川ニハ（6オ〜6ウ）

②殺生ヲ以テ業トシテ（6ウ）

③忽ニ一人ノ聖人出来レリ（11ウ）

④浄心信敬不生疑惑者不墜地獄餓鬼畜生若在仏前蓮花化生（24オ）

⑵（丹古本）と『今昔物語抄』にだけでなくて、諸本にあるもの

①値ヒ給フマシキニカトコソ（云）思ヒツルニ（5ウ）

②年老ニ臨テ（遂ニ）命終ラムト（7ウ）

③不動ネハ（恠ヒテ）弟子寄テ引動カスニ（11ウ）

④始メテ行フ間（其ノ聖人有テ）人ニ（15オ）

⑤（其）僧亦云ク（16ウ）

⑥（我レモ）前ノ聖人ノ如ク（16ウ）

⑦能登（国）ヨリナム来タリケル（16ウ）

⑧良久ク〔返リ〕不来サリケレハ（18ウ）
⑨不宣ソト許云テ〔出テ〕去ヌ（21オ）
⑩老ニ臨テ〔既ニ〕命終ラムト（26ウ）

(3)〔丹古本〕と『今昔物語抄』とだけが一致し、諸本とは異なるもの（「　」の中は、諸本の例）
①日暮方「日暮」ニソ行キ着タリケル（5ウ）
②極楽浄土「極楽邊土」ニ疑ヒ無ク至リニケムトソ（15オ）
③只今「今」兜率天上ニ可生シト云テ（13オ）
④今「于今」其ノ房不失スシテ有リ（27ウ）

(4)〔丹古本〕と『今昔物語抄』が一致しないもの（〈　〉の中は、〔丹古本〕の例）
①此レヲ披テ〈披キテ〉見ルママニ（3ウ）
②努々メ〈努々〉愚ニ不可御スト（4オ）
③心ニ非ス〈非ヌ〉罪ヲ造ケリ（23ウ）

以上、〈資料1〉、〈資料2〉を見ると、〔丹古本〕と『今昔物語抄』の本文が細部にわたって一致することがわかる。特に、〈資料2〉㈠であげたように、他の今昔物語集諸本にはない、両者だけに見られるいくつかの特徴的なものがあることは注目される。その他、今昔物語集の本文と比べた時に、『今昔物語抄』の大きな特徴と思われる題名表示の用字（「――事」。ただし、『新国大系』において一例のみ頭注がないが注記を落としたものか）や結語表現（『今昔物語抄』は全て「語伝申」であるが、『新国大系』は、「語伝申タルトヤ」となっている。これは、異本ゆえの異同か）も一致する。また、〈資料2〉㈠で示した、両者が一致しない三例については、付属語に関するものであるし、小さな異同であって問題にしなくてよいと思う。

　このような特色に加えて、更に、この（丹古本）は、『今昔物語抄』に抄出されている巻十五の十二話だけで校合本として用いられている事実や「丹鶴叢書本所収古抄本」という名称からして、（丹古本）の全貌はわからないが、両者は非常に近い書写関係にある異本と見てよいと思われる。

　ところで、馬淵和夫氏は、日本古典文学全集『今昔物語集』の解説で、今昔物語集諸本の系譜を次のように図示されている。

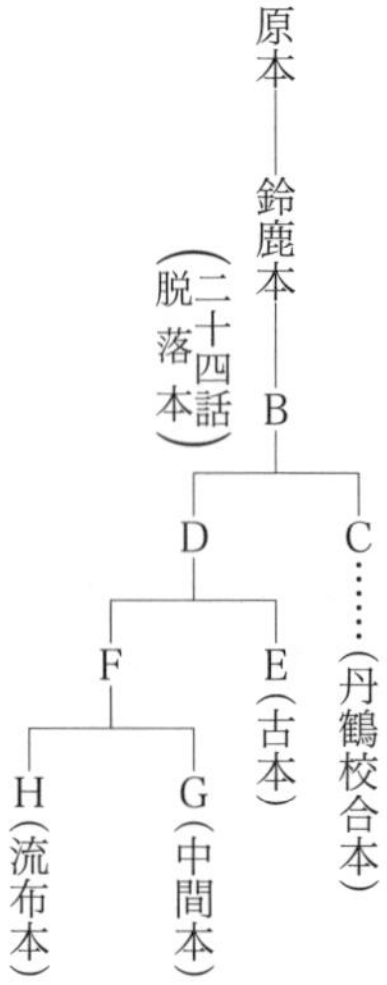

原本――鈴鹿本（二十四話脱落本）――B
- B――C……（丹鶴校合本）
- B――D
  - D――E（古本）
  - D――F
    - F――G（中間本）
    - F――H（流布本）

また、右図中の「丹鶴校合本」について、次のように述べておられる。

丹鶴叢書本に加えてある校合のなかには、鈴鹿本と非常に近くて、他の本ではこの種の本文を持ったものが、一つもない特異なものがある。それなら鈴鹿本そのもので校合したのかというに、例の脱落二四話にまったくふれていないのである。つまり、もし鈴鹿本によって校合したのなら、その二四話に気づかぬはずはないし、そうすれば丹鶴叢書本中にすでに二四話は補入されたであろう。だから、校合本は二四話が脱落したあとの写本でしかも現存諸本とは違うものということになる。

このように馬淵氏は解説で述べておられるが、残念なのはここでいう「丹鶴校合本」が、どのような本をいうのか具体的ではなくはっきりしない点である。

そこで、先のように「丹鶴校合本」を少し分析してみると、あるいは馬淵氏のいわれる「鈴鹿本に非常に近い、「特異なもの」というのは、「丹鶴校合本」中の（丹古本）のことではないかと思われる。ただし、この（丹古本）は、先にも述べたように巻十五の十二話に校合本として用いられているだけである。ともあれ、「丹鶴校合本」の中の一つが、その異本であると思われる『今昔物語抄』という写本の形で現存していたことは注目される。

また、『今昔物語抄』の今昔物語集諸本における位置づけについては、馬淵氏の説に従って、「鈴鹿本」と現存「古本」との間に位置する現存のものとは別系統のものであるというように考えておきたいと思う。

## 三　攷證校合本

「攷證校合本」とは、『攷證今昔物語集』（底本　田中頼庸本）において校合に用いられた諸本をいう（ただし、「丹鶴校合本」の場合と同じく、本章では『今昔物語抄』と異本関係にあると思われる一本のみをさしていうことがある）。

ところで、この校合本の中には、現存諸本が共通して欠損している部分（例えば、巻二〇第四六話末尾など）や現存諸本が共通して欠脱している部分（例えば、巻十五第三九話中の一部分など）を補うことができるすぐれた本が含まれている。この本が如何なる本であるかは不明であるが、「攷證校合本」の中に、先に述べたように迫野氏は、「今昔別本」が含まれていたのではないかという指摘をされ、右の例にあげた二話における欠脱部分の補訂は、この「今昔別本」に依ったのではないかとされた。

ここでは、右の指摘をふまえて、更に別の観点から、今度は『今昔物語抄』と「攷證校合本」との関係について考察してみたいと思う。

次の〈資料3〉は、『今昔物語抄』と今昔物語集諸本との異同のうち、㈠『今昔物語抄』にあって、諸本にないもの、㈡『今昔物語抄』になくて、諸本にあるものの異同表である（ここでは、自立語に関する主なものだけをあげる）。

〈資料3〉

㈠『今昔物語抄』にあって、諸本にないもの

①涙ヲ流シテ泣キケル其ノ七七日ノ法事（ヲ）惔ニ畢テ弟子引具シテ横川ニハ（6オ～6ウ）

②殺生ヲ以テ業トシテ（6ウ）

③御文奉ラムト云ヘト云置ヲ（10ウ）

④聖人不動ネハ（11ウ）

⑤観音勢至紫金台ヲ差シ寄セ給タルニ（11ウ）
⑥忽ニ一人ノ聖人出来レリ（14ウ）
⑦必ス誦シテ断ツ事無カリケリ（17ウ）
⑧不生疑惑者（24オ）
⑨嘲テ過ル間（25オ）
⑩此ノ事ヲ仏ニ申スニ（25ウ）
⑪使ノ云ク（29オ）
⑫恐ルル事無カレト云テ（29ウ）
⑬棚ノ上ニ此酢ノ瓶ノ有シヲ（32オ）
⑭国ノ人ノ為ニモ守ノ為ニモ可賢シ（35ウ）
⑮然レハ猶人ハ出直カルヘシ（41ウ）
⑯的ハハツシタルソト被問ケレハ目ノ□暗ニ罷成テ的ノ不見ス候ヒツル也トソ答ケル亦行ニ□ノ打ツ（43ウ）
⑰将共哀カリテ泣ニケリ（44オ）
⑱大将将共ノ許ニ（44オ）
⑲然レハ聖人他念無ク（48ウ）
⑳龍一渧許ノ水ヲ受ツ（51ウ）
㉑他ノ鯰ヨリモ此ノ鯰ノ殊ニ味ノ（54ウ）
㉒京中ノ上中下ノ男女ノ人詣集ル（55ウ）

㈡『今昔物語抄』になくて、諸本にあるもの

①値ヒ給フマシキニカトコソ（云）思ヒツルニ（5ウ）
②年老ニ臨テ（遂ニ）命終ラムト（7ウ）
③不動ネハ（恠ヒテ）弟子寄テ引動カスニ（11ウ）
④此ノ事ヲ（委ク）語ル（13ウ）
⑤汝ノ来レル（此ノ）所ヲハ（14ウ）
⑥始メテ行フ間（其ノ聖人有テ）人ニ（15ウ）
⑦（其）僧亦云ク（16ウ）
⑧（我レモ）前ノ聖人ノ如ク（16ウ）
⑨能登（国）ヨリナム来タリケル（16ウ）
⑩掌ヲ合セテ失ニケリ（其ノ時ニ家ノ内ニ艶ス馠ハシキ香匂ヒ満チ微妙キ音楽ノ音空ニ聞エケリ）此レヲ聞
　ク人（18オ）
⑪良久ク（返リ）不来サリケレハ（18ウ）
⑫其ノ（房ニ）住テソ（19オ）
⑬不宣ソト許云テ（出テ）去ヌ（21オ）
⑭（妻）寡ニシテ道心ヲ発シテ（22オ）
⑮音楽ノ（音）漸ク西ヲ指テ去ヌト（24ウ）
⑯老ニ臨テ（既ニ）命終ラムト（26ウ）

⑰寺ノ物ヲ（犯シ）不仕スシテ（27オ）
⑱其レニ乗テ（独）急キ還ル（28ウ）
⑲極楽ニ可生キ（人）也ト（31オ）
⑳他ノ事無ク（云ヒ）令聞ヨト（31ウ）
㉑弟子（共）皆散々ニ（31ウ）
㉒（瓶ノ）内ニ動者有リ（32オ）
㉓此ノ事（弥ヨ恐テ）人ニ（34ウ）
㉔人ノ不知ヌ事（也）ト大臣此ヲ聞テ（34ウ）
㉕三腰（ノ帯ヲ）令造ツ（36ウ）
㉖国ノ一供奉ヲナム（必ス）請スル（39オ）
㉗高市麿（猶）重テ奏シテ云ク（41オ）
㉘（我カ）子ハ早ウ焼失テキト（46ウ）
㉙二家ノ財ヲ（領シテソ有ケル此）以テ此ノ女独リ（46ウ）
㉚遙ニ（谷ニ）差シ覆タル（49オ）
㉛（池ノ）廻リ遙ニ広クシテ（50オ）
㉜此ノ寺ヲハ（所ヲハ）絵ニ書テソ（53オ）
㉝水モ（少ク）狭ク暗キ所ニ（53ウ）
㉞寺倒レナハ（而ルニ寺倒ナハ）我レ地ニ落テ（53ウ）

㉟（車モ不立敢ス）歩人ハタラ去ヒ不可尽ス（55ウ）

〈資料4〉

| 分類 | 用例数 | 資料番号 |
| --- | --- | --- |
| Ⓐ | 33 | (一)⑦⑧⑨⑩⑫㉑<br>(二)③④⑦⑧⑨⑩⑫⑬⑭⑮⑱⑲⑳㉑㉒㉓㉔㉕㉖㉗㉘㉚㉛㉜㉝㉞㉟ |
| Ⓑ | 19 | (一)①②⑤⑥⑪⑬⑭⑮⑯⑰⑱⑲㉒<br>(二)②⑤⑥⑪⑯⑰ |
| Ⓒ | 5 | (一)③④⑳<br>(二)①㉙ |

右の資料を、更に、Ⓐ『攷證今昔物語集』本文と一致するもの、Ⓑ「攷證校合本」と一致するもの、Ⓒどちらも一致しないものの三つにわけて整理してみると次のようになる。

この資料を見ると、まず、『攷證今昔物語集』と『今昔物語抄』との間に、他の諸本とは違った両者だけの本文の共通性が見られることがわかる（資料四Ⓐ）。特に、『今昔物語抄』が諸本に比べて劣っていると思われる自立語関係の欠脱が、『攷證今昔物語集』にも多く見られることは、両者の関係を考える上で注目される（資料四ⒷⒸ）。

〈資料4〉ⒷⒸからわかるように、「攷證校合本」と『今昔物語抄』本文が一致する箇所は十九例あり、両者の不一致箇所（校合がなされていない）は、わずか五例だけである。他の諸本に見られない『今昔物語抄』独自の本文と思われた部分とこれだけの一致を見るということは、両者をほぼ同一のものと見てまちがいないであろうと思う。また、次のような事実もある。

それは、ここにはあげなかったが、『今昔物語抄』の特徴の一つとして、今昔物語集の意図的欠文が片仮名大書で補われているということがある（迫野氏論文参照）。その数は十四箇所（巻十九・二〇話のみ）に及ぶ。これらについても、『攷證今昔物語集』では、右にあげた他の例と同じように、「一本」によって校合されている。両者の同一性をうかがわせるものである。

ただし、先に述べた題名表示の用字や結語表現については、『攷證今昔物語集』では全く校合がなされていない。あるいは、このような表記、表現は、今昔物語集では他に例を見ない非常に特殊なものであるために校合から除かれたのかも知れない。『今昔物語抄』と「攷證校合本」との異本関係を否定するものではないと考える。

それでは、この「攷證校合本」が具体的にはどの本であるのかということを考えてみたいと思う。『攷證今昔物語集』凡例によると、校合本として九本あげられている。それは次の通りである。

一東京帝国大学所蔵丹鶴叢書本（異本ト校合書入アリ）
一同上写本（愛岳麓蔵書ノ印アリ）
一同別本（不完十七冊）
一内閣蔵本（昌平阪学問所、浅草文庫、林氏蔵書等ノ印アリ）
一同上別本
一東京高等師範学校蔵本（モト内閣ノ一本同本ナラント）

一国史大系本
一史籍集覧本
一国書刊行会本

おそらく、このうちの「東京帝国大学所蔵丹鶴叢書本」と関係があるのであろう。しかも、この「攷證校合本」と最も関係深いのは、（異本ト校合書入アリ）とする「異本」ではなかろうか。すると、「丹鶴校合本」と「攷證校合本」との関係が改めて問題となる。ただし、両者が全く同一のものであるという確証はないので、ここでは一応別のもの（異本）と見ておくことにする。

# 四

『今昔物語抄』と異本関係にあると思われる本について検討した結果、その実体ははっきりわからないものばかりであったが、一応、おぼろげながらその姿はとらえることができたように思う。

異本関係にあると思われる三本は次の通りである。

①『今昔物語巻二十別本』（本論では、「今昔別本」と呼称した）
②『丹鶴叢書本所収古抄本』（本論では、「丹鶴校合本」あるいは（丹古本）と呼称した）
③『東京帝国大学所蔵丹鶴叢書本（異本ト校合書入アリ）』（本論では、「攷證校合本」と呼称した）

次に、これら三本と『今昔物語抄』の関係について、主な点を簡単に整理しておくと次のようである。

①「今昔別本」と『今昔物語抄』は、体裁その他多くの点で類似性を認めうるが、「今昔別本」の姿を唯一現在にとどめている『攷證今昔物語集』収載の二話を比較すると、表記面でかなりの相異がある（迫野氏前掲論文参照）。

②「丹鶴校合本」と『今昔物語抄』は、これもほぼ同一本としての類似性を認めうるが、結語表現が『今昔物語抄』では「語伝申」となっているのに対して、「丹鶴校合本」は「語伝申タルトヤ」となっている。

③「攷證校合本」と『今昔物語抄』は、「攷證校合本」の体裁等がはっきりしない点はあるが、本文の共通性がかなり高いし、特に、今昔物語集諸本が欠文となっている部分を補っており、しかもそれらが全て『今昔物語抄』と一致する点は重要である。ただし、題名表示の用字、結語表現は『今昔物語抄』と異なる。

ただし、右のような結論は次の条件のもとで導き出されたものである。

(イ)「今昔別本」は今日失われていない。
(ロ)「丹鶴校合本」は「今昔抄」の前半十二話だけとしか比較検討できない。
(ハ)「攷證校合本」とは全体の比較はできるが、他の校合本との見分けが困難である。

このような不十分な状況の中での考察であったため、結論にも当然問題はあるであろうと思う。しかしながら、このような研究が積み重ねられて、『今昔物語抄』の解明という大きな目標に到達するのではないかと考える。

参考文献
迫野虔徳「九州大学萩野文庫蔵「今昔物語抄」について」（「国語国文」一九八二年四月）

使用したテキストは、次の通りである。
『今昔物語抄』（一九九二年）、『丹鶴叢書二』（一九七六年）、『攷証今昔物語集』（天竺震旦部　一九一三年、本朝部　一九七〇年）

# 初出一覧

第一部　文字・表記研究

第一章　「今昔物語集の仮名書自立語と欠文」
「今昔物語集の仮名書自立語と欠文」（「国語国文学研究」第十一号　一九七五年十二月）

第二章　「今昔物語集の漢字の用字法」
「今昔物語集における漢字の用法」（「福岡女子短大紀要」第十四号　一九七七年十二月）

第三章　「今昔物語集の避板法・変字法」
「今昔物語集における避板法・変字法」（「福岡女子短大紀要」第二三号　一九八二年六月）

第二部　構文研究

第一章　「今昔物語集の助動詞の相互承接」
「今昔物語集における助動詞の相互承接」（「福岡女子短大紀要」第十七号　一九七九年六月）

附　「平安鎌倉時代和文の助動詞の相互承接」
「説話文学の文章――助動詞の相互承接よりみたる性格」（「福岡女子短大紀要」第二十号　一九八〇年十二月）

第二章　「今昔物語集の「テ侍リ」と「テ候フ」——アスペクト的性格の検討」

「今昔物語集における「テ侍リ」「テ候フ」の用法——丁寧語のアスペクト的性格の検討を通して」（『国語国文学研究』第三二号　一九九七年二月）

附　「宇治拾遺物語の「て侍り」と「て候ふ」」

「宇治拾遺物語における「〜て侍り」「〜て候ふ」について」（『活水論文集』第三八集　一九九五年三月）

第三章　「今昔物語集の「—居ル」と「—テ居ル」——状態化形式（状態性アスペクト形式）の定着」

「今昔物語集における「〜居ル」「〜テ居ル」について」（『活水論文集』第三七集　一九九四年三月）

附　「宇治拾遺物語の補助動詞「ゐる」」

「宇治拾遺物語における「〜ゐる」「〜てゐる」について」（『活水論文集』第三六集　一九九三年三月）

第四章　「今昔物語集の連体形終止文——「ケル終止文」の定着」

「今昔物語集（流布本）における「ケル終止文」について」（『活水論文集』第三三集　一九八九年三月）

第五章　「今昔物語集の「ムトス終止文」——「欲」字の訓読との関係」

「今昔物語集における「〜ムト思フ」と「〜ムトス」について（活水日文」第十九号　一九八九年三月）

附　「宇治拾遺物語の助動詞「むず」」

「宇治拾遺物語における助動詞「むず」の用法」（『活水日文』第十九号　一九九一年三月）

第六章　「説話の話末形式句——「トゾ」「トナム」「トカ（ヤ）」」

「宇治拾遺物語の話末形式句」（『国語国文学研究』第四九号　二〇〇四年三月）

## 第三部　用語・文体研究

第一章　「今昔物語集の漢語サ変動詞」
「今昔物語集における漢語サ変動詞研究試論――巻十五の出典との関連を通して」（『活水日文』第二八号　一九九四年三月）

第二章　「今昔物語集の漢語サ変動詞と和語動詞」
「今昔物語集における漢語サ変動詞「死ス」の用法」（『国語国文学研究』第二八号）

附　「宇治拾遺物語の「死ぬ」「失す」「死す」」
「宇治拾遺物語における死亡表現について――動詞「死ぬ」「失す」「死す」の用法」（『活水論文集』第三五集　一九九二年三月）

第三章　「今昔物語集の仏教用語の受容」
「今昔物語集における仏教用語の受容について――「日本往生極楽記」との用語の比較を通して」（『活水日文』第三五号　一九九七年十二月）

第四章　「今昔物語集の副詞」
「今昔物語集天竺部の文体形成――「注好選」との副詞の比較を通して」（『国語国文学研究』第二一号　一九八六年二月）

## 第四部　『今昔物語抄』の本文研究

第一章　「今昔物語集諸本との関係」

「今昔物語抄」の本文研究――現存「今昔物語集」諸本との関係をめぐって」（「福岡女子短大紀要」第二七号　一九八四年六月）

第二章　「今昔物語集異本との関係」

「今昔物語抄」の本文研究――異本との関係をめぐって」（「福岡女子短大紀要」第二八号　一九八五年六月）

# あとがき

本書の基になった論文の多くは、一九八〇年から一九九〇年代にかけて執筆したものです。今、当時を振り返ってみますと、今昔物語集の国語学的研究が盛んな時期で、多くの優れた研究成果が公表されていました。そのような状況の中で、研究をはじめた私は、先学諸氏の研究に多大な影響を受けながら、独自の研究テーマを見つけるべく努力したことを思い出します。今回、本書で取り上げたテーマについても、十分、解明できたとは思っていませんが、今後の今昔物語集研究の進展の一助になればと願っています。

本書の刊行にあたり、貴重な助言や助力をいただいた勉誠出版の吉田祐輔氏、福井幸氏に心よりお礼申し上げます。

また、本書の刊行にあたり、「研究図書出版助成」の許可を下さいました活水学院院長の奥野政元先生、学長の湯口隆司先生には心より感謝申し上げます。

二〇一八年春

高橋敬一

## 語　彙

# 資　料

【ら行】



【わ行】



# 人　名

【あ行】



【か行】



【さ行】



【た行】



【な行】

# 索　引

凡　例

1. この索引は、「事項索引」「人名索引」「資料索引」「語彙索引」からなる。
2. 「語彙索引」は、今昔物語集の語彙からとった。

## 事　項

### 【あ行】



### 【か行】



### 【さ行】



### 【た行】



### 【は行】

著者略歴
高橋敬一（たかはし・けいいち）

1952年、福岡県生まれ。熊本大学大学院修士課程修了。活水女子大学文学部教授。専門は日本語学。
主な著書に、『九州方言の史的研究』（共著、桜楓社、1989年）、『『交隣須知』本文及び索引』（編著、和泉書院、2003年）、『筑紫語学論叢Ⅱ―日本語史と方言―』（共著、風間書房、2006年）などがある。

今昔物語集の構文研究

著者　高橋敬一
発行者　池嶋洋次
発行所　勉誠出版㈱
〒101-0051 東京都千代田区神田神保町三―一〇―二
電話　〇三―五二一五―九〇二一㈹

二〇一八年三月二〇日　初版発行

印刷・製本　太平印刷社



ISBN978-4-585-28037-8　C3081